U0899116

三代人的盗墓故事，是偶然还是必然？

在算命先生的外衣下，掩藏着怎样的真实身份？

在看似简单的平静中，隐藏着怎样的杀机？

【李成事／著】

中國華僑出版社

图书在版编目(CIP)数据

盗墓家族/李成事著. —北京:中国华侨出版社,2011.7
ISBN 978-7-5113-1509-0

Ⅰ.①盗… Ⅱ.①李… Ⅲ.①长篇小说－中国－当代
Ⅳ.①I247.5

中国版本图书馆 CIP 数据核字(2011)第 112803 号

●盗墓家族

著　　者/李成事
策　　划/刘凤珍
责任编辑/棠　静
责任校对/查显春
装帧设计/周吾设计
经　　销/全国新华书店
开　　本/710×1000 毫米　1/16 开　印张 17　字数 190 千字
印　　刷/北京中印联印务有限公司
版　　次/2011 年 8 月第 1 版　2011 年 8 月第 1 次印刷
书　　号/ISBN 978-7-5113-1509-0
定　　价/30.00 元

中国华侨出版社　北京市朝阳区静安里 26 号通成达大厦 3 层　邮编:100028
法律顾问:陈鹰律师事务所
编辑部:(010)64443056　64443979
发行部:(010)64443051　传真:(010)64439708
网　址:www.oveaschin.com
E-mail:oveaschin@sina.com

目录

盗墓家族

DAOMUJIAZU

引　子

四叔说，我们家祖上是清朝皇宫的密探，专门掌管朝廷的秘密机要。至于掌管的是什么秘密，四叔也无从得知。我也问过爷爷，爷爷告诉我，祖上是专门负责调查全国大型陵墓位置的密探，通过研究陵墓的风水建立新的陵墓，从而稳固江山，泽被后世。不过四叔不那么看，他觉得清政府并不是研究什么风水，而是要挖别人的祖坟来还自己的外债。

当时清政府有十二大密探，这十二大密探按照十二生肖编号，相互间并不联系，只对皇帝负责。晚清时，这些人一直被慈禧掌控，到了清灭亡时，各大密探就不知所踪了。

我们家祖上李乘风是清朝十二大密探中的一个。据家中传下的说法，这些密探在清朝灭亡的时候，有的回到老家，有的依附了军阀，有的改行了，有的出国留洋了。慈禧死后，朝廷和这些秘探突然失去了联系，他们带着各自的金牌信物离开了北京。

祖上深知自己身份的特殊性，一旦离京，必被追杀，所以他悄悄回到了老家徐州，希望安享太平晚年。可是秘密还是被传了出去，袁世凯派人找到祖上，并把当时的十二大密探公布出来。

祖上无奈，只好再次秘密去了北京。好在袁世凯没过多久就病死，祖上再次回到了老家。

这次祖上没有再去徐州，而是去了离徐州不远的安徽省的一个县。这个县距离徐州不远，由于相互间隶属于不同的省，所以军阀不会轻易查到祖上的身份。祖上到了一个很多李姓人家的村子，续上了辈分，置办了一座宅子，之后的生活倒也太平。

不过民国是一个动乱的年代，大家都缺衣少粮，为了维持生计，祖上购买了几百亩的土地，在当时看，也算是大户了。抗日战争时期，家业就传到了太爷爷那一辈。太爷爷是一个比较爱国的青年，他组建了一个自卫队，参加了当时国民党组织的徐州会战。抗日战争结束后，太爷爷不满国民党的腐败统治，拒绝了当时国民党提供的职位，毅然回到了家里。

淮海战役后，徐州解放了，太爷爷深知政府的土地政策，因此把家里的三百亩土地交给了政府。因为是主动交付的，政府倒也没有为难我们。新中国成立后，家里已经看不出地主的痕迹了。据我爷爷说，要论出身，谁都不会想到我们家就是地主，反倒像“根正苗红”的无产阶级。

不过也是因为祖上有了大内秘探的身份，我们家才有了后来的故事。

第一章　饥荒年代

这个故事要从一九五三年开始说起。当时虽然已解放四年了，但是经济上依然不如意。城市里的人节衣缩食，农村是饥一顿，饱一顿。

那个时候经济不好，可是经济不好有经济不好的好处，那就是娶媳妇容易。虽然说爹妈总想让自己的女儿嫁个好人家，可是养个闺女还得给粮食吃，自已都吃不饱，又拿什么去养闺女。

越是荒乱的时候，越是争相嫁女，很多地方都主动说亲，小姑娘十五六岁就嫁出去了。不过当时我们家经济环境比较差，爷爷到了二十八岁还没有找到媳妇，一直是光棍汉。我问爷爷为啥家庭环境好的时候不娶一个，他回答说自己没有想到家里突然就落魄了，本来还是少爷，第二天就是个地主阶级走资派了，从前说亲的踏破门槛，现在踏破门槛去说亲，悔得肠子都青了。

不过说亲的事有时候讲究的是缘分，强求不得。

那时候过年，村里时兴发猪肉，发的不多，每人二两。我们家当时就三口人，太爷爷、太奶奶和我爷爷，因此，我们家分到了六两猪肉。这六两猪肉对于一年到头不沾荤腥甚至吃不饱的村

民来说，实在是太馋人了，恨不得一口吞到肚子里。

如果是别人家，早就年前炖了，可是我们家里却不能吃，而要留着年后招待亲戚。不过看上去，这六两肉也不够招待亲戚的。过年的时候，一向精于计算的太奶奶突然大方起来，她并不像别的妇女那样，把肉切得很碎，而是将肉整个炖了，放在盘子里。亲戚来的时候，谁都不好意思去夹肉，结果这块肉一直保存到了正月十四。

正月十四的那天晚上，门外响起了敲门声。爷爷打开正门，看到一个老汉饿倒在了自家门前。爷爷是个热心人，偷偷将那六两肉拿给了老汉。那老汉吃饱后，却不走，而是在我们家住下了。太奶奶和太爷爷知道后，都没有责怪爷爷，还给老汉加了两床被子。

第二天，这个老汉和太爷爷聊起了天，他们先是聊些村子里的事，说年头不好什么的，跟着又说起了我们的老宅子，说设计挺独特的。最后老汉看见我爷爷要去整理菜地，突然想起了什么，才向太爷爷问起爷爷，说："老弟，你这娃年龄不小了，是不是还没有结婚?"

我太爷爷说："家里太穷，谁能看得上我这儿子。"

那老汉一拍大腿，说："别人看不上，我能看上。我有个闺女，还没有嫁人，长得也算俊，你们不嫌弃，就让她就嫁给你儿子。"

于是我爷爷就娶了我奶奶，对于他们的故事，可以说是非常传奇。奶奶家是河南洛阳的，姓邱，据说我奶奶年轻的时候特别漂亮，嫁给我爷爷也是村里议论了好长时间的话题。有人说，爷爷是癞蛤蟆吃到了天鹅肉；也有人说，爷爷本来就有少爷命；也有人说，好人终究是有好报。

不过这个话题并没有持续多久，因为那个时候依旧吃不饱，饿死人的事还经常见之于各村，大家都没有心思关心别人家的事。但是似乎从那以后，我们家就好了一点，有时候还能接济一下邻居。从当时的情形看，奶奶家还算是比较宽裕的，自从她嫁入我们家，我们家步入了玉米面时代。那时候的高粱面是救命粮，红薯白干面比较高产，是居家用粮，至于玉米面是工人吃的小康粮，白面属于高干用粮。

由于奶奶带来的嫁妆比较丰厚，我们家的确小康了一段时间，可是这个情况只维持了两年。到 1955 年冬天，由于大旱，粮食减收得厉害，村子还没有进腊月就开始断粮了。到了腊八的时候，很多人开始逃难了，留在村子里的都是年老走不动的和那些不知道该往哪里走的小孩。这时候很多家庭几乎是分崩离析，各人逃各人的，顾不了全家。过年的时候能回来就回来，回来不了就只能等着夏天收麦子时候回来，避免拖累家人。至于老人孩子，只能看他们自己的造化了，他们要是能要到粮食就吃一顿，要不到就没有办法了。

到腊月二十四的时候，村子里每天都会传出饿死了人的消息。因为那个时候奶奶预先在家里的床底下藏了两口袋红薯白干，所以家里还能勉强支撑下去。据爷爷说，那个时候是奶奶最瘦的一段时间。

年初四的时候，按照习俗，大家要相互走亲戚，接自家女儿回家过年。当时奶奶的父亲和哥哥来了，由于爷爷一家只能吃一点用红薯干煮的稀饭，这次也拿不出肉来，只是将红薯白干放得特别多。

我们的村子叫做全集村，所在的村子很大，有三千多人，是全镇最大的村子。在村子东南角，有一处洼地，这块洼地从民国开始就不断有人往里面扔死人，老一辈的人都叫那里乱坟岗。每年往乱坟岗扔的死人，少了三五十，多了上百，死者家里有个席子的还裹着席子，没有席子的身上只有件破旧单薄的衣服了。夏天时，由于天气炎热，瘟疫滋生，乱坟岗的“货源”更是充足。

那个年头死的人多，乱坟岗对于我们村的人来说是禁地，平时很是忌讳。忌讳提起乱坟岗不仅是因为乱坟岗扔了很多的死人，还是因为乱坟岗出的怪事多，都是看到鬼火和晚上有人在那里唱歌什么的。这些怪事有的是以讹传讹，有的是人亲眼所见，但是具体真的是什么样，事情隔了那么多年，也不能论证了。

乱坟岗是一处令小孩子畏惧，老人谈之变色的地方，每年扔到那里的死人数不胜数，因而怪事也是最多。白天还好些，到了晚上，就不免令人发憷。后来村子里就流传下了一句吓唬小孩子的话：“再不听话，就把你扔到乱坟岗去。”

五十年代，生产力比较落后，没有挖掘机，疏通河道只能靠人力。由于夏天天气炎热，又逢雨季，不适合开工，所以作业全部放在深秋以后。平时这个苦力活没有人愿意干，但是有一年给挖河道的人以粮食补贴，所以那年去的人特别多，几乎村里没有逃难的劳力都去了。

那时候，大家经常搭伙，几个人包一块地，完成当天的任务就可以休息。爷爷力气比较大，大家都很想跟爷爷一块挖。可是和爷爷一起干活的人全都偷懒，只有他一个人卖力。爷爷说，那也不全怪他们，伙食不好，谁都没有力气。

正月十六那天，大家刚从家里回来，可能是好久没有干活了，大家都比较懒散，一直都天黑了，他们几个人包下的地还没有挖完。几个人说，干不完就干不完，于是全都走了。可是爷爷好强，不甘心丢了工分，所以就加了一个班。当他挖到快十一点的时候，突然想小便，考虑到月光正明亮，又有女同志，他就去了远处。

他跨过河堰，往麦地走去，因为尿急，走得快，没有注意地面，左脚不小心掉进一个坑里。这坑特别深，他竟然没有踩到底，好在他反应快，没有扭到脚。他赶忙把腿伸出来，揉一揉，发现刚才自己脚踩的那个地方是一个非常深的洞，这个洞却不像是水冲的，而像是人挖出来的。

话说祖上虽然避讳提起自己做密探的过去，可是对家里子孙还是直言不讳的，毕竟很多东西不传下去就失传了。爷爷看到这个洞后，瞬间就想到了盗洞这个东西。可能是祖辈流传下的血液太有张力，爷爷看到这个盗洞就想下去，他猜想那个洞的下面肯定是一处大墓。

我们那里叫坟墓里的陪葬品为“水货”，与现在的水货不是一个概念，它是指埋葬在地下见不得光的东西。这么个叫法是有依据的，我们那里地下水比较丰富，地下两米的地方就能挖出水来，这些陪葬品埋在地下后，都会浸水，所以挖出来后，我们当地叫做水货。

爷爷早年听说古墓里都有洋钱之类的水货，是死者的子女埋进去的，看到这个墓埋得这么深，他猜想不是年头久，就是大户

人家的。虽说这个古墓已经被人盗掘，但是只要自己能捡到一点水货，那么也够用一段时间了。不过现在没有绳索，一时间也难以进去，于是他就用一块大石头把洞堵住，然后找了把干草撒在上面，回去把白天剩下的土给挖了。

第二天，正当爷爷要去河边作业的时候，队长来了。队长告诉他，做饭的大厨昨晚发烧，回家养病去了，让爷爷专职做饭。爷爷听后，欣喜万分，连忙答应。那时候，做饭是一门美差。一直以来，因为爷爷是地主出身，不让爷爷做这个工作，现在竟然让爷爷做饭，他怎么能不高兴？不过就是苦了和我爷爷搭伙的那几人，再也没有办法偷懒了。

那个时候的大厨并不存在什么手艺问题，没有菜，只有玉米窝头和红薯白干，能做熟就算是本事了。当了大厨的爷爷，从此不用下河出苦力了，每天仅忙固定的一段时间，生活很是自在。因为闲的时间多了，爷爷就有时间琢磨那天晚上脚下踩着盗洞的事。

按说别人已经进去了一次，他再进去就没有必要了。可是那时候家里经济确实紧张，爷爷的确需要钱养家。想到家里一直由奶奶支撑，自己一个大老爷们儿，的确没有出过什么力，心里很是愧疚。出于露一手的心理，爷爷决心还是下去一趟。

他注意了下工地的缆绳的位置，然后从工友那里借了一把手电，借着买菜的机会，他又多买了六节大电池。正月二十九，凌晨一点，爷爷带上了切菜的大菜刀、手电和一根二十米多长的绳子便向那个洞进发了。为避免被人发现，爷爷并没有打着手电，只是凭着感觉走到洞口。依照洞旁的几棵大树的方位，爷爷很快找到了封住洞口的石头。他搬开石头，往洞里照了一下，发现这是一处斜着向下纵深的盗洞。

他把绳子拴在树上，系了一个死扣，另一端系在了自己腰上。哪知道他刚迈出左腿，突然一阵阴风刮过来，激得爷爷直打喷嚏。受这阵风的影响，他突然有点怕了。虽然爷爷常抬着死人去乱坟岗，可是晚上去坟墓里还是第一次。不过想了想，爷爷还是下去了，毕竟吓死也比饿死强。

他用绳子揽住腰，自己则顺着绳子往下爬。爬行了四五米后，爷爷发现自己到了一个悬空的地方。这里显然是墓室的顶端，也是盗洞的洞口。跟着他又往斜下方照了一下，发现洞下的墓室有十平米大小，墓室的墙壁上仿佛还画着什么。

爷爷并没有听说附近谁有钱修那么好的墓，考虑到我们家已经是百年来周边最富的地主了，爷爷推出，这是一处百年以上的古墓。当时家里传下了一本书，名字叫《王公陵寝纲目》，这本书是祖上李乘风做密探时编写的，对古代全国各地的王公陵墓的位置做了详细的记载。爷爷当时对这本书并没有全看，只对周围方圆一百里的陵墓看了下，可依照家里传下的图谱，并没有这个陵墓。李乘风当时记载的全部是大墓，如果没有记载，那么这座就应该算是个小型的陵墓了。

说起来，那次也是爷爷第一次盗墓。那个时候，爷爷对墓室的规格并不甚了解，加之太爷爷对这个行业一直设定了限制，不让爷爷入行，所以爷爷对盗墓也只能算是有个概括性的了解。

这个时候，爷爷打算从洞口下去做进一步的查看，哪知道当他把手电往脚下照的时候，不由得倒抽一口凉气。原来在自己脚

下有两个死人，这人不是别人，正是本村的刘老八和赖皮汉。

爷爷讲述到这里的时候说，他当时就想冲回地面。可是越是紧张，就越是容易出意外，他正要往上爬的时候，心里害怕，没有抓稳绳子，一下子滑掉了下来，坐在了赖皮汉身上。

爷爷吓得赶紧站了起来，他看了看周围，稳定了自己的心神之后，才回头去看地上的两具尸体。这两人身上并没有什么伤，但是地上到处是血迹，看上去十分恐怖，尸体也翻动不了。爷爷觉得反正是进来了，总不能退回去，至少要先搬罐洋钱再走，否则埋在地下太可惜了。他先是拿着手电把墓室照了下，发现墓室虽然有股臭味，但是勉强还能呼吸。不过尽管如此，爷爷还是觉得此地不宜久留，应该尽早离开。

沿着墓室走了一圈后，爷爷发现这是一个长方形墓室，它长约四米，宽约三米，是比较大的墓室。棺材位于墓室比较靠后的位置，不过从这副棺材的材质上看，应该是用大理石打造的，单是棺盖估计就有八百斤。

令爷爷觉得恐怖的是，在墙的四角处还有很多竖起的尖刀。这些尖刀分布在墓室的四个角落，每个角落四把，两两成行，尖刀刀口向上，很是锋利，令人后背生寒。爷爷突然觉得如果刚才不是赖皮汉和刘老八在那里躺着，自己怕是也给这刀穿透了。

看到这里没有洋钱罐，爷爷觉得很是失落。正想打道回府的时候，他发现墙上有很多壁画。这些壁画所画的全部是佛像，那些佛像表情诡异至极，爷爷总是觉得这些画上的人在看着他。他越看越是觉得心里毛毛的，好像这些人要把他带走似的，看得他不禁后退了好几步。突然，他觉得有个很硬的东西死死地抵住了他的后肩，爷爷好长时间都不敢动，过了会儿，他鼓足勇气去转身，待回过头，才发现是自己碰到了那副棺材。

这时他听到墓室里响起了一阵嘶嘶的声音，心里更觉得毛了。爷爷这回是再也不想待在这里了，他赶紧往出口方向跑。等跑到出口的时候，他分辨出来了，这个嘶嘶的声音并不是来自别处，正是来自棺材。

“难道真的有鬼?”爷爷第一感觉就想到这里有鬼在作怪。他拉住绳子就往上爬，可是那个墓室很高，急切之间根本上不去。听到那个嘶嘶的声音像是已经离开棺材，往自己这边靠近了，爷爷更加急了。关键时刻，爷爷想起了地上的赖皮汉和刘老八，于是他踩着他们的尸体往上爬去，果然，有了台阶，这两米高的墓室轻轻松松就上去了。

正暗自庆幸的时候，爷爷的腿似乎被什么拉住了。爷爷想，怕是这棺材里的老东西要出来接客，舍不得自己走。不知道从哪里来的勇气，爷爷对着下面照了一下，这不看不得了，一看吓一跳，原来是一条青色的大蛇缠住自己的小腿。这蛇通体发青，长约三米，有小孩胳膊那么粗，爷爷这才明白刚才那嘶嘶的声音是这大青蛇发出来的。

知道不是鬼，爷爷胆子也大了起来，借着蛇的自身力量，爷爷开始往下甩腿，可是那大青蛇也十分有力气，怎么都甩不掉。见甩不掉大青蛇，爷爷就使劲把腿往那墙上砸。可能是因为墙是土质的，砸了好大一会儿，大青蛇竟然毫发无损。不过也是，爷爷自己都不觉得疼，更别说那么大一条蛇了。爷爷小时候听说大青蛇怕光，于是他就用手电去照蛇的眼睛。可大青蛇好像并不怕

光，硬是从自己背上爬了过去，好在这蛇并没有去咬爷爷，而是顺着洞口往上去，离开了。

爷爷长出了一口气，心想总算是捡回一条命了。想着大青蛇不是来咬自己的，爷爷心里一阵轻松。有鉴于当前的危险形势，爷爷还是决定早点撤出去，下回再也不干这种不要命的勾当了。

第二章　再进古墓

爷爷是个热心的人，走前他又回头看了一眼赖皮汉和刘老八，心想毕竟是自己村里的，出去后，还得想办法找人把他们拉出来，找个地方把他们埋了。但是当他回头后，却发现那赖皮汉还在，可那个刘老八不见了。爷爷不禁又觉得背上起毛了，心想难道刘老八诈尸了。

虽然爷爷也听太爷爷说过墓里可能会遇到诈尸现象，但是这种现象一般很少会出现。爷爷再也不敢留在这个墓室里了，他赶紧往前爬去，可就当爷爷抬腿往上爬的时候，他又被什么东西拉住了脚，而且远比刚才的大青蛇有力气。

爷爷回头一看，赫然发现墓室下面的刘老八满嘴带血地看着自己，脸上还带着诡异的笑容。这个笑容像是在哪里见到过似的。爷爷没来得及想这些，刘老八已经开始用力往下拉了。凭借着绳子的拉力，他和刘老八僵持着。

由于刘老八力气惊人，俨然一副关公在世的模样，爷爷很快败下阵来，被拉拽到了墓室的地面上。那刘老八拉住爷爷后，并不咬他的脖子，而是抱起爷爷往地上猛摔，像扔花瓶一样。爷爷

受了几次摔后，神智也有点模糊了，不过他也意识到，再这样下去，只怕自己的命就没有了。

幸好爷爷背上还藏着一把大菜刀没有发挥热量，情急之下，爷爷挥舞菜刀，砍中了做重复动作的刘老八。那刘老八吃了这一刀，痛得啊啊大叫，抱起爷爷就往墙上摔去。

庆幸的是，由于这次抱摔是往上方去的，刘老八竟然把爷爷摔到了盗洞洞口。爷爷意识到这是唯一的活命机会，于是忍着痛，没命地往上爬去。可能是因为洞比较窄，刘老八弯不了身子，这次竟然没有追上来，爷爷不到一分钟就到了地面。为了防止刘老八出来，他赶紧找来石头封住了洞口。

这次出来后，爷爷顿时感觉回到了天堂。外面虽然没有月光，但是他觉得到处都是光亮。回到工地后，爷爷整晚惊魂甫定，没有睡好。想到自己的手电和菜刀还落在古墓里，他就觉得窝囊，洋钱没有找到，自己还搭进去了吃饭的家伙，真有点偷鸡不成蚀把米的感觉。

天亮后，爷爷趁人不注意，再次溜回到了洞口，发现石头还在，自己稍微放下了心。第二天是个放假的日子，大家都准备回趟家。虽说那时候爷爷奶奶已经结婚了好几年，可是爷爷是个模范丈夫，每次放假都必须回家，那次也是一样。

回到家后，爷爷灰头土脸地坐在床上，一句话也不说。奶奶看到爷爷脸色和往常不一样，就坐了过来，想去看看他。哪知道这不看还好，一看吓了一跳，她发现爷爷额头呈暗黑色，胳膊和小腿有扭伤，眼睛也没有从前那么精神，像是生了大病。

奶奶问爷爷是不是去了什么不该去的地方了。爷爷也不避讳，说昨晚去了一趟古墓。

奶奶吓了一跳，问他去那里干什么。爷爷说我想看里面有没有洋钱，换点钱，给她买点好吃的。奶奶心里一热，就没有去责备他。于是爷爷就把怎么发现盗洞，怎么进去，怎么发现刘老八和赖皮汉的，一一说给了奶奶听。

爷爷说："我还以为那个大青蛇是要咬我呢！"

奶奶说："那个大青蛇不是咬你，而是逃命。"

"逃命？"

奶奶道："刘老八诈尸后，大青蛇立即感觉到了墓室的危险，它顾不得咬你，只能自顾着逃命。"

"那为什么刘老八诈尸，赖皮汉不诈尸呢？"

奶奶说："那个赖皮汉也诈尸了。"

爷爷吓了一跳，就问那为什么赖皮汉没有追来。

奶奶说道："他们躺着的那个位置有四把刀，我猜想是刘老八就压中了一把刀，或者身上根本没有中刀，而赖皮汉身上中得刀多，一时动不了。如果你在里面待的时间再多一会儿，提供的阳气再多一点，他阴气上扬，你现在就怕不能站在我面前了。"

爷爷听了是浑身冒汗，突然想起了什么，就问："你怎么知道得那么清楚？"

哪想到奶奶没有回答，站在门外的太爷爷却走了进来，他说："她怎么可能不知道，你媳妇可是清朝十二大密探的邱问生之后哇！"

爷爷听了，大吃一惊。他万没有想到奶奶竟然也是密探的后人。爷爷问奶奶为什么嫁给他，奶奶这才说明了缘由。

原来奶奶的爷爷邱问生和我们家祖上一样，也是一名寻找天下陵墓的密探。慈禧死后，邱问生便隐退在老家开封。袁世凯当了总统后，又把邱问生请了去。在袁世凯安排的住所里，邱问生遇到了祖上，两人相谈甚是投机。在交谈中，他们发现两人各都编排了一个册子，祖上编的叫《王公陵寝纲目》，邱问生编的叫《河图小册之阴阳》。

奶奶说完，便从床底下拿出了一个箱子，从箱子里，她取出一本泛黄的小册子，上面写着“河图小册之阴阳”七个小楷字。这本小册子是古旧的手抄本，但是写得不全，仅有总纲。就内容而言，和《王公陵寝纲目》大同小异，只不过《王公陵寝纲目》是按照时间排序，而《河图小册之阴阳》是按照区域分类的。

奶奶说这本书是她祖上邱问生写的，原作已经烧了，因为天下的陵墓如果全被知晓，定然会被开挖殆尽。这不仅有害于他们的后代，也必将带来更多的祸害。但是想到这么多的陵墓信息全部毁掉也太可惜了，于是又把总则写了上去，这就是那部总纲手抄本。太爷爷感慨说，原来祖上也把那本《王公陵寝纲目》烧了，后来也是后悔，仅是留了半本总纲。

奶奶继续说，邱问生在袁世凯死后，不再回开封，而是在洛阳城买了宅子。后来日军侵华，邱问生不愿做亡国奴，就自杀了，邱问生的后代不甘受辱，全部参加了国民党的军队。不过参加国民党军队的那些人都在抗日中死去了，等到建国的时候，邱问生的后代只剩下奶奶的父亲一个人。奶奶的哥哥悟性非常差，对阴阳学说一窍不通，奶奶的父亲不愿意那么点家底子后继无人，就想起了祖上李乘风的后代。因为祖上和邱问生分别的时候曾经说过自己的归隐之处，所以奶奶的父亲就找了过来。

按说时隔多年，奶奶的父亲很难找到祖上的后代，可是他只身到了安徽和徐州的交界的地方，挨家去讨饭。经过三个多月的讨饭，奶奶的父亲找到了我们村，他看到我们家的房子虽然破落，但是风水格局迥异于他人。询问之下，知道我们家曾经是当地的地主，同时他还打听到，我们家是五十年前在村子里续的辈分，因此老人家断定这里就是李乘风的后人的住所。不过他也没有想到我们家落魄到了这种程度，看到爷爷心地善良，不失密探后人的风范，所以放心地把自己的女儿嫁给了他。

奶奶说，之所以一直没有把这事告诉爷爷，是因为还不到时机。经历过大起大落的奶奶也想过着平淡的生活，如果不提起往事，她也不想提起。这时候奶奶打开了那个爷爷从未见到奶奶打开过的陪嫁箱子，箱子满是古怪物什，层层叠放，很是绕眼。里面有各种奇形怪状的刀和带着古怪符号的碗，甚至很多是道士做法用的符。

奶奶说，她的爷爷邱问生能够判断一些墓地的位置，知道哪些墓即将因为雨水而浮出地表，为此她们家里攒下不少古董。不过日本人侵略中国的时候，把她们家里所有的古董都收缴了，连她们家亲戚都查了。为了不放过任何可能有古董的地方，日本人还拆了奶奶家的房子，挖了他们的宅子，连院子菜地里藏的古董都被挖了出来。

听了奶奶如幻似梦的讲述，爷爷有点泄气，他说还以为自己的老丈人恰巧到了自己家的门口，原来是打听好的。奶奶笑了笑，说从前没有嫁给爷爷之前，自己还在担心爷爷会很丑，很难看，

现在看见爷爷长得还挺英俊，觉得像是天上掉下来了一个金元宝一样。不过她没有想到爷爷被逼急了也能去盗墓，胆子真的还挺大。

当时爷爷还是很生气的，说奶奶不该瞒他那么久。但是太爷爷觉得门当户对，他认为，如果不是奶奶嫁进来，太爷爷都忘了自己的父亲就是李乘风了。

之后的那几天，爷爷还是睡不好觉，生怕刘老八和赖皮汉突然蹦到自己家门口。有时候，晚上一阵风吹来，他就醒了，一直到天亮，他都不能睡着。奶奶让爷爷多在太阳下晒晒，说是可以去掉身上的邪气。

三天后，爷爷又去工地了。不过这次奶奶也来了，她还带上了自己的箱子。这次的主要任务是拿回菜刀和手电，再把两个僵尸给烧了。看到奶奶从她的箱子里取出了两套夜行衣，爷爷十分惊讶，他问哪来的夜行衣，奶奶告诉他，是嫁他之前，爷爷的岳丈给准备的。

说实话，爷爷是真的不想再去那里了，那里是他永远的噩梦，去一次就让他几天睡不着觉。上次能从古墓中逃出，已经是祖上保佑，这次要是奶奶制伏不了那个刘老八，可真的就有去无回了。不过看上去奶奶很有信心，爷爷要是不去，可就显得不够爷们儿了。

为了不被别人发现，他们仍然选择在晚上进入墓室。奶奶准备了一根大粗绳，两把手电，一柄桃木剑，一袋生糯米，还有一些纸符。这些符都是奶奶的父亲画的，据说可以驱魂散魄。爷爷本来还想把李老五家的打鸟的压气枪借来，可是奶奶不许，说是人家问起来自己不好回答。

又是黑黑的天，又是没有月亮，沿着河岸，去往同一个地方。站在那块石头旁，爷爷可以听到河堰光秃秃的树干发出相互碰撞的声音。他们搬开石头，拴好绳子，由爷爷先进洞中，奶奶则点着一把檀香，在爷爷后面，沿着盗洞两侧，隔一段距离插一只。待他们都到了洞口，奇怪的事发生了，他们发现墓室中的刘老八和赖皮汉全都不见了。两人面面相觑，一时不知道该怎么办。

确定刘老八和赖皮汉不见后，奶奶关上了手电筒。她让爷爷在洞口等着她，自己则带着浆糊和火纸跳进墓室。由于已经熟悉了地形，奶奶很熟练地在墓墙上刷上了浆糊，将火纸贴了上去，紧接着奶奶在墓室里耍起前滚翻，在墓的四角点上了四根蜡烛，瞬间，墓室里变得灯火通明。

爷爷第一次发现奶奶的身手那么好，心里觉得自愧不如。

看到奶奶的手势后，爷爷跳了下来，他问为什么贴这些火纸，是不是给死人送钱。奶奶告诉他，这不是给死人送钱。这些佛像是有说法的，墓室里的壁画如果是佛像，佛像会慑人心魄。如果里面有死人，死的人遇到盗墓的人就会成为僵尸，然后去杀死前来盗墓的人，以保卫墓室。因为爷爷看到过佛像，所以刘老八和赖皮汉才会对他攻击。

爷爷觉得很邪门，还是不敢相信会有这种事，又问："为什么刘老八和赖皮汉没有了，连咱们的菜刀和手电筒都没有了？不会被刘老八和赖皮汉贪污了吧？"

奶奶想不到这个时候爷爷还会说笑，她说："不是，这里应该是有人又来过。"

爷爷问："会是谁呢?"

奶奶说："挖盗洞的那些人。这些人盗墓的时候可能是被赖皮汉和刘老八发现了，他们怕事情败露，就把他们杀了，扔进了这里。过后，他们想起盗洞没有掩盖好，就回来了。为防止有人查到他们，他们又重新进来把这里清理了，还顺便拿走了你的菜刀和手电。这些人本事可真大，竟然轻轻松松就收服了两个僵尸。"

正当奶奶小声地对爷爷说话的时候，左侧墙面贴的火纸掉了下来。奶奶觉得奇怪，就问爷爷，是不是浆糊没有打好。爷爷说不可能，这个浆糊经常做，不可能有问题。两个人正说着，墓室里突然刮起一阵阴风，吹得两人直打冷颤。受这股阴风的影响，爷爷又感觉这个墓室哪里有点不对劲。他回头看看地上掉下的那张火纸，却发现火纸已经被风刮向了墓室的墙角。由于那个墙角安放着一根蜡烛，那张火纸很快就被点着，整个墓室都充满一股烟味。

爷爷想着奶奶的话，却还是忍不住抬头看了看墙上的壁画，只见墙上佛像的脸上依旧是那副诡异的笑容。这时候，爷爷突然想起什么，说道："快走，这里面还有个大青蛇呢!"

奶奶说："不用急，那个大青蛇应该也被收服了。"

哪知道奶奶话音没落，一声"嘶嘶"声从棺材下发出，吓得奶奶再次打了一个冷颤。这时候从洞口又吹来了一阵阴风，凉风入骨，透入肌肤，把里面的两根蜡烛吹灭了。

奶奶说了一声"不好"，随即拉着爷爷往外跑去。爷爷这时候听出嘶嘶声是大青蛇发出的，所以并不像奶奶那样紧张，他拉住奶奶，笑道："这大青蛇不咬人，放心吧。"

奶奶说："它上次不咬人是因为赖皮汉和刘老八诈尸，忙着逃命，这次恐怕它有的是时间和我们斗了。"

爷爷一想，也对，随即转身，从口袋里掏出硫磺和硝石，准备撒向大青蛇。那"嘶嘶"的声音越来越响，从棺材下爬了出来，爷爷看到大青蛇的舌芯竟然有二十公分长。奶奶虽然不怕僵尸和鬼，但是对蛇这种动物有种厌恶感，想起蛇的长相，奶奶就觉得心里毛毛的。她拿出一把尖刀，打算随时给青蛇来上一刀。说起这刀，也算得上她们家传的宝刀了，刀身通体发黑，刀刃黑而明亮，慑人心魄。

与刀光相对应的就是青蛇的蛇皮发出的莹亮的绿光了，这绿光让人觉得既恐怖又恶心。大青蛇径直向二人奔来，奶奶左手硝磺，右手是刀，随时准备攻击大青蛇的七寸。那青蛇越来越近，可就在爷爷要撒硝磺的时候，大青蛇却有意避开了他们，直奔洞口，跑了。

爷爷笑着说："我每次来，它都走，一点都不好客，呵呵，我都说了，它不咬人。"

说完，他顿了顿，继续说道："咱们现在回去吗？"

奶奶说："回不去了。"

爷爷很惊讶地问："为什么？"

奶奶说："大青蛇常来，说明这里肯定有财宝，不然它不会在这里守着。可是它上次逃走是因为什么呢？"

爷爷说："是因为刘老八和赖皮汉诈尸，把大青蛇吓跑了。"

奶奶脸上阴晴不定，说道："这就对了，上次是因为诈尸，这次大青蛇绕开我们，急着逃命，肯定也是因为有危险。"

爷爷看墓室里干干净净的，墙壁什么也没有，不相信哪里还有尸体。正在沉思的时候，突然墓室里轰隆一声响，墓室里的棺材盖冲了出去，到墓室顶后，遇到阻力又掉了下来，发出沉闷的声响。

借着手电光，两人看到一个头挽发髻、面容枯槁的中年男子从棺材里坐了起来，嘴里隐隐地还冒着烟，奶奶知道那就是尸气。那个男子穿着古代的衣服，也不知道是什么朝代的僵尸。他们万没有想到这些盗墓的来了这么多次，所有的东西都带走了，唯独这个宝贝没有带走。更没有想到这个宝贝别的时候不出来，偏偏他们来了，他亲自出来接客，用四叔的话说，就是太客气了。因为男的阳气比女的重，所以奶奶让爷爷在棺材远处打了几根墨线，并在棺材周围撒上一层厚厚的糯米。

但是这老僵尸似乎不是那么畏惧墨线，自己竟然从棺材里走出来了，棺材也被僵尸打翻了。随着棺材的破碎，爷爷看到一个陶罐和很多的竹筒。爷爷想，那个陶罐装的可能是一罐金子或者银子，这也应该就是大青蛇一直守护的东西了。

愣神之间，那个僵尸便跳了过来。但是墓室空间非常狭小，爷爷哪里躲得过去，一瞬间，肩头的破棉袄便被僵尸撕破一大块，身子也被摔得酸痛难当。

就在爷爷摔倒的时候，他看到这个老僵尸嘴里含着一颗雪亮的东西，看上去很是刺眼。与此同时，奶奶开始不停地在地上撒糯米，看到爷爷摔倒，她扔下糯米，去拉起爷爷。哪知道爷爷还没有起身，老僵尸又是一个大跳，欺身到了他们身旁。奶奶比较聪明，她拉着爷爷跑到了地上的糯米上。那老僵尸看上去很害怕糯米，在糯米周围不停地蹦蹦跳跳。

爷爷本以为他们会继续僵持下去，哪知道他太低估了奶奶的实力。只见奶奶将事先准备好的辟邪符贴在手心，在那个僵尸靠近糯米圈的时候，她使出一招鱼龙浅卧，从僵尸胯下钻出，继而又从僵尸后背扣住僵尸胳膊。按说这招锁尸功向来是攻无不克的，可是这个尸体确实厉害，力大无穷，竟然轻松地挣脱了。

爷爷当时也没有什么大的本事，看着僵尸凶巴巴地掐着奶奶，心里也是着急，就把糯米撒向僵尸。那糯米也是效果突出，撒在僵尸身上后，僵尸身上立即冒起了黑烟。这回可把僵尸惹火了，他把目标立即锁定在了爷爷身上。只见僵尸一脚踢起棺盖，飞向爷爷，从爷爷头顶擦了过去，直接钉在了墓墙上。

原本就不大的墓室，因为在半空中多了一块棺材板，就显得更小了。奶奶取出了身上的桃木剑，瞄准僵尸的眉心。那僵尸对桃木剑似是有些畏惧，可是还是向奶奶奔袭而来。他抓住奶奶的胳膊，意图往墙上扔去，以避开桃木剑对自身的直接接触。危急时刻，爷爷抄起地上破碎的棺材板砸向僵尸的头颅，可是那僵尸的头颅便似是铁打的一般，竟然没有丝毫破裂和流血。

不过，受到这次打击后，掐在奶奶肩上的力道似乎小了许多。她再次用锁尸功卸下僵尸的压力，并绕到僵尸的背后。奶奶先用膝盖顶住僵尸脊椎骨末梢，再用头上的玉钗扎向僵尸头顶，僵尸随即呼出了大量的黑气，夜明珠也从他的嘴里掉了出来，一时间，墓室里竟是奇臭无比。奶奶让爷爷点燃一张符扔在僵尸身上，那僵尸立即燃烧了起来，此时，墓室里焦味伴着恶臭。

解决完这个老家伙，两人长出一口气，心想终于没事了。他

们搬起陶罐，打算带出洞去。哪知道刚到洞口，发现前面有一双像灯笼一样的眼睛死死地盯着他们二人。奶奶用手电往前照去，不由得背后生凉，原来大青蛇又回来了。

爷爷拿出硝石和硫磺，准备撒向大青蛇。奶奶却说我们家不应该再拿墓里的东西了，爷爷想也对，就把罐子放了回去。大青蛇这才绕过他们，重新回到散乱的棺材上面。

爷爷从来不敢相信奶奶对付僵尸竟然是非常熟练，不过最让爷爷钦佩的是，奶奶从来不说自己厉害。想到自己总想在奶奶面前露脸，又总是失手，爷爷时常也哑然而笑。

第三章　辍学后的四叔

他们出了古墓后，并没有再用石头封住洞口，而是留待明日挖河的人去发现它。第二天上午十点，工地传来消息，说河边发现千年古墓，县文化局已经派人来了。

不过由于当时不具备指纹识别技术，无法侦破何人曾经参与过这起盗墓。古墓里的尸体已经焚毁，但是里面有很多竹简，都是南北朝时期关于吏治的法律文书。不过文化局的公告里没有提到那罐金子，只是说发现了一罐酒。依照四叔的猜想，肯定是文化局担心引起当地民众的混乱，所以才隐瞒了这个结果。

墓里面的大青蛇被市动物保护协会的人带走了。过了一个月后，文化局给了结论，这是南北朝时期的一个陵墓，墓主的名字并未有详细的记载，但是应该是当时的一个官吏，主管法律文书和断案。这个陵墓是按照东汉官署建制级别建造的，有着汉朝覆斗式的风格，但是随着时间的变化，这个陵墓从土层表面已经完全看不出原有的形态了。不过这个古墓又有着自身的特点，比如墓室四角安装呈矩形阵的四把刀，这在汉墓里面很少见，好像墓主已经预见到别人会来盗墓似的。盗墓的人虽然盗取了许多陪葬

品，但是墓室墙壁的后面还藏有很多金银物品，尤其是青铜制品较多，工艺水平比较高，是当时挖掘的比较有价值的古墓。

事情过去多年，爷爷也没有再和古墓有过什么关系，不过和那个古墓有关的问题，他还有很多没有解开。比如刘老八是怎么进去的，为什么笑得和壁画一样？那个蛇又为什么生活在墓里，难道真的是为了守护那些瓶瓶罐罐？如果是为了护卫主人，它在里面吃什么？还有就是那些第一批盗墓的人怎么就没有遇上这个僵尸，难道他们有本事不让古尸诈尸？不过，最令人百思不得其解的还是陵墓墓室的陪葬品被盗墓的人偷盗一空后，棺材内的陪葬品似乎仍然保存完整。

关于这事，我后来也问过奶奶。奶奶说，第一批盗墓的人估计会有三个人，有的人去贴壁画，有的人搬陪葬品。但是棺材盖太沉，封闭的技术比较好，他们没有本事打开，所以第一批盗墓的人只能搬陪葬品。而刘老八和赖皮汉两人肯定是看到了别人盗墓才被人杀死在里面，至于为什么他们那个时候没有遇上古尸诈尸，应该是和月圆月缺有关系。后来可能是这些盗墓的人觉得留着刘老八和赖皮汉在里面太过危险，一旦诈尸就会伤人无数，所以来人给收服了。

那件事过去后，爷爷和奶奶从没有对外人提起过，即便是在家里，他们也很少说起，只是告诫后人，不要去盗墓。

到了七十年代末的时候，光景似乎是相对好了一点。那个年岁熬过七十的人不多，一代人送走一代人，太爷爷和太奶奶就是那个时候相继去世的。虽然当时死亡率较高，但是相较出生率来说，死亡的人还是没有出生的人多。

我的四叔就是在这么一个环境下出生的。四叔出生的时候，上面已经有了一个哥哥和两个姐姐。四叔比较顽皮，爱打架，也爱面子。读初中的时候，就是有名的打架大王，老师经常罚他抄写作业。终于在一次事件中，四叔被校长开除了。

时值初夏，多阴雨。一天晚上，四叔叫上了几个村子里读初中的同学，他们在路两侧拴了一根黄麻绳。这根黄麻绳虽然不结实，但是拦住正在骑的自行车还是没有问题的。四叔和同学把绳子拴好后，就把自行车停到沟里，然后全部趴着。那老师近视，晚上根本看不清东西，遇到麻绳后，一下就摔倒了。正当老师哇哇叫痛的时候，四叔他们出现了。四叔一边扶着老师，一边说，这是哪个兔崽子那么坏，拴了这根黄麻，把我们敬爱的老师摔倒了。

不过这老师也不是吃素的，他把那晚所有到场的同学都叫到办公室，一一审问，很快就把这事查了出来。知道这次是躲不过了，四叔主动大包大揽，说这是自己的主意，希望借着此事，来个提前毕业。但是这事也不至于闹到开除的分上，校长只是给了四叔一个记大过。

很明显，四叔对这个结果很不满意，他主动找到校长，要求将他开除。校长被四叔的举动吓愣了，待回过神来，连忙摆手，说不行。四叔极其失望地从校长室出来，悻悻地回到家中，提着草筐，说是要去割猪草。

这猪草一割一下午，到了晚上才回来。那时候，我三姑也在读中学，四叔知道，奶奶和爷爷肯定知道了他的事。按说，我们家家教很严，出了这样的事，四叔的屁股肯定要被打成用了五年

的菜板，意外的是，那次爷爷和奶奶并没有打他，只是让他以后天天割猪草和看瓜地。这回可把四叔高兴坏了，心想终于可以自由了。

四叔最大的喜好就是读一些关于风水方面的书，他曾经对我说：“自己没有什么本事，但是自己一定找个好坟墓，让自己的后代发达发达。”四叔还曾经跟我说过，村里那些人的坟墓都是乱选的，根本发挥不出坟墓的作用，不过我的祖上坟墓风水很好，太爷爷的坟墓风水也不错，两人的坟墓呈守护的态势。

我常笑四叔痴傻，四叔对我蔑视风水的态度不以为然，说我记忆力好，应该在风水上用点脑细胞。不过四叔的记忆力悟性真的很好，那些古怪的符号我根本看不懂，他却闭着眼都能说出样子和该在什么方位。说起来四叔的确不是那么一个读书的料，我是从来没有见他干什么事有耐心过，我听妈妈说，四叔最有耐心的就是追求四婶，那是他耐心发挥到极限的一次。

那个时候，没有几个人正儿八经地读书。同龄的人看到四叔下学后，日子过得滋润自在，都果断与学校划清了界限，连毕业证都没有要，就卷着铺盖回家了。大家辍学后，的确疯狂了一段时间，可是疯狂过后，很多人都开始为以后的生计问题谋出路了。

四叔本来以为，这些人会跟他一样，天天打架，哪知道别人辍学以后，全都娶了媳妇，成了家。四叔不想娶媳妇，觉得养不起。可是过了几年，大黑和二狗子他们全都结婚了，只有自己一个人落了单了。最为悲剧的就是，二狗子比自己小三岁，可是二狗子的娃儿都叫自己是大爷（就是伯父的意思）了。

四叔觉得再不找老婆就有点丢人了，现在自己都成了村里家喻户晓的光棍，好像自己真的找不到老婆似的。虽然四叔当时才二十二三岁，但是在农村已经是大龄青年。不过他老人家一直很自信，认为像他这么有神采的男孩，看上谁，那是谁的福分。对于四叔来说，最伟大的决定就是去大街自行相亲。

说起这事，四叔确实出了不少的丑。有一回他盯着一位大姐，他觉得这姑娘长得漂亮，看着和自己挺般配的。那姑娘身材好，眼睛大大的，水汪汪的，十分水灵，放我们全集村绝对是村花。四叔看到这姑娘后，心中大喜，屁颠地去跟人家搭讪，凭借三寸不烂之金舌问到了人家的地址，美滋滋地去了。

回去后，四叔跟大黑说自己认识了一个特漂亮的姑娘，要借大黑结婚时刚买的自行车去相亲。大黑说不行，要亲眼看看这个姑娘长得什么样，能把他迷成这样。于是四叔去二狗子家，把二狗子结婚用的自行车借了过来，跟大黑一起去。两个人蹬了一个多小时的自行车，终于找到了那家。两人推门就喊那个姑娘的名字，问她在不在家，结果一男的出来了，说，人不在，带孩子回娘家去了。

这事传出去后，愣是被全村人笑话了半年。四叔本来打算带大黑去给自己壮胆，更为重要的是，四叔长得也不白，想让大黑给他当个衬托的。哪知道衬托不成，还被笑话了半年。

四叔每隔半个月就去集镇上一次，看看有没有漂亮的大姑娘。这种精神颇让我感动，至今想来，仍鼓舞不已。四叔说，自己追求的是自由恋爱，要的是一见钟情，坚决不要父母强加的包办婚姻。

但是四叔还是后悔找老婆找晚了。他在我大学的时候，曾经

对我谆谆教导，告诉我找老婆一定要趁早，否则漂亮的都和别人结婚了，等自己想结婚的时候，人家的孩子都能打酱油了。

自从发现有必要亡羊补牢的时候，四叔就一直去周边的村子去找合适的大姑娘。由于同龄的都结婚了，四叔只能把“魔爪”伸向比他小四岁的小姑娘。我爸就常说他不是去相亲，是去吓人的。

有一天他在集镇上走得累了，看到前面河边的大柳树下面有个人在算命。以前遇上算命的，他从来不过去，因为他觉得都是老头骗钱的。但是那天不同，他竟然走了过去。他走过去绝对不是因为他对算命这个行为的态度有了可喜的转变，而是大树旁边站着一个年轻漂亮的姑娘。这个姑娘看上去不到二十，长发披肩，眼睛很大，睫毛闪动，身段特好，在街上非常惹眼。四叔想，怪不得那天算命的那里生意那么好，敢情大家都不是来算命，是奔着看姑娘来的。

算命的旁边全部是清一色的小伙子，老头小孩全部被挤在外面，他们表面上是在听老头讲算命，实际眼睛全部落在老头身后的姑娘身上。四叔认识这些小伙子，他们经常在街口打架，不过现在却个个一本正经，听着老头的解说。四叔心说：“全部是一群大色狼。”心里如此说着，自己却也眼皮不眨地盯着那姑娘。

但是算命的讲得似乎不是很好，几乎没有人注意听他讲话，都把目光投在了那个女的身上。四叔当然也是一样，他眼睛睁得浑圆，似笑非笑地看着那个姑娘。也许是四叔的大胆行为被人家看到了，那个姑娘还对四叔笑了一下，一点都不介意四叔的无礼举动。看到姑娘对自己笑了一下，四叔突然不好意思了，只得转头听算命先生卜卦。

哪知道四叔回神后发现，算命的人讲的内容变了，这次竟然不是算命的，而是关于风水的。四叔并不是第一次接触风水，在读小学的时候，他的书柜里就摆满了各式的风水书。读初中时，四叔还偷偷地去跟村里负责下葬的霍老太学下葬的规则。

只听那个人说："天地之象分，阴阳之候列，变化之由表，死生之兆彰，不谋而遗迹自同。所说阴阳之道，皆取自周易。那《周易》为何人所作，乃西周文王狱中所化。后经世人演化，加以注解，至唐宋呈现百家争鸣的状态，而流派大者十派以上，小者不为胜迹。这风水就是其中的一个大的分支，也是其中的一个流派，所有中国文化无不从中汲取营养。"

四叔听这算卦的东拉西扯，似乎很有道理，讲得很不错，但都是文言文，听得太受罪，估计这些半文盲也都听不太懂。四叔说："老人家，你别用文言文，你就说大白话，不然我们听不懂。"这时眼睛睁得鼓鼓的一群小伙子纷纷响应，说就是就是。

那算命先生继续说道："风水一学，用乎堪舆阳宅，止乎阴宅。阳宅乃活人之居所，阴宅乃死人的居所。上至夏商，下至明清，阴阳两宅各占天地。阴宅亦分作宅和灭宅，作宅为修坟筑冢，灭宅为……"

四叔接着说："就是盗墓。"

那算命先生停了一下，看着四叔，摸着胡须，满意地笑了一笑。其他人一看算命的先生对四叔点头，都露出不满的眼光。算命先生继续说："择地之卦，大忌六冲，六冲之去者，德福为坟主，腾蛇做穴中。父母为坟地，宜静不宜动，动则恐伤子息，不动则荫子孙百千，此家业荣华之兆。”

四叔又接话，说：“这样的坟地，如果子孙种地，那么子孙风调雨顺；如果经商，那么家财万贯；如果致仕，则官高权大，位极人臣。用现在的话说，至少得做到省委书记。”

所有的人都看着四叔，意思是说，四叔的话太多了。四叔哪去理会那些潜在的情敌，一脸扬扬自得。看到那个漂亮的姑娘也看着他，四叔更是高兴，心想，终于发现风水学的用处了。

这时候，算命先生不再唱独角戏，看着四叔，他说道：“年轻人，你可知道什么是六冲？”

四叔说：“六冲，就是指那些地方风水不好。凡六冲所在，飞沙走石，不是洪水就是黄沙，在六冲位置下葬，墓主会断子绝孙。”算命先生对四叔又是满意地点了下头，跟着对后面的姑娘说收工。

听到算命先生要走，这帮小伙子急了。因为看不到漂亮姑娘，他们的好时光也就没有了。勤快的四叔听说他们要走，赶忙帮他们收拾东西，积极为自己塑造一个热心青年的良好形象。待收拾完毕，他们也要告辞了，四叔嘴里吧嗒着想说什么，可是找不出什么好的理由，就跟他们说了告别的话。

四叔转过身，慢悠悠地回家了。

那天路上刮起了大风。四叔想，这两个人肯定不是本地的，等会要是下雨，就把这两个人请到家里去。

想到这儿，四叔就坐在桥头边等雨。也是天遂人愿，那个雨说来就来。见雨点飘落，四叔大喜，连蹦带跳地往回走去。哪知道他还没有走远，算命先生和那个漂亮大姑娘已经迎头走了过来，而且还是奔着四叔来的。很自然，四叔极其热情地接过了他们所有的行装，将他们邀请到了家中。那算命先生也不推辞，直接答应了。四叔心里美得乐开了花，好像这个大姑娘就是他的老婆了一样。

路上，四叔才知道姑娘叫小蝶，算命先生是她养父，小蝶是他捡来的。算命先生姓陈，名叫道和。

到家的时候，雨点已经大了起来。吃饭的时间大约是晚上七点，那个时候没有电灯，农村用的依然是蜡烛和煤油灯。点蜡烛总体来说还是比点油灯浪费的，为了体现出良好的氛围，四叔坚持吹灭了煤油灯，点了两支蜡烛。我五叔好奇，问四叔为什么不点煤油灯，四叔不好解释，只是做着手势，让他闭嘴。

那天晚上四叔觉得风特别大。第二天天一亮，陈道和和小蝶就走了。四叔那时候还在睡觉，等四叔醒来的时候，已经早上十点多了。

见不到小蝶，四叔很难受，后来每逢集市的时候，四叔都去那个河边大柳树下面等小蝶，可是一直没有等到。

等不到小蝶，慢慢地四叔心静下来了，他合计着做点生意赚点钱，不能总是靠爹妈养着。但是四叔不是那种种菜养牛的人，他受不了那种生活，四叔要的是能够来钱快的买卖。用四叔的话说，手里时刻握着钱才会有干劲。但是按照四叔描绘的蓝图，似乎只有当上了强盗，才能完成他的构想。可四叔虽然喜欢打架，还不至于去干那个行当。

为了能磨住四叔的性子，爷爷把四叔送到了徐州的朋友那里。爷爷的朋友是个工地工头，负责建筑公司的工程建设，手下刚好

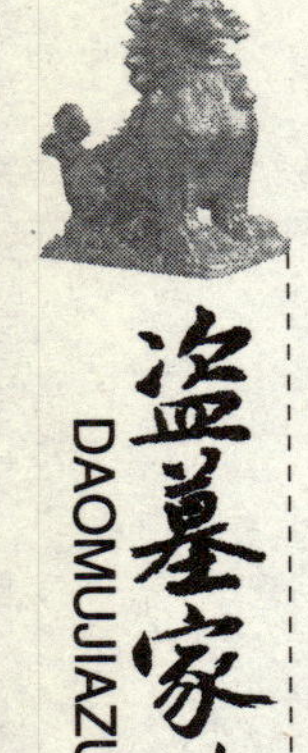

缺人。于是四叔风风火火地被送到了建筑工地。

在工地，不干活是要受到鄙视的。由于四叔力气比较大，到了工地后又比较卖力，加上爷爷跟工头的关系比较不错，四叔很快就升为了小队长，负责指挥和人员调度。那个时候，劳动行业比较少，村里的劳动力越来越多没有地方安放，农村的劳动力大多都被安放到建筑工地。他们有的人是在村里自己组建建筑队，自己承包自己建设，有的是进城里的建筑公司跟着公司干。

大黑听说四叔当上了小队长，非常高兴，也跟着过来了，美其名曰怕四叔一个人在外面受了欺负。大黑看到四叔干得热火朝天，好像终于找到了自己终身事业一样，一阵大笑。而四叔看到大黑来了，则像领导般拍着大黑的肩膀，说，不错，好身板，这里会给你一个锻炼自己的广阔天地。

大黑告诉四叔，在他走后，陈道和与小蝶来找过他，知道四叔不在后，又走了。这个消息让四叔激动了很长时间，并使他立即生出对工地的厌恶感。

不过大黑的到来，为四叔的生活增加了不少乐趣。四叔总是拿大黑打趣，说大黑长得像活张飞。大黑经常也是唇齿相讥，说四叔是大龄青年。

四叔在大黑来之前还认识一个叫勺子的人。勺子说他们家起名比较有特点，都叫勺子、锅子、碗子，好像他们家是大厨出身似的。大黑问他是不是做饭特别好吃，勺子说不是。原来，勺子爸爸经常和勺子的妈妈吵架，可是勺子的爸爸不会做饭，而每次吵架后，勺子的妈妈又不给勺子的爸爸饭吃，勺子爸爸一怒之下就给所有的孩子起了和餐具有关的名字。

工地的人晚上喜欢聊一些女人的事情，不过也有例外，那就是他们聊女人聊到无趣的时候。勺子在工地待的时间长，他说工地经常能挖到古墓，要是挖到值钱的，这辈子就不愁了。几个人接下来就整晚开始畅想盗墓的事，好像明天就可以发财一样。

这次是一个新的工地，这里是卖拖拉机的地方，为了发展农业经济，需要新建一些楼，作为基础服务设施。四叔的建筑公司就是承揽了这里的营业大楼的建设。

工地按时动工了。动工前，工地举行了奠基仪式，建筑公司放了一万响的鞭炮和一百响的礼炮。这个仪式是有说法的，一是表示欢庆隆重，二是告诉那些看不见的朋友，新人入住，旧人远去。

不过说来也怪，当晚四叔做了一个梦，梦见有人坐在工地不愿意走，他们说他们在这里住了一千五百多年了，谁也不许在这儿动土，否则就不放过他。

四叔被这个梦吓醒了。第二天他把这事告诉大黑，大黑说，坏了，别是真的有什么东西。因为他们两个是新手，就把这个梦给勺子说了。勺子家离这里只有四五里路，而四叔和大黑老家是安徽的，处于和徐州的交界处，离这里很远。和四叔比起来，勺子算是本地人，对这里的情况知道的更多一点。勺子说，这边经常闹鬼，以前这里总是有人中邪，还经常有人看见一群人抬着轿子出现在当地南面的农地里。

第四章　山中遇鬼

动土那天早晨，四叔拉肚子，他就跑到工地外去找个地方方便。农村的人都知道，在户外大便是最爽的，我四叔对这个习惯推崇备至。每次大便，他非得憋足半个小时，然后跑到漫湖或者河堰去，拉个过瘾。看到山，四叔来了灵感，他想，居高临下时的一泻千里感觉肯定特别爽。于是四叔带上手纸，一路小跑奔着山上去了，不知道的还以为他晨练呢。

那座山并不高，约五十米左右，四叔很快就上去了。他找了一个隐蔽的位置，跟着就开始了对大山的施肥工作。可是刚蹲下，他就发现了一些古怪，这个古怪究竟是什么，他一下子说不上来。下面的地形两侧偏高，但是看起来却像低谷，两坐山头被一条大道相切割为两半，巧合的是，国道到了这里，刚好转弯，形状像是月牙。从地形上看，这里很像风水书上描述的二泉映月。

四叔想，这个国道是后来开的，虽然风水上说这里是很好的风水穴位，但是古时候却是未必。但是想到自己既然梦到地下有古墓，说不定真的有。看着动工的位置和这个风水位置至少相差一百米，四叔一时间也想不明白。

自从那次去了山上大便，四叔就觉得那里是很好的如厕观光的最佳场所。四叔第二次去山上大便是第二天晚上和大黑一起。大黑和四叔都有在户外方便的习惯，两人小时候经常一起在河里摸鱼，顺便在玉米地方便，他们觉得那是小时候最开心的事。四叔每次说去山上拉屎，大黑不管有没有便意，都带上纸跟去。用大黑的话说就是，路上酝酿酝酿就有了。

两人一前一后上山了，山上没有灯，两人只能用手电。他们到了山上，找了两个相距五六米的位置蹲了下来，大黑不无感慨地说："好大的厕所啊!"

四叔说："大是大，就是没有坑，搞不好下回我们会自己踩上自己拉的那泡神便。"

跟着两人退了裤子，关上手电，尽情地沉浸在大便的快感中。

这灯光一关，整个世界都突然静了下来，本来嘻嘻哈哈的两个人也不说话了。山上吹过的凉风让两个人打了一个冷战，顿时觉得凉飕飕的。

四叔解决问题后，悄悄擦了屁股，提起了裤子。他想去吓唬吓唬大黑。哪知道走了三四米后，四叔竟然没有看到大黑的影子。按说无论天多黑，都该看到大黑人影的，可是四叔没有看到。再走两米，四叔还是没有发现大黑。四叔想，是不是大黑这小子自己擦了屁股跑了，于是他打开手电，叫大黑的名字，可是叫了好几声也没有人响应。

四叔想，大黑会不会自己偷偷下山了，为了防止大黑戏弄自己，决定先回工地。

哪知道走着走着，山上竟然升起雾来，平时短短的小山丘，

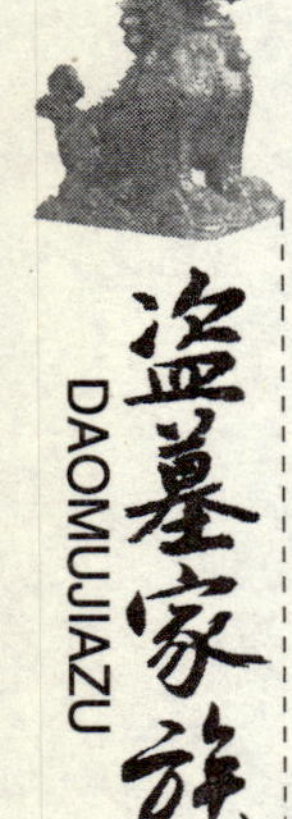

这回走起来竟然这么漫长。四叔觉得不对劲，怕是遇上不平常的东西了。他小跑起来，想早点回去，如果真的遇到，可就倒霉了。可是跑了半个小时，四叔发现自己脚上踩了什么东西，粘糊糊的，他用手电筒一照，发现竟然是自己拉的那泡屎。

四叔恼火之极，想不到自己走了那么久，竟然回到原点了。他赶紧找树叶把鞋子清理清理，知道这回怕是遇上鬼打墙了。

正在恼火的时候，四叔发现前面蹲着一个人，四叔想，还好有个人，还以为整个世界都荒芜了。他用手电筒照了照那人，那人竟然是大黑。四叔突然放松下来，对大黑骂道："我还以为你死了呢，快点提裤子走。"

大黑站了起来，四叔发现，原来他早就穿好了裤子。大黑对着四叔傻傻地一笑，也不说话。四叔走在前面，大黑跟在后面，四叔觉得后背凉飕飕的，就像地下井水给他冲了冷水澡一样。四叔隐隐觉得大黑走在后面不妥，就转脸看大黑，哪知道转过身后，大黑不见了。四叔骂道："大黑，你跑哪里去了？再不出来，当心我回去抽死你。"这时候背后响起一个低沉的声音："我不是在这儿吗?"四叔倒抽一口凉气，浑身像是掉进冰窟里，久久不敢转身。

要是平时，四叔非得给大黑一拳，但是此时大黑真的像是中邪了一样。四叔听老人说过，乱坟岗那边经常有人中了鬼的迷魂大法。中了迷魂大法的人会被带进一个到处是大楼的地方，那里的人会给他安排一个漂亮的住所，让他在那里睡觉。等到第二天，中了迷魂大法的人会发现自己睡在死人堆里。老人们说那还只是遇到心善的鬼，要是遇到恶鬼，往往有去无回。

四叔想，现在这人是不是大黑都难说，自己一定要小心。

他让大黑走在前面，自己走在后面。也不知道过了多久，前面隐隐约约出现一个人，待四叔走近后，发现前面竟然是一个白胡子老头。

老头叫住了两个人。四叔心想只要能见到人就好，这就不怕大黑了。老头把四叔叫到一旁，对四叔说，你时运不好，你旁边这个黑脸的朋友中邪了，赶快带他去看看，不然连四叔都跟着危险。

四叔听白胡子老头说的在理，就问该怎么办。

白胡子老头指着前面的山丘说，那个山顶有个庙，到那边的山顶用三炷香拜一拜就行。

四叔想，必须去烧香，否则大黑就完蛋了。于是四叔辞别了白胡子老头，带着大黑往山上走去。不过四叔在这里待了几天，还没有听说这山上什么时候建了寺庙。

他们到了山顶后，四叔发现前面的山头上，果然有一处寺庙，寺庙里灯火通明，照亮了好大一片地方。四叔走到庙前，看到里面有好多和尚在诵经礼佛，寺庙周围，卷起一股浅浅的雾霭，像是梦中一样。

正犹豫是否真的要进去，大黑在后面催了："你还进不进，你小子不进，我先进去了。"

听到大黑粗壮而又暴躁的声音，四叔觉得大黑应该是邪气破了，恢复正常了，便温和地说道："我看别进了吧，我记得以前这里没有庙。"

哪知道大黑却发火了，厉声说道："你究竟进不进？"

平时都是大黑听四叔的，看到大黑发火，四叔也来了脾气，

大声说道："我不进，你爱咋咋地。"

这时候大黑语气突然又软了下来，指着四叔身后，笑着对四叔说："你看那是什么？"

四叔转头看去，发现什么都没有，便知道上当了。四叔再回头去看大黑，就见眼前一个留着长发、浑身穿着纸衣服的女人，正在伸着两米多长的手用力去推自己。幸好四叔的身子被树挡住，才没有跌倒下去。

这时候纸衣服女鬼伸出舌头，去舔四叔的脖子，那舌头竟然有三米多长，吓得四叔魂飞魄散。四叔不知道该怎么办，突然，他急中生智，咬破舌尖，喷出一口血，吐向纸衣服女鬼。

这也是老人们教的招，说看到不该看的，只要咬破舌尖，就能破邪。果然，四叔咬破舌尖以后，纸衣服女鬼消失了，连山雾也不见了，整个山瞬间看上去小了很多。依照后来奶奶给的解释，这山为鬼山，山体早已经分为两个部分，一为阴，一为阳。活人看到的是阳山，死人看到的是阴山。四叔因为看到了阴阳两座山，所以看上去大了很多。

四叔长出了一口气，觉得女鬼也不过如此。正高兴自己击溃女鬼的时候，突然觉得背后袭来一股冷风。他回过头，却禁不住坐倒在地上，后面哪有什么寺庙，而是一处悬崖，悬崖下便是那国道。刚才的纸衣服女鬼分明是要推他进悬崖。

回到工地后，四叔惊奇地发现大黑正在激情地打扑克牌。想起刚才的情形，四叔心里仍然觉得怪怪的，但是看到大黑大大咧咧的笑容，他觉得这个大黑才是真的大黑。四叔问他怎么自己回来了。大黑说："我看见你自言自语下山了，我只能自己回来了。"

“你怎么不拉住我?”四叔道。

“你比兔子跑的还快，一眨眼的工夫，不见了，我怎么拉住你?”大黑道。

出了这事以后，四叔天天发高烧，夜夜做噩梦。后来四叔觉得扛不住了，就请假回家了。

回到家的四叔，病快快的，奶奶一眼就看出问题了。爷爷以前也经历过这事，知道四叔一定是遇到什么脏东西了。但是这次四叔的好像更厉害。奶奶问怎么回事，四叔就把情况给奶奶讲了。

奶奶先是从箱子里取出一个古玉，奶奶说那个玉可以辟邪，让四叔带着。四叔对玉的作用向来是将信将疑，但现在的他有恐惧症，任何与辟邪有关的，他都想戴着。依照四叔的想法，有的玉可以辟邪，有的玉不可以辟邪，但究竟哪块玉可以辟邪，他自己也不知道。为了能保证有一块玉可以辟邪，他到集镇上买了十来块玉挂在脖子上。

四叔在家里休息了几天后，觉得这个工地绝对不能再待下去了，否则非得把命给搭上。果然一周后，建筑工地传来了消息，说一个工人晚上没有回来，工地的工友在第二天的山崖下发现了他的尸体。公安局现场勘查的时候发现他的一只鞋子还在山上，最后定的是失足坠崖致死。这个消息差点让四叔精神崩溃，因为掉下悬崖的人本该是自己。

不过工地闹鬼的事并没有吓倒大黑和勺子，他们两个每晚都结伴去山上，但是始终没有遇上什么女鬼。大黑和勺子都认为凡是遇到鬼的都是命不够硬的人，而且他们相信这个地方下面一定埋着古墓。

在发财梦的驱使下，两个人白天是开着挖掘机拼命地挖土，晚上是争着加班。而且他们的干活方式也比较特别，只挖土，不平土，只掘进，不后退。到了第四天的时候，两个人实在是累得不行了，就全部睡了起来。哪知道那天中午，正当两个人睡得跟死猪一样的时候，外面叫了起来。等两个人睡醒了，工地也早就没有人了。大黑问工地上的值班老头，人都哪儿去了，老头说，工地下面挖出了一个大古墓，大家都进去抢洋钱去了。等抢完了，所有人都跑回家了。

大黑问，回家干吗？老头回答说，这墓地里的宝贝哪是随便拿的，逮到了是要坐牢的。两人这才明白，自己给他们修桥铺路，他们发财了，自己却当了穷鬼。老头说，工人看到陵墓的东西就拼命地抢，结果进入墓道后，很多人被墓道里面的暗箭射伤，有几个人还因此丧命。他自己年龄大，抢不过年轻人，就没有进去。

三人正说着话，公安局的警车开了过来，警察把那个古墓围得水泄不通。他们还请来了专家清理现场，可是现场被破坏得太厉害，墓室里的尸体也被拖出棺材变得骨架支离破碎，所有值钱的东西被抢夺一空，墓室的价值已经大大缩水。不过公安局也不是吃素的，他们把全市的警力都调集了过来，按照工地花名册挨个搜查他们的住所和居住地。

大黑和勺子因为没有参加抢夺受到了表扬，说他们识大体，懂法律，知道国家的利益高于一切，是好公民。但是只有他们自己才明白，他们恼火了好几天，恨自己睡得不是时候。

不过那些拼了命抢来的陪葬品，并没有归为己有，而是被当地文化局强制收公了。也因为这事，这个工地的工作被叫停了，大黑和勺子都回了家。

话说回到家里的四叔，当了无业游民，生活也是惬意无比。四叔说现在的生活节奏太快了，还是那个时候的日子清闲自在，永远不用担心会饿死，也永远不用考虑明天怎么过日子。但是四叔也不是那种受得了清闲的人。工地的事过后，四叔着实老实了一段时间，可是不到半年，四叔的两条腿像是长了毛一样，又闲不住了，他跟爷爷说，他打算到徐州做点生意。

我们村到徐州的城区相距不到四十公里，比到我们的县城还要近，所以村里的人办置东西、做生意大多去徐州，而不去县城。同样也是因为路程近、徐州经济相对比较发达的原因，老家的人大多选择在徐州谋生。

不过去徐州做什么生意，怎么做生意，四叔心里并没有底。他只是跟爷爷说说他的想法。爷爷当然是支持他的想法的，他的另外一个朋友在徐州是卖鞭炮的，专门营销鞭炮、雷管什么的，爷爷让四叔跟着他多跑跑，学习学习经验。

有时候四叔真的觉得爷爷很有本事，虽然家里的经济条件不怎么样，但是爷爷有本事的朋友真是不少。四叔有时候还在想，怎么就没有人因为有自己这么个朋友而自豪骄傲呢，不过要是真的有了，四叔就不是四叔了。

说起鞭炮，四叔就来了兴致。四叔从小到大一直喜欢鞭炮，自己也没事总是琢磨这个，现在让自己卖鞭炮，真是潜龙入水，猛虎归山。

徐州的鞭炮都是销往各小卖部的，这些小卖部大多自己来进货，可是时间久了，四叔觉得又没有意思了。过了年，鞭炮的销

售高峰期就算过了。之后没有婚嫁娶生，很少会有人买鞭炮，这对于鞭炮行业来说，就算是淡季了。四叔曾经说，鞭炮一年有一个旺季，十一个淡季，这一个旺季卖好了，另外十一个淡季就不会饿死。

也许是这十一个淡季太过无聊，四叔突然对做雷管萌生了兴趣。常做火药的四叔认为，鞭炮是低级工业，制作雷管才算得上技术活。他经常接触一些开山的师傅，有时候也向开山人请教一些雷管的制作方法。不过四叔在制作火药上极具天赋，加上他天天卖火药，对配药和炒药都很有研究，所以制出的雷管颇有威力，杀伤力不下于手榴弹。

由于四叔的雷管威力强，很快在枣庄、徐州、宿州一带闻名起来，许多开山的小老板都找他去买火药和雷管。雷管的销路好了以后，着实让四叔开心了好长一段时间。可是雷管就是雷管，时间久了，四叔又开始觉得无聊起来。在四叔的血液里，最好是天天世界大战，整个地球都是响铃模式，那才是多姿多彩的。

不过四叔最想的做还是炸个古墓什么的，因为那个能发大财。虽然祖上远离了这一行，但是四叔还是有种重操旧业的想法。四叔说他最大的愿望就是把祖上的风水学发扬光大，爷爷说他发扬是假，盗墓是真的。也许是因为四叔一直想盗墓，所以四叔并没有从爷爷奶奶那里学到什么，只能从集市上买了一些阴阳学说，乐此不疲地读着。

看上去，对于四叔来说，盗墓生活永远只能停留于想象。但是枯燥的生活还在继续，四叔还是只能生活在爆炸声中。好在小龟山一带最近在开山，开山的老板听说四叔会做雷管，专门找到了四叔。四叔听到这个消息后，很开心，他把鞭炮的事交给了伙计，自己就跑去炸山去了。

如果有人夸四叔长得俊，小伙子好看，四叔心里一定不为所动，因为四叔年轻的时候确实是一表人才。但是如果有人夸四叔雷管制得好，他一定洋洋自得，神采奕奕。对于四叔来说，能制成手工鞭炮就是了不得了，要制成雷管，那更是大成就了。小老板听说四叔制作雷管很有一手，就跑到四叔的小茅庐来请四叔出山。四叔也是激动，想不到还有人亲自请自己，就答应了。

小龟山位于徐州的西北角，属于徐州的近郊，一般很少有人在那里开山。但是经济的发展需要很多建筑材料，有人就在那里偷偷地开山。请四叔去放雷管的是个私营小老板，他给当地管事的塞了点钱，就开始动工了。

到了小龟山，四叔反复地琢磨了山体的构造和火药的压力和冲程，妥善安置爆炸点，竟然将整面山体都炸了下来。小老板大吃一惊，随之嘴巴咧成了小喇叭。

四叔回到自己的批发部，心里也是美美的，他第一次有了成就感。

晚上回到了住处，四叔看见屋外站着两个人，这两个人不是别人，正是四叔朝思暮想的陈小蝶和陈道和。四叔赶紧待客，请两人进屋。一阵寒暄之后，陈道和问四叔是不是去炸小龟山了，四叔说是。陈道和说那个山不能炸，里面有墓，四叔觉得不可思议，这座小山丘竟然能埋着一个古墓。

陈道和说："徐州自古就是兵家必争之地，徐州城的历史有两千五百年，有这些古墓一点都不奇怪。这个墓可能是汉代的大墓，

也有可能是更早的，具体是谁的，我也不清楚，但是我看小龟山有龙虎之气，虎卧龙盘，气势非凡。”

四叔道：“这小龟山远处看上去就宛如一只小龟，它山体独立，下面又是岩石，怎么能建墓地?”

陈道和道：“古人的智慧不是我们能估量的。小龟山虽然是山体，但是古代的王公能呼风唤雨，他们集合数万人的力量，花上数十年的时间，完全能够开出一座山陵。”

四叔又道：“唉，可叹我学了那么多年的风水，我就没有看到那里会有墓穴。”

陈道和哈哈大笑，说道：“那是因为你没有学到家。年轻人，上次我在集市故意说些风水学说，想不到你竟然能听懂，真是不容易。可是你没有学到精髓呀，你只是在地摊上买了一些没有价值的书，那些都是骗钱的。”

四叔听后顿时满脸通红，悔恨自己没有把自己家里的东西学到。不过四叔还是兴奋了一番，心想这次终于遇到机会，可以一展才华了，等陈道和走后，把大黑、勺子叫上，直接用雷管把墓给开了。四叔正想着自己的盗墓大计，陈道和说：“年轻人，我有事请你帮忙。”

四叔问：“什么事?”

陈道和说：“陪我进一趟古墓。”

第五章　龟山汉墓

四叔很诧异，怎么也想不到陈道和也会去盗墓。陈道和似是看破四叔的心事，他对四叔说："你是想问我为什么要进这个古墓是吧？其实我并不是为了钱，我想找这个古墓里面的五块古玉。这块古玉是春秋时期的楚国工匠打造和氏璧时候剩下的碎玉，这些碎玉虽然很小很零散，但是保存下来完整的有五块。我查访古籍，西汉的楚襄王在得到这五块古玉后，命工匠把剩余的古玉雕刻成纹，并勾画五种图案，后来楚襄王死了，也就把这五块碎玉埋在自己的墓室里。"

四叔奇怪地问："那你要那五块玉干什么？"

陈道和深吸一口气，说道："玉是有灵性的，它能吸人精血。玉分两种，一种是好玉，一种是坏玉。坏玉会吸走人的精血，好玉可以救命。我有个师兄，名叫萧胜云，他悟性好，天资聪颖，师傅教的东西很快就能学会。但是他有个毛病，那就是喜欢盗墓。他盗墓不为别的，只为钱财。但是在一次汉墓里，师兄中了墓里种下的蛊毒。他从古墓里出来后，额头发黑，脸上也没有了血色，幸好师傅留下了一块辟邪的美玉，才救了他的性命。但是师父的

这块玉还不够好，只能缓解他的病情，并不能根治，只有当年的和氏璧碎玉才能救活他。我查遍所有的古籍，才获知这些碎玉全部埋在了汉代楚襄王的墓里。”

四叔这才明白，原来陈道和所做的一切都是为了救那个在墓里中了咒的师兄。不过四叔并不是大善人，他甚至也没有去关心过那个萧胜云的死活，他关心的是里面的金银财宝多不多，能不能盗出来。更为重要的是，自己还能时刻和陈小蝶在一起。想到这里，四叔抬头看了一眼陈小蝶，这才发现原来陈小蝶也一直在看着他。四叔心下大喜，连忙答应了陈道和。

因为小龟山的墓不同于别的墓，它身处山下，周边多居民，不宜打洞，所以陈道和让四叔准备一些炸药。四叔跟陈道和说，自己还有俩兄弟，很有力气，人也仗义，能不能把他们一齐叫来。陈道和想了一想，就点头同意了。

忙了一天的四叔这时候想起自己还没有洗脸，这让自己如何面对自己心仪的陈小蝶，他掏出放在床头奶奶给他的辟邪玉，准备洗脸。哪知道陈道和看到那块玉后，眼睛突然一亮，问道：“你怎么有这块玉?”

四叔说：“这是我娘给我的，怎么，你知道这块玉?”

陈道和眼神晃了一晃，说：“没有，看着好看而已。”

四叔知道陈道和有意隐瞒，只是自己不好追问，便不再言语。

四叔洗好脸，陈道和对四叔说一周后再来找四叔，让四叔准备好火药。四叔看了一眼陈小蝶，想说什么，但是话到嘴边看了看陈道和又收了回去。陈道和似是明白，对四叔说：“我先去个厕所，你照顾好小蝶。”

四叔大喜，连忙告诉陈道和厕所的位置。

陈道和走后，陈小蝶自己坐在桌子旁，也不说话。此时房间只剩下两个人，四叔反倒不好意思起来，他害羞地搓着手，十分憨厚地说道：“这个，小蝶同志，你结婚了没有呀?”

陈小蝶看着四叔傻乎乎的模样，终于忍不住笑了，她说道：“还没有呢，不过也快了。”

四叔大吃一惊，说道：“原来你有未婚夫了。”说完，四叔整个人的表情都变了，中气顿时足了起来，再也没有了害羞的模样。他边踱步，边说：“哎呀，有对象了，有对象了。”

陈小蝶看了看四叔，继续笑道：“这次去龟山汉墓，你小心点，不要强出头，里面很危险。”

四叔没有想到她还会关心自己，尴尬地说道：“会的，会的。”

回到家，四叔立即就找到了大黑和勺子。三人聚到一起后，狂吃狂喝，到了晚上的时候，四叔才把找两个人的目的说了出来。四叔本来想这两人可能会犹豫一番，哪知道这两个人自山上的事情后，一直惋惜没有从墓中偷出什么宝贝来，竟然一口答应了。

三个人一拍即合，为了庆祝这件具有历史意义的大事，他们又连续喝了几天，直到陈道和二人来的前一天，他们才把火药炒好。临行前，四叔并没有把自己打算盗墓的事告诉爷爷奶奶，反倒是大黑，将自己的发财大计说与了自己老婆。不过四叔知道大黑的老婆比较多嘴，因此特意嘱咐了她，不能将此事说出去。

四叔三人到了徐州后，他们发现陈道和与陈小蝶早就在他们的批发部等候了。陈道和说：“这次咱们人多，干活的时候轮番来，不要都累着，也不能都闲着。进去后，能拿的就拿，可也别

拿太多。”说到这里，大黑和勺子嘴里发出嘿嘿的笑声，好像马上就要发财一样。

到了晚上十点，五人就出发了。四叔背了一袋准备好的火药，大黑背着陈道和的包裹，勺子背着陈小蝶的小包，几人轮番背了一个小时，到了十一点的时候，他们到达了小龟山。那时候龟山已经没有人了，连开山的都走了，只剩下一个老头在那里值班。不过这个老头很早就睡觉了，所以他们的行动并不会被人发现。

到了山脚下的时候，陈道和打开了他的大包裹。趁着月光，大家看到大包里装着桃木剑、糯米、蜡烛、手电、电池之类的东西，最为惊奇的是还有一把可以折叠的铲子。大黑看到这把折叠铲，爱不释手，恨不得带回家种白菜。

勺子见到大铲子，惊奇地说：“哇，好精致的洛阳铲!”

哪知道勺子自以为高明的见识却被陈小蝶鄙视了一番，陈小蝶说道：“不懂就别瞎说，那不是洛阳铲，那是军用工兵铲。”还好当时的月光没有直接照在勺子脸上，否则勺子的脸皮能跟锅里的红烧肉一样晶莹透明。

大黑大大咧咧地说：“进墓里要这么多东西干嘛，我看也就是那个手电有用，取宝物的时候能看见。”

陈道和笑了笑，不置可否。

四叔说：“先生为什么不带洛阳铲?”

陈道和说：“我先前已经用洛阳铲测试过了这里的土质，这次没有必要用洛阳铲了。”四叔这才知道，陈道和已经注意这所陵墓很久了。陈道和说他曾经不止一次地观察过这座山，这座山是一座独立的山丘，像一只千年龟遥望西北，龟的头在北，尾在南。

这时候陈小蝶打开了自己带的那个细长包裹，三人低头看去，里面竟然有很多的空心铁棍，这些空心铁棍每根长八十公分，粗细不等，两端带有螺丝口。通过螺丝口，这些钢管可以连成一根6米长的铁棍。三人这才明白陈道和为什么要带这么多东西，原来是有大用处的。

同时，陈道和根据阴阳八卦，在龟的后背处找到了生门位置，然后在生门处做了一个标记。跟着，陈道和让四叔站在生门后的笔直走向的八十米位置，然后让四叔在那里也做一个标记。这一切准备工作做好后，陈道和才让四叔在标记位置打眼。

打眼可是四叔最拿手的了。他长期研究火药，可以不发出声响地炸开一个大洞。不过四叔所站立的位置是没有石头的，全部是庄稼地，很容易打眼。大黑先是拿铁棍往斜下方打第一个眼。这洞眼是有要求的，不能垂直下去，必须是以四十五度斜角向下纵深方向。

见洞眼打好，四叔便埋下了火药。他点火后，众人就躲到了远处，待“轰”的一声响过后，大家又回到洞口。第一次爆破，炸开了约五米深，众人欢呼鼓舞，无不夸赞四叔的爆破技术。说起四叔的爆破技术，还真是一流。凡是他炸过的洞口，没有散土被炸出，盗洞是通过挤压周围的土层空间而产生的，所以难度很大。

由于这个墓葬埋藏得较深，四叔又炸了两次，才炸到地下的墓道。不过最后的土层是用工兵铲挖出的，并非是爆破。陈道和说汉代的墓道上端可能会有流沙，如果下面有流沙，就会堵死墓道，那么行动就功亏一篑了。

陈道和负责往外挖土，大黑和四叔三人负责运土，勺子散土，陈小蝶望风。令四叔诧异的是，陈道和挖土很有一手。他挖土很快，而且每一铲都能铲下很多土，所铲下的盗洞，切口整齐，圆滑平整，就跟自己炸过的一样。过了半个小时，陈道和终于挖到了洞底，他清理出洞下的细土，众人发现这洞下乃是一块巨大的夯土砖。

四叔敲了敲夯土砖，竟然非常结实，四叔想，休说没有流沙，就是有流沙，自己怕也炸不坏它。正当四叔发愁如何打破这夯土砖时，陈道和从他的包里拿出了几瓶白醋，他打开白醋，将其倒在夯土砖上。这夯土砖好像很吸水，醋很快就渗透下去了。陈道和用醋在土砖上画了直径一米的圆圈，醋越倒越多。接着他又从身上拿出一个长约五寸的匕首，开始在倒过醋的地方挖土。惊奇的是，原本硬如顽石的土砖这下竟然松软如泥了。

看到这里，四叔三人都是十分高兴，脸上都乐开了花，心想这回可有得赚了。不过经历过两山口遇女鬼事件的四叔并不敢盲目乐观，他怕自己再遇上这个东西。不过令四叔不明白的是，陈道和准备得这么充足，为什么还要自己也来呢？

陈道和挖完这些松软的泥土，又开始倒醋，跟着再继续挖。可是那个土砖十分厚，眼看醋快要用完了，那夯土砖还是没有挖透。大黑看着几个空瓶子，对陈道和叹气道：“我说你既然知道需要用醋，怎么不多买一点？你看这都不够使。”

陈道和没有说话，陈小蝶却瞪了大黑一眼，说道：“你们白天来的那么晚，我跟阿爹准备了那么多东西，都扛不动，你们三个大男人却来指指点点。”

大黑一时语塞，不敢再言。倒是四叔想起陈小蝶要结婚了，心里一直不是滋味。自打见了陈小蝶后，四叔再也没有去过集市相亲，他最盼望的就是有一天再见到陈小蝶，表达一下自己的倾慕和思念之情。

突然，他们眼前发出“轰”的一声。

听见这声响，众人都是一愣，跟着陈道和说了声“快走”，大家随即后队变前队，冲了出去。

出去的还算顺利，到了外面，空气清新了很多。大家不知道怎么了，就问陈道和。陈道和说：“墓道顶盖打开了，刚才那声巨响是顶盖掉下去发出的声音。”

大黑问为什么出来呢，陈道和说：“古墓封存多年，很难说能不能呼吸，怕有毒气。我刚才忘了告诉你们了，等顶盖掉下去我才想起来，所以叫大家往外面跑。”

众人这才恍然大悟，大黑说：“我还以为是有鬼呢!”勺子和四叔也是被吓得心惊肉跳。

虽然辛苦了几个小时，但是墓穴已经被打开，眼看胜利在望，大家心里都十分激动，所以也不觉得累。休息了半个小时，几个人又进去了。到了夯土处，众人才发现，这个墓道的夯土砖竟然有半米厚，难怪这么难打开。

这时，陈道和向墓道里扔了一根蜡烛，那蜡烛闪动了一会儿，并没有灭。陈道和说道：“蜡烛没灭，说明氧气充足。小蝶，你收好钢管，我们能下去了。”

尽管能下去了，可是还有个问题，那就是谁先下去。大家都知道，先下去是有危险的，站在最后面的一个，是最安全的。四

叔想在陈小蝶面前露个脸，可是正当他刚要往前时，陈小蝶用脚踩了他一下。四叔知道陈小蝶有意不让他往前，也就不出头了。

不过，四叔不当出头鸟，还是有人愿意的。大黑见大家都不愿意去，自告奋勇地跳了出来，他说："我先下去了，遇到财宝，不许跟我抢啊，哈哈！"

见到大黑要下去，大家都长出一口气。只见大黑走到洞口，双手扒在地上，身子放到洞下，随着一声轰响，大黑便跳到了洞下。那大黑跳下之后，烟尘滚滚，根本看不见人。

大家面面相觑，不知道下面情况如何。四叔叫了一声大黑，下面没有反应，众人开始心慌起来。突然，众人听得下面响起了几声喷嚏，心里的一根弦终于放松下来，底下传来大黑的叫骂声："哪来那么多灰，害得老子打了那么多喷嚏。"

四叔骂道："你小子怎么半天不说话？"

大黑道："想打喷嚏，酝酿酝酿。"

看到下面没事，大家陆续都跳了下去。陈道和第二，勺子第三，陈小蝶第四，四叔殿后。这次四叔是有意和陈小蝶一起，一者是希望陈小蝶对他能有好感，另外也是保护她安全。

下去之后，四叔接过陈小蝶的包，勺子接过陈道和的包，几个人轮换着提包。不过让四叔不明白的是陈小蝶为什么还要带着这些空心钢管，这个东西带着是很大的负担。想到自己还处于讨好陈小蝶的阶段，四叔就没有多问。

这个墓道是东南——西北走向，四叔他们所在的位置是墓道的中间段，透过手电光可以看到墓道的尽头。墓道宽不足一米，高不足两米，墓道空气偏于潮湿，墓道的墙壁为灰白色，色调偏暗，显得阴森森的。第一次进入墓室内部的四叔三个，心里很紧张，不时地四处张望。

四叔听老人们说过坟地里的怪事多，古墓里的怪事更是多。如果说进了古墓遇不到怪事，反倒是怪了。众人走的每一步都很小心翼翼，生怕出现什么不寻常的东西，连平时大大咧咧的大黑也不敢说话。按说墓道里面一般是不会设机关的，墓道只是一个排场作用，但是陈道和还是很小心。他从四叔的包里取出一根钢管，对着远处的墓道扔了过去。钢管落地的声音非常清脆，伴着余音回荡在墓道里。看到一切都没有事，众人心里长出了一口气，觉得可以放心地往里面走去，至少现在看来一切还是都非常顺利的。

但这条路终究太过漫长，走的时间久了，众人不觉间聚在了一起，仿佛这样心里便有了安全感。突然，走在最前面的那个人停了下来。众人见情形不对，也都跟着停了下来。四叔看到，最前面的那个人是勺子，在他的脚下，有一块砖塌陷了三寸，勺子的脚已经不敢动了，大家都不知道这意味着什么。

大家都看着陈道和，等他拿主意，显然，陈道和已经成了他们的核心。陈道和似乎也看出了大家的惊恐，他让所有的人都不要动，全部退回到三十米开外的墓道中间的位置趴着。跟着陈道和让勺子也趴着，待所有人都趴下后，勺子再将脚轻轻抬起。

勺子已经吓得不知道该怎么办了，只好照陈道和说的做。果然，就在勺子抬起脚的时候，墓室里响起了轰隆隆的声音，接着嗖嗖声不绝于耳。勺子不敢抬头，大约过了五分钟，他觉得自己身上到处落满了东西，起身一看，全部是箭。好在这些箭矢全部

掉在勺子的身上，并没有射中他。

勺子从鬼门关走了一趟，整个额头都是大汗。众人也是一阵心惊肉跳，都说，大家的命是陈道和救的。陈道和捡起刚才试探用的钢管，又装回了袋中。四叔这才明白，原来钢管是用来测试是否存在机关的。

说起来那个时候的人文化水平并不高，办事方法也只能用些最原始、最笨的方法，但是最笨的可能就是最好的。那时候大家想的就是大家都走中间，谁踩到了，大家就集体趴下。由于箭弩的位置比较高，箭头力道比较大，箭羽射到墓道的另一侧后自动掉落下来。这个时候，如果人不站起来，是不会受伤的。

这个方法的确很好，让一行人平安地走到了墓道的尽头。墓道的尽头是一个大铁门，铁门虽然有两千多年的历史，但是上面没有一点锈迹，俨然如新的一般。奇怪的是，铁门上面根本没有铁环和开门的手柄，也没有锁，倒像是现在的卷帘门。门上面有三十六个大铜钉，分四排，每排九个，整整齐齐地分列着。

眼下最主要的问题就是如何打开这扇大铁门了，它高大雄壮，靠人力是肯定打不开了，而用炸药，则可能会把墓室炸塌，砸死自己。不过每个墓室关闭地宫的时候都是靠巨石或者机关，此处既然留有墓道，则很有可能留有机关。不过机关和暗器是同等几率存在的，进入古墓，就意味必须面对暗器，大凡是大型墓葬，必有防盗暗器机关。古人比较注重工艺和技术，特别是暗器、密室一类的东西。这些行业逐渐产生了很多的门派，这些门派自成一家，独具风格。时隔千年，要想短时间破解这些机关并非易事，尤其对于四叔这种每天意图去街口相亲的庄稼汉来说，更是难上加难。

四叔他们在墙上寻觅了很久，希望找到启动机关的钥匙，但是久久没有找到。倒是大黑十分地有发现力，他踢了踢铁门，说道："这个大门怪结实，赶明儿俺给弄回家，装在俺家门上，多气派。"

四叔说："气派是气派，就是不知道你怎么打开这门，又怎么给关上。"

大黑一想也是，就不再说话了。突然，一旁的勺子大叫了一声，众人循声望去，只见在墓墙之上，一个身着古装、服饰像是古代王公的人，正站在墙上看着他们。这是一幅画像，画上的王公对着众人作揖，像是欢迎远来的客人。可是刚才进来的时候怎么没有看到这幅画像，难道是光线太暗，一时大意没有看到。

所有的人都凝神看这幅画像，这幅画像既不像是人画的，也不像是雕刻上去的，倒像是天然的。画像有点模糊，有种在云里飘着的感觉，让人觉得到了一个不是人应该在的地方。再看看画像中的笑容，笑容和蔼，面容亲切，倒让人觉得画中之人十分温和。

大黑看了大家一眼，说："要不是勺子发现了这个东西，我还不知道怎么死的，你们说，这个东西会下来不，你们别跟我抢，我一定灭了他。"众人惊讶地看着大黑，心道，这小子总是愣乎乎的。

这时候，陈小蝶将四叔拉到一旁，说道："这个人结婚了没有？"

"孩子都能打酱油了。"

“什么？那你怎么还能连个老婆都娶不上？真是没用。”

“我这不是一直惦记着你嘛!”四叔说道。

四叔和陈小蝶两个一直小声说着，哪知道四叔说最后一句话的时候，整个墓室里都安静了下来。四叔发现情况不好，好像大家都听到这句话了。

大黑最先反应过来，他哈哈大笑，说道：“呀哈，老四，原来你喜欢小蝶呀！小蝶姑娘，我揭发他，他绝对不是只想着你，两年前，他还带着我去相亲呢。我们到了人家家门口，问那姑娘在不在，你猜人家怎么说?”

“怎么说?”

“那姑娘不在家，带着孩子回娘家去了。”

说完，整个墓室里的人都笑了，只有四叔脸憋得通红。

第六章　楚王迎宾

大铁门还是纹丝未动，依旧是找不到进去的方法。

大黑看了看大铁门，对着众人说：“我看这里也没有什么别的方法了，就让俺再打个眼，让老四给这个什么王再来一炮。”

陈道和看了看大黑，说道：“放炮只是不得已的方法，咱们盗墓最忌讳的就是把人家的墓破坏得一干二净，那样太损阴德，会折寿的。我看我们还是尽量找找机关的好。”

说到盗墓的缺德处，每个人都是心知肚明。可是每个盗墓的人都能给自己找个理由糊弄自己，比如告诉自己这个墓自己不盗，早晚有一天也会被别人盗，一年两年没有人盗，过个一万年两万年难保不会有人盗。

众人继续寻找可能开启墓室大门的机关。终于，在重复搜索的时候，勺子在墓室大铁门的右侧，找到了一块凸起的黑色石头。大家都很欣喜，全部都围了过来。在陈道和的支持下，勺子扭动了那块石头，墓室响起了隆隆声。

但是这轰隆隆的声音好耳熟，因为轰隆隆的声音后面，跟着就传来嗖嗖的声音。四叔和陈小蝶反应比较快，很快就看出这并

不是什么“芝麻开门”，而是万弩齐发。这些箭矢从三十六个铁钉处发来，力道刚劲。由于四叔反应快，拉住陈小蝶就往墓道的墙边跑，躲过了流矢。陈道和反应不及，中了好几箭，但是那箭似乎并没有伤到他筋骨，他很快也躲到了墙边。大黑看到有箭射出来，第一反应就是像上次一样趴着，但是这铁门离他们比较远，箭头并不能都从背上飞过，所以大黑屁股中了两箭；而勺子站在墓道边上反倒没事。

流矢停止之后，大黑拔掉屁股上的箭，骂道：“古人的技术也太差劲了，这才七八米远都射不过去，疼死我了。”由于这箭矢因为年代久远，并没有多大威力，从大黑的面部表情看，所受的伤并不严重。

而陈道和因为里面穿了一件特制的内衣，质地柔软坚硬，所以没有受伤。四叔很惊讶陈道和还有这样的一件宝物穿在身上。四叔听爷爷说过，皇宫里面有一件可以防刀枪棍棒的蛇皮宝衣。这件宝衣是在长白山上的一种白蛇皮做的，这种白蛇比较少见，而一条可以用来做衣服的大蛇则是更为罕见。由于常年在冰洞里面生存，蛇皮非常坚硬耐寒。当年关外的一个猎户敬献给皇帝这件蛇皮宝衣的时候，是驱寒保暖用的，皇帝没有想到这蛇皮如此坚硬，竟然刀枪不入，所以皇帝一直拿它当做一件宝物。

经过那么一个小小的波折，几人又是惊魂甫定。大家都觉得盗墓太不容易了，两个小时连挖带炸地进入墓道，还没有进到墓室就差点死了。

那个机关是再也没有人敢碰了，不过让勺子庆幸的是箭弩并没有对着启动机关的方向发射，否则自己小命也就没有了。

这次大黑坚持要炸门，用他的话说就是，爷刚刚给他面子，他不给爷面子。但是这次又被陈道和拦了下来，陈道和说："你那么炸下去，可能我们都会被埋在下面的。"

众人一想，也是那么个道理。如果门被炸坏了，上面失去支撑，墓道就会塌陷，大家都会被活埋。

正当所有人都叹气的时候，四叔发现那个墙上的画像变了。究竟哪里变了，他也说不上来。陈小蝶见四叔盯着墙上的画像看，也看了一眼，说道："咦，这人怎么作揖的方向改了？刚才向左，现在怎么向右了？"

经陈小蝶那么一说，四叔恍然大悟，大家也都看了起来。果然，画上的这个人作揖的方向改了。这时每个人心里都有点毛骨悚然的感觉，个个不由得心里犯嘀咕，难道这上面的不是画，而是能动的人？如果不是什么人，是鬼吗？

这时候陈小蝶又惊叹了一声："咦，这下面怎么有五个小人？"四叔把手电照向陈小蝶指的方向，果然有几个小人。这几个小人对着画像中的人若有所指，看上去飘渺诡异。令人感到恐怖的是，画上的几个小人四男一女，宛如四叔等五人。

四叔说："刚才没有这几个小人吧？"

陈道和说："没有，这恐怕是刚刚有的。这预示着什么，难道是自然现象？不可能，没有听说过。"

大黑吊儿郎当地说："你没有见过的多的去了，不能说你没有见过，这个世界就没有。对了，叔叔，你读过中学没有，学过物理吗？我学过，我觉得吧，就是什么东西把我们的影子投上去的。"

陈道和不屑地看了一眼大黑，说道：“既然是投影上去的，为什么我们几个人不动?”

大黑眼睛一睁，说道：“你怎么知道不动，我们刚才一个转身，这个家伙不就转身到那边去了吗?”

勺子看了看那个墙上的壁画，说道：“这个画像虽然是很怪异，但是这幅画像是迎宾的样子，不会与我们为难吧。”

四叔打趣说：“我看倒是墓里的大王知道我们了，对我们作揖欢迎我们呢！你看人家多好客。”四叔还没有说完，明显的感觉胳膊像被马蜂蛰了一下，再回头，陈小蝶正瞪着他。

大黑说道：“我们可是来盗墓的，难道他还会主动把自己家里的钱拿出来给你？你当他是济公，散财济贫啊!”说完大黑拿起钢管开始钻炮眼，梆梆声不绝于耳。想到现在只有一个办法能打开大门，众人也只能把希望寄托在炸药上了。

四叔靠近了那个画像，他感觉到那个画像中的人一直盯着自己。四叔虽然对画像中的人很抵触，可还是不由自主走上前去。他用手摸了下画像上的人双手作揖的位置，竟然觉得有股力量将自己拉向石头。四叔意识到不好，赶紧往外挣脱，可是画像的吸力很大，他觉得整个人都要被拉进去似的。四叔想起了在两山口时候遇到纸人鬼的情形，他想立刻咬破舌尖，可是嘴唇根本动不了。

突然四叔大叫了一声，他用尽所有的力气，终于挣脱了那股吸力。哪知道四叔挣脱那股强大的吸力之后，赫然发现自己正站在陈小蝶的旁边，自己并没有被画像拉着。四叔的叫声使所有的人都注意到了自己，陈小蝶也投来异样的眼光看着自己。四叔把刚才的情况说了一下，大家都不相信，因为这个墓里面虽然机关多是多了一点，但是鬼什么的还是没有见到的。

众人看了看铁门，再看了看这幅画像，发现画像上的人又改变方向了，而且上面只有四个小人了，三个男的，一个女的。大家心里又发毛起来，为什么上面只有四个人，另一个去哪里了？大家开始相信四叔说的了，因为这也可能是说，石墙会把这里所有的人都往石头里拉一次。

大黑说："哎呀，老四，这是不是没有了你呀！哈哈，咳咳，疼死我了，画上要是没有了你，是不是大王要你去给他当驸马了。"大黑说完，继续捂着屁股。

这回四叔没有工夫和大黑斗嘴，因为他心里也觉得挺害怕的。倒是陈小蝶骂了大黑几句。陈小蝶骂了大黑后，四叔觉得挺美，心想，就是再被石头里的画像拉上十次也值了。四叔又看了一看那个画像的手指，突然发现勺子和陈道和两人目光呆滞地往画像那里走去，画像上的人依旧是面带微笑，但是眼睛已经是不再盯着四叔，而是盯着陈道和和勺子。四叔觉得形势不好，拿起背包就往画像的眼睛扔去。那背包砸到画像的面部，轰的一声落到了地上。再看勺子和陈道和，他们二人全都坐倒在地。陈道和气喘吁吁，说道："太危险了，哎呀，命差点丢了。"

大黑这次也不敢打秋风了，他也觉得这个画像有问题。

众人觉得今晚可能是注定不会有什么收获了，还是回去休息一天再回来吧。但是想想又那么可惜。陈道和看了看勺子刚才拧过的机关，好像想到了什么，他叫开正在打炮眼的大黑，让大家躲在箭弩射不到的位置。众人躲到一旁后，都紧张地看着陈道和，

陈道和重新旋转了下勺子旋转过的机关，哪知道，这次石门里没有发出机关，而是被提起来了。

那铁门被提起后，所有的人都来了精神，恢复了战斗力，连屁股中了两箭的大黑都瞬间斗志昂扬，激情勃发，宛如刚吃了神药一般。众人看了一眼墙上的画像，心想终于可以摆脱这个怪模怪样的家伙了。

一行人慢慢进入墓室。对于四叔来说，找到一些金银财宝带出去才是真的。但是对于陈道和来说，他的真正目标是楚王的五块玉。那么这五块玉究竟在什么位置呢？其实连陈道和都不清楚那五块玉究竟在什么地方。所有的人都打开了手电，往墓室里面走去。

墓的前部分是空的，两侧墓室，各个墓室也不是很高，但是墙壁光华，当真是鬼斧神工。不过大家都没有心情观光，他们还有更重要的事要做。四叔后来告诉我，因为陈小蝶已经有了未婚夫，所以他不能再盯着她，他必须带出去点值钱的东西，那样才能有钱找个漂亮的老婆。不过，四叔那质朴的想法，我觉得是最真实的。

墓的主人通常喜欢将贵重物品放在棺材里面，比如夜明珠等。对于一些特别重视钱财的墓主来说，他们很有可能把翡翠玛瑙和金银首饰放在棺材内，即便棺材内放不下的也要放在停放棺材的墓室里。而其他生前墓主所喜欢的次要的物品往往单独设一个墓室摆放。

陈道和和四叔等人商定，立即寻找主人的墓室，找到五块玉后立即离开古墓。

众人开始往墓室里走，走了十几米，借着灯光，眼前豁然开朗。几只手电灯对着前面的景物照了一照，不由得惊呆，他们的面前竟然是一座巨大的宫殿，其场景俨然如电视中拍摄的一般。大殿有两百多平方，殿中有八个巨大的柱子，柱石平滑，做工精细，不是亲眼所见，当真难以相信在这山麓腹中还能建筑如此宏大的宫殿。再看大殿的远处，古旧的石桌还有几份竹简，高约两丈的屏风明显比其他处开阔。殿前阶梯处，两只丹顶鹤栩栩如生，预展翅翼。

众人啧啧称叹，大黑说："乖乖的，不得了哇，这个什么王可是好阔气呀。"

陈道和说："这是汉代第六位楚王，他割据徐州，只手遮天。"

大黑又看了看，说道："厉害是厉害，可是这里没有金子银子呀？"

陈道和笑了笑，说："这里是大殿，又不是墓室，怎么会有金子？再说，这里的哪一样你要是带出去不比金子值钱啊？"

大黑说："这些东西是值钱，可是带出去，估计没有几天我就会被抓起来。要是金子就不会，我找人打成金戒指，那样就不会有人知道我盗墓盗来的了。"说完，大黑又挠了挠屁股。挠屁股快成了大黑的招牌动作。

陈小蝶看了看众人，说道："你们能看到屏风旁边的那个是什么吗？我怎么看着觉得像是小孩呀。"

经陈小蝶那么一说，所有人都看向屏风两侧的位置。手电光聚向了陈小蝶所指的位置，只见那里站立着两个人，这两人并不高，身材矮小，眼睛塌陷，面目干枯，头发稀疏，隐隐约约能分

辨出是两个小孩子。

这两个小孩子虽然身体已经枯萎，但是依然是站立着。左边的小孩手里拿着扇子，似是要给人扇风驱热。右边的孩子端着砚台，似是要给坐在桌子前的人研墨。大家看到这两个孩子，都知道这是陪葬的童子，心里不免对这楚王生出几分厌恶感。

按照陈道和的想法，大家兵分两路。陈道和和陈小蝶一路，从大殿的左侧寻找，而四叔他们三个从大殿的右侧寻找。四叔觉得自己三个人对古墓一无所知，这里这么大，迷路了多不好。而勺子和大黑觉得和陈道和一起很不自在，想着还是和他们分开的好，他们想找什么玉就找什么玉，自己找到金砖银砖才是最重要的。

四叔看了一看陈小蝶，从表情上看，陈小蝶对四叔似乎有点不舍。陈道和说："这墓很大，一起寻找反而麻烦。按照我的意思，大家最好还是分头行动。我们中的任何一方找到主墓室，就呼叫对方，在一分钟内，我们足够可以赶到。现在是一点钟，我们一点半在这里集合。"说完，不经四叔三人同意，陈道和径自往墓室左边去了，陈小蝶看了眼四叔，也跟着去了。

四叔看着陈小蝶离去的身影，怅然若失，久久伫立。说起陈小蝶，四叔心情很是复杂，当初来龟山汉墓，很大成分上说，四叔是奔着陈小蝶来的。等陈小蝶告诉自己快要结婚的时候，四叔像是摔到了谷底，可是看着陈小蝶对自己恋恋不舍的样子，四叔又觉得她不像是有未婚夫。

这时候大黑捂着屁股对四叔说："别看了，人家都走了。再说半个小时后不是还回来嘛。哎哟，这屁股还疼呢。"大黑用手电照了照另一只摸了屁股的手，发现这血有点不对劲，似乎有点黑。大黑让四叔看了一看，四叔也觉得有点黑。勺子跟着说：“当然黑了，这么暗的灯，你看什么不黑。”

四叔一想的确有道理，也跟着安慰大黑：“别多想了，咱们回去贴个膏药，你在床上趴两天就会好了。”大黑摸了摸屁股，心想，也只好出去再说了。

墓室里难分得清东南西北，不过四叔是个方向感比较强的人，即便是没有坐标，他也会出于本能，对现场就行动方向定位。三个人提着大堆的包裹和火药向大殿的右面走去，来到一处甬道。甬道的两侧是成排的墓室，它们分列在一条甬道两侧，宛如一个古代私家住宅。

三人进入第一间墓室以后，发现里面空空如也，不禁开始叫骂。他们三人又看了看墓室，发现第一间墓里和里面的墓室相连着，三人便开始往里面那间墓室走去。

第二间墓室摆放着的都是一些陶瓷，这些陶器在今天看来工艺并不如何高明，而且多成暗褐色，但是想着毕竟是两千多年前的东西，三人还是忍不住摸了一把。不过他们三人去摸陶瓷罐并不是要去感受历史文化的古董，而是试图在这里面找到一些金子珠宝之类的，但是他们把这些罐子倒来倒去，并没有发现什么宝贝。

由于整排的墓室相互贯通，所以三人很快走到了墓室的尽头。在墓室的尽头处是两个空房间，他们看到没有什么特别处后，又从另一排墓室返回了。此时，他们才发现这些墓室全部是掏空山穴而建成，这一个又一个墓室又靠的是矮小的石门相连接。

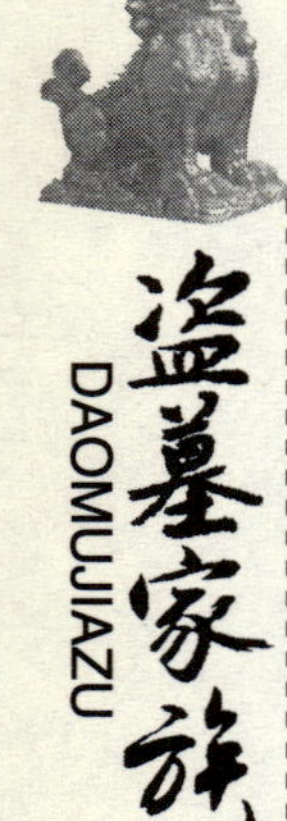

四叔觉得这个楚王墓除了陵墓空间比较大以外，其余一点看头都没有。仔细想来，还不如跟着陈道和一起的好，那样至少可以看到陈小蝶。想到这里，他又想起了分别时，他看到陈小蝶的那个眼神。

眼看毫无所获，众人决定回到大殿，静待陈道和和陈小蝶的消息。不过，临行前，大黑还是不忘自己此行的目的，他跑到甬道另一侧的墓室，把一个小的陶瓷装进一个大的陶瓷罐，然后又将大的陶罐抱在怀里。勺子也是一样，为了不虚此行，他将自己的手电都放到了陶罐里，然后一手一个陶罐，抱在怀里。

四叔悔恨自己背着这，背着那，什么都拿不了。可是话说回来，这陶瓷带回去当夜壶都担心随时会坏，拿回去又有什么价值呢?

三人从摆放陶罐的墓室出来，大黑对四叔说："老四，我想拉屎。"

四叔看了看大黑，说道："你拉屎就拉呗，还跟我汇报什么?"

大黑说："你看这哪里有厕所，咱们都进来几个小时了。"

四叔说："你就找一个没有人的屋子，往那儿一蹲不就完了吗? 你要是觉得拉着不舒服，那里不是有很多的夜壶吗?"说完，四叔指了指房间里的陶瓷罐。

大黑听了四叔的话，觉得十分有道理，便抱着一个大陶罐跑到隔壁的墓室独自去战斗了。四叔和勺子边走边看，身后不时传来大黑的大便声。

四叔和勺子进入隔壁的一间墓室，他们发现这里是一处马厩，里面有着几匹石马。四叔想，这里的东西置办得可真是很齐全。

陶瓷管用来装水，装粮食，这马厩用来喂马，刚才里面还有锅台，像是厨房。这个楚襄王看起来可真是很享受生活。

四叔听爷爷说过，古代的帝王大多想通过炼制丹药，希望自己长生不老，永远统治自己的王朝。所以帝王经常会纠集一些道士来炼制丹药。但是看这里存放的全部是生活用具，根本不像其他帝王那样，专门干一些后世看起来特别愚蠢的事。

四叔回过神来，却发现大黑不唱歌了，就叫大黑，大黑没有回应。四叔看了看正在擦陶瓷罐的勺子，似乎勺子也看出来不正常了。勺子放下陶瓷罐，往大黑蹲坑那个房间走去，但是那个屋子漆黑一片。

勺子拿手电照向大黑蹲坑的地方，地上除了一个大陶罐以外，连大黑的影子也没有。四叔也走了过来，但是似乎也看不出什么端倪。两个人觉得心里有点慌了，尤其是四叔，他在两山口遇到过大黑失踪，可是当大黑再次出现的时候，整个局面就被动了。

不过现在很平静，又有勺子在自己旁边，四叔心里踏实不少。他拉开装着钢管的包，取出钢管，心想，不管怎样，遇到危险时候，总是要拼一下的。

两个人挨个房间地寻找大黑，但是连没有去过的房间都找遍了，还是没有找到。不得已，两人只好再回去找一遍。这个墓室虽然大，但也只是相对来说，真的要是在里面走上一圈，并不要多久。两个人很快又走到了墓室的另一头。

这次两人寻找的时候特别地小心仔细。但走到最后一个房间的时候，两个人发现了怪异。四叔记得这里应该是一个空房间，现在突然有了东西，他们觉得很是奇怪。

当初三个人进到这个墓室的时候，这里面连个陶罐都没有，所以三个人很快就去了下一个房间。而当他们第一次来寻找大黑的时候，因为里面也是什么都没有，所以他们只是用手电往里面照了一照就走了，哪知道这次他们竟然在这个墓室里看到了马车，他们怎能不惊奇？

古怪叠加古怪就变得不古怪。四叔觉得别的地方太平就肯定不会找到大黑，这里古怪无比，反倒有可能找到一些线索。

墓室多出的东西是一辆马车，这匹马车前面三匹马，均为石头制成，车驾为木制品，上面的漆虽然有些脱落，但是看上去仍然鲜丽无比。

四叔看了看这匹马，又看了看车，发现这车仍然是十分古怪。究竟古怪在哪里，四叔说不清楚。这时，勺子也走了过来，说道："这个车子突然出现在这儿，肯定有问题，你别靠近的好。"四叔点了点头，转头再看看勺子，却发现眼前的勺子哪是勺子，而是车子上赶车的车夫。

这一下，四叔吓得不得了，赶紧往后退。再看车子上的人，正是抱着陶瓷罐的勺子。那车上的勺子正在对着四叔亲切笑着，嘴上还在说着"你过来"。

四叔想肯定又是遇到和两山口同样的场景了。

第七章　陵墓下的秘密

四叔知道车上的人肯定不是勺子。上回在两山口，那个纸人鬼就是变成大黑的样子，还差点把四叔骗到山崖下面。他想，即便是拆穿了也难以躲避这个赶车人的正面攻击，不如到靠近这个鬼的时候再突然咬破舌头，对着这个东西吐上一口鲜血。

四叔听说童子的尿和血对制伏猛鬼特别起作用。等会儿自己靠近车上勺子的时候，只要对着他猛吐一口血，定然会起到降妖除魔的作用。四叔心中如此盘算，却发现未婚青年已经成了他的金字招牌，不禁暗喜。

四叔一边往前走，一边听到身后传来有着车夫面容的勺子叫喊："不要过去，那里不能去。"四叔想："这次不能去，我也得去，打倒这个车上的家伙应该就可以找到大黑了，否则回去怎么跟大黑家里人交代?"

可是就当四叔一个箭步要冲上去的时候，地面震动了一下，接着他觉得自己重心不稳，摔倒在地，掉进一个大坑里。四叔觉得浑身一阵疼痛，他提了提神，看了看周围，发现四周一片漆黑。

手电筒已经摔坏了，还好四叔身上装了点雷管用的打火机。

他赶紧打着火机，却发现打火机的光线十分微弱，根本看不到远处。

这里光线极为微暗，目视范围不足两米，根本看不清墓室里面的场景。四叔屁股生疼，感觉自己像是坐在坚硬的地方，他用打火机照了一照，发现自己前面是三匹石马。他看着这三匹石马很是眼熟，再看身后，恍然大悟，这就是刚才掉下来之前看到的那个马车。

四叔一阵惶恐，稍微平静下之后，才发现眼前马车上已经没有了刚才的那个车夫，也看不到勺子。眼下要做的是赶紧把这个墓室快点照亮起来，一个打火机并不能支撑多久，而且这里面究竟是什么环境，还需要自己去了解。更重要的是四叔必须想办法出去，离开这间墓室。

四叔起身离开这马车，向周围看去，只见这地下墓室并不大，但是却有很多的房间，而且每个房间也是贯通的。

只是此时地下只有四叔一个人。四叔就感觉来到了阎罗殿一样。想起刚才的马车和随时可能出现的危险，四叔每走一步都很谨慎。

吸取以前的教训，四叔不再只看前面，不看脚下。他先照了照四周，再照脚下，然后才迈步子。就这样，过了几分钟，四叔又有了一个可怕的发现，这个墓室里面到处是死人的骨头。“怪不得这个墓室的上层会出现脏东西，敢情根源都在这里。”四叔想。

四叔拿起一块长大腿骨，用打火机点了一下，想不到竟然点着了。四叔小时候，乱坟岗还没有完全消失，村子西南角的乱坟岗半夜里经常会出现鬼火。其实所谓的鬼火不过是死人骨头在特殊环境下发生的自燃。不过，四叔也没有想到这么轻易就点着了骨头，他点了一根之后，又把其余的骨头也搭在了一起，这样地上就生成了一处火堆。

正燃烧的时候，四叔想起，地下墓室没有上层空气那么流通，这里的空气很有可能是两千年以前的空气。但是如果说是两千年以前的空气，燃烧完了氧气，自己就没有办法呼吸了。

于是四叔停止往里面加骨头，开始思考出去的办法。“现在唯一的办法也只有用炸药了。”四叔想。他放下背后的炸药和钢管包，准备往钢管里面填充炸药。

四叔一边装炸药，一边注意周围的动静。

此时他以为只能听到自己的心跳声。

但是在他的心跳之外，他听到了别的声音，当然也不是燃烧骨头的声音。

在车的那个地方，四叔听到了呼吸声。

这个呼吸声太明显了，而且很粗重。

四叔知道，这个墓室下面现在只有自己一个活人，怎么还会有别的呼吸声。

他把奶奶给他的古玉挂在脖子外面，然后提起一根钢管往车子处走去。

突然，四叔感到背后有股风吹了过来。

这一切让人感觉到似乎会有不妙的事要发生，因为在古墓里，除了安静就是危险。

四叔慢慢走近那个车子，绕过马匹，他看到有一个人躺在车子的侧面靠墙的位置。这个人面部早就已经干枯，头发从干瘪的

头皮里横七竖八地长出来，让人看着觉得很是可怖。四叔后来说，如果这个东西不是在古墓里出现，他发誓不想再见到他。

但是这个人并没有发出喘息声，因为这是个死人，而且是不会动的死人。

四叔还是不明白这里为什么会有人喘息，他把用骨头燃起的火把照向了死人，那死人瞬间动了一下。四叔哪里见过这种阵势，赶紧往后退了一步。

他静静看着眼前的动静，只见那个死人的身子左摇右晃之后，竟然慢慢站了起来。令四叔更为惊讶的是，这个死人下面还有一个人，这个人不是别人，正是失踪的大黑。

此时的大黑，毫无精神，满脸的黑气，嘴角带着血迹，头发也凌乱不堪。四叔不敢断定这到底是不是大黑，他实在不敢相信大黑会变成这个样子。只见大黑慢慢站了起来，手舞足蹈，嘴里喊着："鬼，呀，鬼!"四叔并不知道到底发生了什么事，大黑怎么会也来到这儿，竟然变成这样。

四叔躲在墙的一角，四叔又看了看刚才那个满脸干瘪的人。这不看不知道，一看吓一跳，这人就是刚才变成勺子的那个人。虽然脸部轮廓看得不清，但是衣服却是没有变。四叔在上面一层的时候，就隐隐觉得这个马车哪里不对，现在想起来了，是这衣服。这衣服并非汉朝的衣服，而是六七十年代穿的中山式青布衫。那么也就是说这个墓在这之前就有人来过，而且还死在了这里。

四叔猜想，肯定是大黑在拉屎的时候，这个青衣鬼上来把大黑骗过去，想趁机弄死大黑。他把大黑撂倒之后，又接着来骗四叔，把四叔骗到地下层，将四叔置于死地。

想到这儿，四叔满腔怒火，对着干瘪的死尸就是一脚，那干尸瞬间被踢飞，撞到墙上，掉了下来。不过那尸体掉下后，还有一件物什从这人身上掉了下来，四叔捡起一看，竟然是一块玉。更让四叔感到惊奇的是，这块玉与自己身上佩戴的玉形状大小一模一样，它们的区别就是上面的纹理不同。

四叔想，这玉肯定干系重大，一旦炸开这墓，离开这地方，就把玉交给奶奶。

四叔走到大黑面前，说道："大黑，你怎么样了？等我炸了这个狗屁墓室，咱们回家，再也不盗这什么破墓了。好吗?"

只是大黑并不理会四叔，鲜血依然还在嘴角挂着，不停地念叨有鬼。四叔无奈，也不知道怎么办才好，只好继续做他的雷管。

这次雷管要求很高。由于钢管硬度大，必须保证火力压强够大，才能炸破铁管。同时，由于火药自身能炸破铁管，再去炸一个别的东西，破坏力也必然很大。所以这要把握一个度，不能太少，太少炸不开；不能太多，太多会把整个墓室毁了，自己也会被埋进去了。

四叔一边计算着火药的多少，一边看着大黑。大黑的叫声慢慢变小，带着冷笑，发出嘿嘿的声音。四叔看着大黑，心里毛了起来，因为大黑看上去已经不像人了。大黑的脸由黑变白，嘴角的血也是越来越鲜红，牙齿也不再是从前泛黄的烟卷色，竟然十分地洁白。大黑眼睛直勾勾地看着四叔，四叔觉得要想出去，只怕是难了。

四叔猜想，大黑之所以成了现在这个样子，肯定是这个穿着中山式青衣鬼害的，于是四叔忍不住又去踢了那个死尸一脚。

这时候地上的火渐渐熄灭了，骨头燃烧得快要尽了。四叔收起剩余的火药和钢管，放到另一间墓室，准备炸墓室。

哪知道四叔拿出打火机，正要点火的时候，大黑冲了过来。他一把拔出引线，扔到远处的另一间墓室。四叔很是恼火，但是看到大黑现在这个样子，也没有了脾气。四叔第一次感觉到了求生的绝望，入地无门，上天无路。眼看着可以离开这里，还被大黑把这个机会给毁了。

其实，雷管四叔可以再做，但如果大黑总是拔引焾，这个雷管也永远炸不了。由于强大的负疚心理，四叔放弃了求生。他突然觉得好饿，忙活了五个小时，滴水未进了。四叔想起，来的时候，几个人活蹦乱跳，那个时候多好，怎么会突然想起来盗墓，还把大黑拉上。

四叔躺在地上，有气无力地看着大黑。大黑依然是直勾勾的眼神，嘴角带着血。按说要是平时四叔肯定特别害怕，但是此时四叔反倒不怕了。大黑看了看四叔脖子上的玉，看了一小会儿就转身离去了。四叔看到大黑身手非常矫健地爬到了墙上，躲在了墓室上方的拐角。

四叔看着奇怪的大黑，对大黑的举动很是吃惊。但是想到自己也是快要死的人了，心里也就释然了。四叔起身爬到车上，打算在那里睡一觉，心想，就算是死，也要死得舒服一点。

地上的火已经彻底熄灭了。四叔手上只有打火机了。不过四叔也不担心死后的事，因为这里面肯定有不少孤魂。可是四叔这么一躺下，心里还是放不下陈小蝶，他想起还没有对陈小蝶表白过心意，不知道陈小蝶是不是真的喜欢他。

四叔想起和陈道和分手前的对话，陈道和的眼神好像怪怪的。按说来到墓室，大家应该在一起才对，这样才有安全感。可是为什么陈道和非要坚持要他们三个分开走，难道是他担心我们找到那五块玉吗？不可能，那些玉，他们三人一点都不感兴趣。那就是担心四叔三人和他抢陪葬品。可是四叔想了一想，也不可能，这里的陪葬品那么多，谁也拿不完。再说这里也没有什么值钱的宝贝。自从进入这墓室，自己一点也没有出过力，陈道和一个人完全可以进来，为什么还说要自己当帮手？

想着，四叔觉得累了，他慢慢迷糊地睡起来。

其实四叔一直在想着陈小蝶，迷迷糊糊地听到了陈小蝶在说话："爹，你就别找了，都过去那么多年了，不可能找到的。我们都找了那么久了，就算在这个墓里，他也是一把骨头了。"

这时还听到一个中年男人说道："小蝶，你怎么那么不听话？我怎么说，你怎么做就行。我让你和那个姓李的小子走远一点，你怎么不听？"

又听是陈小蝶的声音说："四哥人的确很好，他又没有做对不起你的事。"

又听那个男的说："李老四是没有，可是他祖上是李乘风。我们祖上向来和他祖上不和，那次我去了他们家，我一看那个屋子的格局和风水，我就知道这肯定是李乘风的后人，别人谁也摆不出这种格局。"

又听那个陈小蝶的声音说："事情都过去那么多年了，您就别往心上想了。你看他们三个什么都不懂，多危险呀！"

四叔这才听得真真切切了，的确是陈小蝶和陈道和的声音。

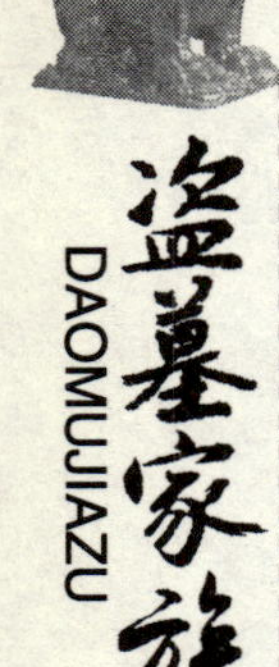

四叔一瞬间又来了精神，但是对陈道和和陈小蝶两个人的对话还是不太明白，但是隐隐地感觉不太对劲了。本来四叔打算去叫他们，此时也开不了口了。

只听陈道和说："我只想让李乘风绝后，李乘风易学派绝对不能超越我们生门派。至于另外两个傻子，农民一个，管他做什么。那个黑脸的家伙中了墓室的箭必死无疑。"

陈小蝶说："为什么，那个箭不是没有什么力气吗?"

陈道和冷笑说："箭是没有力气，可是这两千年的尸气有力气。要不是五年前我师弟萧胜云来过这里，这里的空气更新过，他的箭伤在我们和他们分开前就发作了。"

四叔这才听明白了，原来大黑真的是由于箭伤造成的。真是可恶，自己不知道也就罢了，可是这个陈道和明明知道大黑受了伤，却不说，当真是可恶。

只听陈道和继续说道："大黑中了箭是不得了的事情。墓室里面的箭都是两千多年前打造的，虽然已经不足以伤害人，但是一旦伤害人的身体肌肤就很难治愈。倒不是箭上有毒，而是因为这两千年的墓室有着很大的尸臭，尸体腐烂形成的腐臭有极大的坏死作用。正是这个坏死作用杀了大黑。"

四叔想起，他在徐州听说过有一种陈年的普洱茶非常好卖，因为年代久远，陈放的时间久，故而口感特别。社会上曾经一度疯狂追求陈年普洱茶，但是这样的百年普洱茶根本没有，很是难得，寸金难求。可是有一个商铺却总是能卖出陈年普洱茶来，这种陈年普洱茶价钱低，口感好，一直被陈年普洱茶的爱好者所追捧。但是有一天，这家普洱茶店被举报了。警察进入这家陈年普洱茶的地下室，发现里面摆放着几十个棺材，里面堆放着大量的尸体。在密室的墙边，则是新放的普洱茶。普洱茶经过尸体的尸化，很快就老化了，从而有着陈年普洱茶的口感。

尸体的坏死作用是无法估量的，而且具有很强的传播性，所以自大黑中箭的那一刻，四叔就隐隐地感觉到不好。但是当四叔问大黑要不要紧的时候，大黑总是大大咧咧说没事。想到这儿，四叔觉得很对不起大黑。带他来了古墓，还让他受了伤。

四叔再去看墙上角的那团黑影，心里觉得大黑就是把自己掐死了，也是应该的。

陈小蝶说：“那么他们三个在这边会遇到危险吗?”

只听陈道和说道：“或许不会吧，这边的墓室虽然看起来平常无奇，但是这边有个门叫做鬼门，是专门负责守卫墓室安全的。这几个到了这里难保不会遇难。能不能活着出去，就看老天是不是保佑他们了。”

陈小蝶说：“你怎么这么狠心？人家可是来帮你的。”

陈道和说：“帮我？可笑，他们是来盗墓的。我随口说楚襄王的五块玉可以治病，那个李老四竟然相信了。但是你看他脖子上那块玉和我们祖师爷的那块玉是一样的，我今天就是来取回祖师爷留下的和李乘风一样的那块玉。”

四叔想：“这玉是奶奶给的，是他们家的家传玉，难道我们家自己还有一块?”四叔虽然那么想，可是想世界上哪有这么巧合的事？如果真的是家里有两块这样的玉，自己现在又得了一块，那么家里就有三块玉了。

这时陈道和和陈小蝶已经走向这边来，两束手电光向这边射

来。四叔这才想起，这两个人是怎么进来的，难道是另有通道自己不知道？

在马车里，四叔看到陈道和拿着手电在观察墓室。四叔借着手电光看到墓室里现在除了自己这辆马车以外，地上还有那具中山式青布衫的死尸和墙角的陪葬的人的尸骨。而刚才燃烧的骨头也只剩一堆残渣，大黑也早已不在墓室。

陈道和看了看这堆烧过的骨头和墙角堆放着凌乱的尸骨，用脚踢了一下，说："怎么可能？这里竟然刚刚有人来过。"陈道和用手电又照了一照墓室，向那个青布衫尸首走去。

青布衫尸首被四叔踢了几脚之后，面贴着墙，背朝外。陈道和脚步越走越快，最后一步竟然是跳着到那个尸首面前的。他先是看了一看尸首的脸，又伸手去解尸首的衣服，似乎是要寻找什么。

陈小蝶看了陈道和古怪的行为，忍不住问道："阿爹，你要找什么？"

陈道和说："找玉。"

陈小蝶好奇地问："玉？什么玉，不是没有玉吗？"

陈道和说："不是陪葬的玉，而是祖师爷传下的玉。"

陈小蝶和四叔同时吃了一惊，陈小蝶问："祖师爷的什么玉？"

陈道和说："这个不说也罢，总之是祖师爷传下来的，等我出去再跟你说。"

陈小蝶又问："那这个人是谁？"

陈道和不徐不缓地说："这个人就是萧胜云。"

陈道和说完，陈小蝶和四叔又是一惊。想不到这个人就是萧胜云，那么陈道和说来墓室找楚襄王的五块碎玉纯属子虚乌有。四叔想，也不能说真的子虚乌有，这陈道和的确是为了寻找玉而来，只见陈道和已经扒光了萧胜云尸首的衣服，可是仍然不见那块玉的踪影。

陈道和说："我此行最主要的还是为了找这块玉，这块玉是咱们生门派的信物，也是掌门的标志。师父临终前，只有萧胜云在场，故而把此玉传给了萧胜云。我如果在，哪有他的份儿。"说完，陈道和愤愤不平。

陈道和没有在萧胜云身上找到玉，感觉很是失望。他对陈小蝶说："咱们去了大殿的西侧，那里也是空空如也，不过是几匹石马和石俑而已。咱们只有一间屋子没有去，那间屋子我估计也是一个殉葬室，专门埋葬殉葬的人的。五年前我师兄萧胜云和潇湘派的几个人来到徐州，说是寻找楚襄王的古墓，那时候他们通过挖墓来销往海外，从而赚取钱财。只是想不到这些人后来都没有了踪影，原来是没有走出去。我猜想，萧胜云就是在这里落了难。"

陈小蝶道："那怎么不见其他人的尸首？"

陈道和说："古墓这么大，有没有其他人的尸首是看不到的。现在我们已经看不出萧胜云是怎么死的，但是能死在墓里，肯定不舒服。"

陈小蝶一想也对，就问现在去哪里。陈道和看了一看萧胜云的尸首，说道："我们去大殿后面的那个大墓室吧，只有那里还剩下一间主墓室我们没有进去。"

四叔准备起身去跟踪二人，找到出口，但是四叔看到从墓室

的通道闪出一个黑影。这个黑影如鬼魅一样飘出，爬在了陈道和身上。四叔看得真切，这黑影就是大黑。

四叔拿起他的东西，待两人走得远一点的时候，赶快起身离开马车。

按说这里是殉葬所，应该有很多冤魂才对，萧胜云就是死在了这里，那么为什么四叔进了这里，却没有遇到什么危险呢？爷爷跟我说，这是因为四叔把这些尸骨全部点着了，让这些尸骨的主人可以投胎，没有了怨气。

第八章　消失了的陈道和

四叔远远地跟着陈道和，好在脚下比较平整，并没有多少崎岖。四叔穿过两间墓室，来到一处闭合的墓墙，这墓墙上有一个一个凸起的黑色石头，他把这块石头向右拧转半圈，右侧的墙便开启一道石门。这道石门远远地看去便是一道石墙，所以刚才四叔并没有发觉这是一道可以开启的机关。

看着陈道和和陈小蝶远处的灯光，四叔并没有立即追去，而是保持着与他们二人十多米的距离。这十多米在黑夜中，就犹如白天的百米一样。接着四叔看到陈道和二人往上面走去，四叔知道他们这是往墓室上面走了。

四叔停留了十多秒，等他们走得远了，自己才上去。他上去后，赫然发现自己竟然是在一个卫生间模样的墓室里。里面有一块一米见方的石墙在墙边立着，两块长条状的方石并排在石墙的右侧，更为奇特的是石墙上还有一根把手，用来牵拉大便者起身。四叔想，刚才大黑要是在这里方便，不是就没事了吗？

四叔点着他的打火机往大殿方向走去。到了大殿的右侧，四叔又往里面走，去找勺子。四叔现在并不在乎什么陪葬品，他只

想能活着出去一个是一个。

四叔走到里面的时候，里面微微地亮着。四叔感到很惊喜，这证明勺子还在里面。四叔加快脚步，冲向最后一间墓室，为了不吓到勺子，四叔在很远的地方就开始大叫勺子的名字。

虽然是大声的叫喊，四叔并没有听到勺子的回应。四叔想，不会是再出了什么事吧？走进最后一间墓室，四叔发现勺子躺在了地上。四叔拉着勺子的胳膊，希望把他叫醒，赶快离开这里。可是四叔怎么也拉不动。

四叔拿起勺子手中的手电，手电的电力已经明显不足了，光线非常微弱。看着勺子不动的身体，四叔有种不祥的预感。他拿起手电去照勺子的脸，发现勺子面色暗淡，眼睛闭合，鼻孔出血，嘴角也带着血迹，脖子淤青，像是被什么东西掐过。

现在确定勺子已经死了，但是怎么死的，四叔并不知道。他也没法知道，这里有着太多无法解释的东西，比如大黑刚才就爬到了陈道和背后，而陈道和却一无所知，说不定自己的肩上此时也爬着那么一个。

想起陈道和要杀害自己，四叔对陈道和的厌恶从心底发出。

四叔拿起手电，心想，只能等以后有机会再来取回勺子的尸身了，现在无论如何也带不走他了。正当四叔要走的时候，勺子突然跳了起来，抱住四叔的小腿。四叔再看勺子，只见勺子眼角、耳孔、鼻子和嘴到处是血，两只眼睛怒目圆睁，直盯着四叔。此时，四叔也算是经历大风大浪了。他拿起包着钢管的包裹就往勺子头颅砸去。

这钢管加起来至少得三十斤重，砸在谁的身上，谁都受不了。

可是砸在勺子身上，勺子只是放开了手，并没有受多大的损伤。

勺子双手对准四叔，只见他两只手指甲有五公分长，四只虎牙在勺子的嘴角异常明显。四叔退了两步，取出一根钢管，随时准备应对勺子的攻杀。

情急之下，四叔再次咬破舌尖，他冲向勺子，准备对勺子喷血。但是那诈了尸的勺子并不怕四叔的血，四叔才发现这吐血并不是万能的。没有了办法，他现在只能跟勺子对打了。四叔放下手电，拿起钢管去打勺子的脖子。可那勺子速度也是很快，四叔根本打不着，反而被勺子差点掐中。

如果不是四叔能打，早就被勺子掐死了。此时想一个智取的方法对四叔来说太重要了。这时，四叔想起那个掉下去的大坑，把勺子引向陷阱处应该是最好的办法了。

这时勺子已经跳了过来，猛力的手伸向了四叔。四叔往墙角冲去。此时那架三匹石马的马车已经不在了，而勺子看到四叔躲向墙角，反倒不着急了，好像他也知道什么是瓮中捉鳖似的。

四叔来到了那个陷阱处，自己往后面一个大跳，退到了墙角。此时勺子不紧不慢地追着四叔，就在勺子离陷阱不远处再次跳起的时候，四叔借着后墙的力，一个大起跳把正在跳过来的勺子僵尸砸到了陷阱里。只听地面轰隆一声，勺子消失不见了。

四叔长出一口气，暗道一声好险。现在手电已经快没电了，远处还是一片昏暗，自己也看不清远处。他回头向大殿方向看去，哪知道这无心的回望，四叔竟然看到远处有一个模糊的影子。这个影子非常矮小，像个孩子，只见这个影子一闪而过，消失在墓室里。

四叔以为自己看错了，可是仔细想想，的确有个红色的影子从自己的眼前一闪而过，心中不禁生出一阵恐惧。此时他们三人已经只剩下了自己一人，四叔心里非常难过，他再也不想盗墓了。如果可以的话，四叔想把大黑和勺子都背出去，只是现在时间比较紧迫，再晚回去，手电的电源可是真的撑不住了。

四叔一路小跑回大殿，就在回大殿的时候，四叔看到墓室里的那个红色的影子又是一闪而过。他停下脚步，想起勺子的死亡可能和这个红色的影子有关。想到这里，他突然不再害怕，而是心里恼火起来。可是怎么给勺子报仇，四叔为难起来。

对于四叔来说，此时看到的任何东西都是真的，也都是假的，所谓亦真亦假。不过看到的越是虚幻越可能是真的，而越是真的，往往是虚幻的。四叔觉得那个红孩儿一样的影子如此虚幻，那么应该就是真实的，但是究竟是什么，四叔也猜不透。

快到大殿的时候，四叔听到一声叫喊。这声叫喊是女人发出的。这个墓室只有一个女人，发出这声叫喊的只能是陈小蝶。如果说是陈道和，四叔死都不会管，但是陈小蝶看上去并没有陈道和那么邪恶，四叔并不忍心离去。性命攸关的时刻，四叔还是想起了对陈小蝶割舍不下的感情。他没有往大殿外侧走去，而是往里面冲了进去。四叔边跑边喊陈小蝶的名字，但陈小蝶似乎听不到四叔的呼喊，只是一直地大哭。

当四叔冲到陈小蝶所在的墓室时，陈小蝶还在叫着。站在墓室门口，四叔看到此时陈道和正在和一团黑影搏斗，但是陈道和明显处于下风，眼看就要落败了。四叔也不知道该怎么帮陈道和，此时的四叔手里只有一根钢管，其余的钢管和火药全部落在了刚才的那间密室。

看到陈小蝶不停地哭喊，四叔也心软了。这次四叔看得分明，这团黑影不是别的什么东西，就是大黑。此时大黑满脸是血，特别是嘴里，更是流个不停。四叔一阵冲杀，可是根本打不到那团黑影。

就在这时，只见陈道和从身上取出了一把桃木剑，大黑似是很害怕桃木剑，不停地往后退。陈道和不依不饶，直奔大黑，大黑躲避不及，被桃木剑穿破心脏。大黑发出一声叫喊："陈道和，你不得好死。"这声音竟然是一个中年男子的声音。

就在桃木剑刺中大黑的时候，大黑又对着陈道和的脖子咬了一下。被咬中的陈道和丢剑而走，号啕大叫，一路狂奔出墓室。四叔和陈小蝶猛追不舍，绕着大殿转了几圈后，竟然再也看不到陈道和的影子。

四叔和陈小蝶都很惊讶，为什么陈道和跑着跑着不见了？他们回到刚才的墓室，看到地上躺着的大黑，只见大黑脸上再也没有了刚才的凶恶，而是面色发黑，浑身无力，已经是动不了了。

大黑问四叔："我这是怎么了？"

说实话，四叔也很想问大黑他究竟是怎么了，拉了一次屎竟然拉出那么多事来。大黑想起他拉屎的时候，眼前出现一只玉兔。他简单地擦了擦屁股，提起裤子就去追玉兔。哪知道到了墙角，玉兔旁边出现了一个人，这个人穿着六七十年代的中山式青布衫，形色枯槁。接着自己眼前一黑就倒了，醒来后，自己就到了这里。

四叔知道这个人就是在地下墓室看到的那个人，自己还踢了他几脚，拿了那个人身上的玉。但是那个人为什么附身之后，没

有攻击自己呢？四叔百思不得其解，看来萧胜云的魂魄的目标是陈道和，并不是自己，他是借大黑的身体向陈道和索命。

大黑对四叔说："老四，我是不行了，来的时候我跟我媳妇说我们来盗墓，我媳妇不让我来。可是我对不住她，回去跟我媳妇捎个话，就说我不能好好照顾她了。"

四叔当然不能同意，他背起大黑，和陈小蝶一起走向出口。

此时他们再也没有什么心思找这些陪葬品了，只求能平安走出墓室。

路上四叔问了陈小蝶他们进入墓室的情况，陈小蝶说他们去了西边的一排墓室，也没有发现什么有价值的东西，却发现里面有很多盗墓用的工具，这些工具几乎各个朝代都有。后来他们发现了一个地下墓室，找到了萧胜云的尸体，陈道和没有找到他想要的掌门玉，就回来找到了墓主的墓室。但是打开棺盖才知道门口墙上的那个人影居然是楚王的，眼前棺材里的人和画上的一模一样，连身材、衣服都一般无二。不过楚王身上有价值的物件基本上都没有了，墓室里值钱的也被搬走一空。只是在楚王身子下面找到了一个印信，这个印信名叫驼钮金印，是楚王的生前官印，很有价值。

这个棺材装饰简单，的确不像是一代王公的陵墓。陈道和盖上了棺材盖，看到墓里还有些字画，便去取些字画带出去。哪知道这时大黑突然从背后咬了陈道和一口，接着就出现了四叔看到的场景。

四叔听完陈小蝶所讲的经过，虽然比较简略，但是大体是比较符合事实的。此时陈小蝶还不知道她和陈道和的对话被四叔听到了。

陈小蝶是陈道和的养女，但是从刚才的对话中明显发现，陈道和外表谦和，内心奸诈邪恶；而陈小蝶外表虽然冷若冰霜，实际则是善良无比。四叔就问陈小蝶为什么让陈道和收养？哪知道陈小蝶却说，陈道和是她的杀父仇人。

陈小蝶说她认贼作父是想有一朝一日可以杀了陈道和。陈小蝶本姓赵，叫做赵小蝶，祖籍是陕西的，祖上是十二大密探之一，名叫赵子峰，十二大密探是按照生肖排列，她的祖上是虎字辈，有专门的密探金牌。

那陈道和的祖师爷霍东也是十二大密探。十二大密探牌位是鼠。清灭后，陈道和的祖师爷投靠了袁世凯，开始为袁世凯效力，而自己祖上不愿意为他们效力，他们就派人来追杀祖上。祖上无奈，只得改了名字，隐居到陕西。后来他们多方查访，还是找到了我们家，但是那时候已经过去了三十多年，祖上已经死了。建国后，这些人并没有停止对赵家的迫害，由于霍东广招门徒，势力很是强大。后来“文化大革命”的时候，祖上遭受迫害，陈道和就花钱把赵小蝶的父母害死了。

四叔这才知道，原来陈道和这么坏。他又问陈小蝶，陈道和来到墓里的真正目的是什么。

“掌门玉。”陈小蝶回答，“霍东创下的生门派势力强大。自从慈禧死后，这些掌握清廷秘密的人大多改行做了盗墓者。他们走访名师，学习盗墓之法，同时由于各大密探都是拥有不同绝技的人，他们很快在盗墓界声名鹊起。而生门派的人数最多，所以取得掌门位置对陈道和来说，意义重大。陈道和一来是取掌门玉，

另一方面也是趁势取得一些墓中的财物，作为他出入墓地的证据，否则难以服众。”

三人来到出口，走向墓道，在墓室的外面的墙壁上，依然是楚王迎宾的动作，只是此时画上只剩下了三人，这三人是两男一女，和来的时候画上的一样。

四叔看了看墙上的画，想起这画可以摄人心魄，便不敢再看，让赵小蝶赶紧随着他走。四叔问：“你在陈道和身边，不怕他认出你吗?”

赵小蝶说：“我家所有的人都已经死了，爸妈走的时候，家里只剩下爷爷奶奶。后来爷爷奶奶被拉去游街，说是宣扬迷信，蛊惑群众，煽动暴动，所以爷爷奶奶被活活折磨死了。我被乡下的小姨接去后，在乡下过了半年。后来我看到陈道和以修路为名来我们这里附近的山上挖墓，我就说自己是孤儿，求他收养。陈道和外表谦和，当时在场的人多，他不好拒绝，就收下了我。这一跟七八年，我也算是学到了不少东西，我想等我学到他们的精髓再去杀他，为爹妈报仇，可是他提前死了。”

四叔想不到赵小蝶身后还有这么多的故事，也没有想到，赵小蝶能为杀父之仇隐忍八年，顿时对赵小蝶刮目相看。

四叔背上的大黑越来越沉，并不像当初的时候背得那么轻松。四叔想是不是自己累了，他回头看看大黑，可是大黑低着头，看不清楚。

四叔问赵小蝶：“你看那个楚王画像上面的小人，刚开始是五个，我被画像迷上以后，就变成了四个，还是三个男的一个女的，现在又变成了两个男的一个女的，这是为什么，会不会说明不在的人死了?”

赵小蝶低头沉思良久，说：“我也是想不明白，如果说你中了画像的什么物什，那么现在你不是没事吗?”

四叔想也对，便不再言语。由于四叔从赵小蝶那里得到了电池，很快就得到了电力补充，两把手电足够照明了。好在墓道并不是特别长，他们很快走到了墓道盗洞口。四叔放下了大黑，先踩着赵小蝶肩膀上了盗洞，跟着拉起大黑，把大黑拉到盗洞里，最后才把赵小蝶拉上来。这么安排顺序是有道理的，因为大黑现在昏迷不醒，先上去的人必须力气大才行，所以四叔先踩着赵小蝶，最后再拉着赵小蝶的手上来。

赵小蝶对四叔说：“老四，我刚才看到一个穿红衣服的小孩在墓道里面一闪而过，你看到了没有?”

四叔说：“没有啊，怎么，你看到了!”

赵小蝶说：“嗯，刚才你上去了，我怕吓到你，没有跟你说。”

四叔说：“这个穿红衣服的小孩我早就看到了，刚才在找你的时候，我就看到那个小孩了。”

赵小蝶说：“我看我们还是赶快走吧。”四叔点头，开始弯腰背着大黑往前蹲着往上走。他发现背上的大黑越来越沉，自己快背不动了。握着的大黑的手，也越来越凉。赵小蝶在后面走着，说道：“大黑怎么那么臭!”

赵小蝶那么一说，四叔也发现大黑身上发出的味道非常地臭。正想回头看看大黑的时候，四叔发现前面的剩余半条盗洞没有了，竟然被堵上了。

两人倒吸一口凉气，突然觉得天绝人路。

四叔回头看了看赵小蝶，说道："鬼打墙。"

赵小蝶看了看眼前消失的盗洞，也不知道这是为什么，要说是鬼打墙也有可能，刚才不是遇到了一个穿红衣服的小孩吗？

四叔瞬间绝望起来，本来想这次出去之后，先把大黑送到医院，自己再好好休息，这辈子再也不去盗墓了。可是没有想到这个洞口竟然被堵住了，纵然四叔经历了今晚这么多的怪事，也是经受不住这么大的打击。

就在这时，大黑突然动了起来，他有气无力的身体晃了一晃，看着四叔，又看了眼赵小蝶，让人恐怖不已。四叔绕过大黑，慢慢地靠近赵小蝶，对赵小蝶说："小蝶，你看他没事吧？"

赵小蝶说："我看够戗，咱们还是别管他，先往墓室里面撤吧。"

四叔说："除了这个地方能出去，还有哪里能出去？"

赵小蝶说："你忘了，这个墓室可是曾经被人盗过的，肯定还会有别的出口。"

四叔说："可要是再遇到鬼打墙怎么办？"

赵小蝶说："你想想，如果别的地方要是也不通风，咱们在这里能那么呼吸自如吗？"

四叔一想，有道理。可是他又放不下大黑，对大黑说："大黑，咱们一起去找新的出口吧。"

大黑看着四叔说："我不行了，你快点走吧。"

四叔哪忍心丢下大黑一个人，对大黑说："走吧，大黑，我不能扔下你一个人。"

大黑身子抖了抖，点了点头，眼睛直勾勾地看着四叔。四叔和赵小蝶走在前面，大黑跟在后面。四叔觉得身后一直有股冷风在吹，吹得他后脊背发凉。

四叔想起大黑在墓室里面的情景和现在一般无二，不禁担心大黑旧病复发。他知道大黑虽然中了墓室的箭，可是这顶多致死，也不会变成鬼或者僵尸什么的啊！赵小蝶看着大黑，忧心忡忡地说："我怀疑大黑在墓室里面被萧胜云附身了，现在虽然没有被附身，但是游走在死亡边缘的大黑，死后可能不会那么清净。"

四叔明白赵小蝶的意思，她的意思是大黑会成为僵尸来攻击他们两个。大黑问四叔怎么停了不走了，四叔当然不能说真话，只能说有点累了，走得慢，歇一会儿。三人出了洞口，再次回到了墓道。

四叔对再次回到墓道心里充满了恐惧，那里面地下还有个勺子，两头的墓室还有殉葬者，墓室里还飘荡着一个红孩儿。可是没有办法，再不出去不被这里吓死，也会饿死。

赵小蝶说："可惜没有蜡烛，如果有蜡烛，我们可以判断哪里有风。"

四叔好奇地问："你问哪里有风干什么？"

赵小蝶说："那样可以判断哪里通风，最有可能出去。"

四叔一想有道理呀，他立刻取出打火机交给赵小蝶。四叔和赵小蝶快速跑向墓室，只有大黑一蹦一跳地进去。看着大黑的古怪走路方法，四叔两个觉得大黑可能已经成了僵尸。但是大黑依然还有意识，能认出自己。四叔不愿意舍弃大黑，只能一直带着大黑，同时还要防止大黑做出什么事。

他们到了大殿，赵小蝶打开打火机，只见火苗直直的，毫无

弯曲之象。这说明这里是一点风都没有，他们到墓室左侧，火苗依然是笔直的，可是到了右侧的时候，火苗竟然弯向大殿处。

赵小蝶非常惊喜，心想，大家终于可以出去了。哪知道她看了看风吹来的方向，只见一个浑身红色的孩子正在墙上吹着她的打火机。看到赵小蝶看着他，他也对着赵小蝶笑了一下，然后一闪而过，消失在墓室的黑影里。

第九章　鬼魅红孩儿

赵小蝶虽然也是经历过大风浪的人，可是也受不了这样的场面，她吓得一下子扑到四叔怀里。四叔自然不知道怎么回事，但是他知道能让赵小蝶吓成这样的，一定是看到了什么不干净的东西。

对于四叔来说，这已经习惯了，如果看不到，四叔反倒觉得不正常了。在这样的危险墓室，异常现象无处不在，心理一定要能承受得住。他安慰了下赵小蝶，决定找回炸药，去把出口炸开。

其实对于四叔来说，能看见那个红孩儿总比看不见的好。如果看不见，不知道会有什么危险，现在既然知道了，心里反倒踏实多了。

四叔问赵小蝶陈道和带来的那个大背包哪里去了，那里有把工兵铲，也没有了去向。赵小蝶说忘记了，好像陈道和和大黑打架的时候还在，后来陈道和疯了，他们追了一圈后，那个包就不见了。经赵小蝶那么一说，四叔也想来是有那么一回事。当时还不知道陈道和和赵小蝶有血仇，跟着就追了出去，四叔记得那个包是在放楚王棺材的墓室的，可是追了一圈之后就看不到那个大

包了。当时虽然感觉墓室里少了点什么，但是并没有注意到是那个包。

陈道和失踪以后，两人决定从墓道口出去，因为急着出去，两个人并没有想起那个包的事。为了证明包不见了，两个人特意又回了一趟那个墓室。

看到这个古怪现象，两人最先想到的就是那个红孩儿。四叔怀疑是不是红孩儿拿走了他们的包裹，如果是，又会放在何处？还有就是红孩儿从哪里来的，是不是大殿上的两个童子呢？这个可能性比较大，因为墓里能看到只有那里有孩子。红孩儿的多次出现让四叔和赵小蝶不得不考虑怎么处理这些问题。

两人回到大殿，再次用手电照了一照殿上的童子，殿上的童子依然如故，干瘪的身躯站立在屏风两侧，一个拿着扇子，一个拿着砚台，可是并没有穿红衣服。难道除了这两个童子还有另外殉葬的孩子吗？

这时候四叔看了看大黑，大黑现在已经不跳了，站在柱子一旁，浑身晃晃悠悠像个不倒翁一样不停地摇摆。四叔现在真的很担心大黑，害怕他出什么问题，虽然大黑现在稳定了一点，可是并不能说明过一会儿大黑不会再出什么意外。四叔这个时候也顾不得红孩儿了，因为这个红孩儿虽然一直出现，但是并没有威胁他们，至少现在没有直接威胁他们。

不过赵小蝶认为，这个包丢了就是红孩儿所为。还有那个盗洞也被堵上了，究竟是什么原因被堵上，只怕也和红孩儿有关系。

四叔决定还是早点找回钢管和火药，这样就可以重新炸出洞口。赵小蝶也觉得这是一个好办法，既然找不到另一个出口，只能试着再去把钢管和火药找来了。

说起这个钢管，开始打眼炸盗洞的时候，四叔还真的没有想起需要这个东西。四叔毕竟也没有炸过几次山，去了山上，炮眼都是别人开好的，四叔也没有亲自打过炮眼。还是陈道和有先见之明，提前准备好了这个东西。

四叔想，这个陈道和真的是了不得的人物，准备得十分齐全不说，连墓室的结构和构造，似乎也是了然于胸。但是四叔看得出来，虽然陈道和费尽心机要进来取墓中萧胜云的掌门玉，可是陈道和的确第一次进入这个墓室。一个第一次进入这个墓室的人可以对墓室了如指掌是多么地厉害。

对于四叔和大黑，他们是从小就用惯了钢管打架的人。在他们的概念里，钢管是最佳的战斗武器。四叔本想遇到有什么可怕的动物或者诈了尸死人什么的，拿钢管出来战斗一把。可是死人没有遇到几个，自己的兄弟一个个却都成了死人。每次想到这里，四叔就觉得心里有块伤疤久久不能愈合。

四叔和赵小蝶看了看手表，现在是凌晨三点。天就要快亮了，如果天亮了再出去，会被人发现的，那时候就麻烦了。既然现在所有的希望都在那个钢管和炸药上，就必须返回丢失钢管和火药的那个墓室。那个墓室是勺子和大黑出意外的地方，说实话，四叔并不想去，可是为了逃生，他还是不得不去。

四叔二人确定行动目标以后，立即去往最后一个墓室。

看到大黑沉睡的样子，似乎是已经动不了了。四叔二人决定先把大黑留在大殿，他们取完火药和钢管就立即回来。

四叔通过手电光，可以看到甬道的尽头，两侧的墓室幽暗无

比。四叔隐隐觉得背后有人跟踪他们，他知道肯定不会是大黑，那么会是什么呢？

红孩儿，四叔第一个想到的就是他。

好在红孩儿没有直接出现在两个人对面来咬他们或者攻击他们。两个人很快到了甬道的尽头。他们进入存放火药和钢管的墓室，只见里面空空如也，哪里还有炸药和钢管！两人一阵惊奇，赵小蝶还好，四叔可是亲手把火药和钢管放在这里的，因为他突然掉进地下墓室，所以火药和钢管一直在这里。

赵小蝶猜想这个墓室肯定发生过不少的事情，于是便问四叔："这个墓室究竟发生了什么事，才致使你丢了火药的呢？"

四叔说："大黑在这里失踪过，勺子也是在这里突然死去变成僵尸的。"

赵小蝶知道大黑不正常，可是却不知道勺子的情况。于是四叔便把勺子如何变成僵尸，自己如何把勺子坠入陷阱坑讲了一遍，但是对于自己掉进陷阱坑，听到她和陈道和讲话的部分，他避而不说。他只是听到赵小蝶的叫喊，就顾不得一切向大殿后面跑去。

赵小蝶这才知道勺子是这么死去的，她隐隐觉得这事可能和那个红孩儿有关。毕竟四叔离开墓室的时候，一直可以看到红孩儿的影子。

想起没有了炸药，两人这次是真的感到绝望了，这样的话，无论如何也出不去了。赵小蝶此时心里也是有苦说不出，她知道四叔是为了她才来的。现在不仅死了勺子，大黑也是处于生死的边缘，各种逃生的方法都快用尽了，还是于事无补，难道老天要把他们埋葬于此。

赵小蝶看着四叔，对四叔说了很多道歉的话，说拖累四叔了。她说，如果能逃出去一定嫁给四叔。

四叔苦笑了一下，不知道是悲还是喜。悲的是四叔他们出不去，喜的是赵小蝶愿意嫁给他。两个人挽手向大殿走去，打算先在那里歇一歇。走过倒数第二间墓室的时候，四叔注意到背后有个红色的影子一直在跟着他们，赵小蝶小声说："老四，你看到没有，后面的那个红孩儿又出现了?"四叔点头，说看到了。于是两个人加快速度冲向大殿，决定到了那里再去想办法。

很快两个人就到了大殿，但是大黑却不见了。四叔和赵小蝶想拿了包就回来，时间应该很快，想不到大黑这么短的时间就不见了，而且也没有发出任何声音。两个人你看看我，我看看你，一时间也不知道究竟该怎么办。

这时候，赵小蝶看了看殿上的两个童子。她听陈道和说过，陪葬童子都是活着的时候挖空脚底，然后从脚底灌入汞做成的，为的是下葬后不会腐烂了。不过死后的童男童女也因为死得过于痛苦，因而怨气特别大。为了发泄怨气，他们遇到活人，往往会咬人的脖颈，然后吸其精血。只有将其焚烧，才能化解怨气，助其投胎。

赵小蝶跟四叔说："如果烧了这两个小孩，是不是就不会再有什么麻烦呢?"四叔说方法好是好，拿什么烧。赵小蝶说汞是可以燃烧的，一点就着。四叔不置可否，只好去把那孩子搬出来。到了殿上，四叔怎么也搬不动。赵小蝶也走了过来，她发现这两个孩子的脚上全部被钉了钉子，由于钉子巨大，小孩才会一直站立着。

由于搬不动这两个孩子，四叔只好在原地烧了他们。不过还好，周围都是石头，不用担心会起火。他用打火机烧了烧童子的裤子，那火苗烧到一半的时候，四叔发现童子的裤子里面是红色的。四叔恍然大悟，心想，怪不得他们看到的是红孩儿，原来这些孩子里面穿的全部是红衣服。

由于骨头含磷，属于易燃物，而汞也是易燃品，所以燃烧得十分顺利。经过一阵燃烧，地面上冒起了很浓的白烟，烟雾环绕着整个大殿。

赵小蝶拉着四叔快速离开了这里，她知道汞是含毒的，这个时候大殿里一定飘满了水银。虽然浓度还不是特别大，但是足以对人体造成伤害。赵小蝶拉着四叔往后面的墓室走，这样可以躲避水银的危害。

本来以为烧了这两个小孩的尸体就可以躲避红孩儿的追逐，可是刚出大殿，赵小蝶又看到了那个红色的影子。只见那个红色的影子一晃，闪入了楚王的墓室。赵小蝶一阵欷歔，她没有想到刚刚烧了两具童子，现在竟然还能再见到红孩儿。

四叔也看到了红孩儿，他也没有想到红孩儿还会再出现，莫不是刚才烧的不是？可是那两个孩子穿的是红衣服呀！如果是那样，红孩儿完全没有必要让四叔他们看到。一个时刻想着攻击敌人的人肯定想尽办法掩饰自己不让对方看到，而这个红孩儿却是相反，他出现了那么多次，却很少发出直接的攻击，难道是要告诉四叔什么？

反正想躲也躲不掉，不如干脆就进去找找那个红孩儿，看看那究竟是何方神圣。四叔丢下赵小蝶，快步冲进墓室，只见墓室里只有楚王的棺材和一堆陪葬品。这些陪葬品凌乱地摆放着，对于四叔来说，却很少有值钱的东西，无非是竹简和书画。这些竹简、书画所写的字都不认识，看上去也不漂亮，四叔一点都不感兴趣。

赵小蝶进了墓室，也没有看到红孩儿。四叔想，无论有没有，总要找一找。他跑到陪葬品的箱子处，用手电四处照了一照，但是并没有看到红孩儿的踪影。就在四叔要走的时候，四叔看到墙的西南角，有一个小洞。因为前面有个装着竹简的箱子挡住了洞口大半部分，所以不仔细看，根本看不出来。

赵小蝶也看出了有些异样，她来到四叔面前，帮忙把周围的箱子踢了出来。他们清理出了一块空地，竟然从石洞里拉出一个长约一米，高约半米的小棺材。四叔和赵小蝶面面相觑，不知道这里面究竟装的是什么东西。不过现在悬念已经不是很大了，应该就是红孩儿的尸首了。

四叔拿着钢管，用力地撬开了石棺。掀过小石棺的棺盖，看到里面果然装着一具尸体，这具尸体没有穿一件衣服，赤身裸体，面貌已经看不清了。这看不清面貌并不是因为皮肤干瘪，恰恰相反，小孩的皮肤异常地鲜红。两个看得明白，这是活活被剥了皮的小孩。

两人终于明白现在眼前的这个小孩就是红孩儿了。这没有皮的小孩浑身是血，当然是红色的。赵小蝶已经不忍再看，转过头去，让四叔合上棺盖。四叔知道不是赵小蝶没有定力，而是这个画面太残忍，任谁都扛不住。

赵小蝶问四叔："这个尸首，咱们还烧不烧？"

四叔想，前面都烧了，这个也烧了吧。于是四叔说："烧，但是不能在这个墓室烧，再烧就又多了一个有水银的墓室。"

赵小蝶问："那去哪里烧?"

四叔说："大殿。"

赵小蝶觉得很有道理，便同意了。于是四叔和赵小蝶一个推着，一个拉着，把石棺运往大殿。不过别说，这个石棺真的很沉。石棺虽然不大，但是也有三百来斤，加上里面还有尸首，真的很沉。

四叔想起，勺子进入陷阱以后他就是看见了这个红孩儿，难道真的是这个东西才导致勺子死的吗? 他把自己的想法跟赵小蝶说了后，赵小蝶也是那么看。

赵小蝶说："很有可能，这个葬法我听说过。"四叔很好奇，就问怎么回事。

赵小蝶说："我听陈道和说过，王公死了之后，为了自己死后能继续享受富贵，他们修建和自己生前住所和办公建筑一样的墓室，比如这个大殿就是。这个大殿应该是依据死者生前的王殿修筑而成，而那些殉葬的人可能就是墓主生前的仆人。在墓室东侧，也就是我们刚刚去的那个位置，是死门，那里有很多的殉葬者，怨气很重。汉朝时候有的地方还有殉葬。你看这个楚王节省简朴，算得上是清廉的了。但是他作为公侯，要动用无数人开凿这个陵墓，用几十人殉葬，这说明殉葬在当时很流行，而且开辟大型墓葬也是一种规制。"

四叔想赵小蝶说的很有道理，就让赵小蝶接着说。赵小蝶说："王公们死后，当然需要人服侍了，这些殉葬的人就是为他们死后服侍自己而死的。每个王公陵墓都会有童男童女前来陪葬，这样会使陵墓更加庇护后代。当然这只是王公们一相情愿的想法。在古代，他们都认为自己的陵墓早晚会被人发现，并被盗取，于是他们设下了重重机关来防止盗墓人的进入。可是终究还是有本领强的能够进入墓室，特别是那些建造陵墓的人最后往往也会发展成为盗取陵墓的人。宋朝以前，为了阻止盗墓者进入墓室，就有王公请来道长作法，活剥童男的浑身上下的皮囊。剥完皮的孩子这时候往往还不会死，他们挖开孩子的脚掌，往孩子的身上加灌汞，防止腐化。等到一切完成之后，把孩子放入特制的棺材内，置于墓室的西南角。这时候任何进入墓室的人都会受到血尸的攻击。”

四叔想了想，说道：“那么勺子就应该是因为他而变成僵尸的了。”

赵小蝶说：“我想应该是这样的。”

四叔接着道：“那为什么他不来侵犯我们，只是远远地看着我们？”

赵小蝶说：“开始我也不明白，以为他是在找机会对付我们，现在想来是指引我们去救他，帮他早点轮回，摆脱痛苦。他没有直接让我们去救他，而是指引我们去找他，这样他也算是护主，也是为了自己。”

四叔虽然觉得赵小蝶说的有些一相情愿，完全是自己的猜测，可是这么说也很有道理。

两人很快把箱子拉到了大殿的位置，这时大殿上，弥漫着水银飘起的青烟，味道不是很浓，但是因为没有风，倒也没有再往

别的墓室扩散。四叔扯下一块大殿上的帘幕，放在了棺材内，他点燃帘幕，接着棺材就发出了噼里啪啦的声音。浓浓的黑烟伴着刚才产生的白烟在大殿里来回飘荡，大殿被照得灯火通明，四叔还是第一次看到完整的大殿模样。

大概过了十多分钟的样子，火势渐渐地小了，赵小蝶和四叔想，这回应该会安静了。就当两人心里稍微轻松的时候，大殿后面传来一声巨响，像是爆炸的声音。四叔和赵小蝶都是一愣，以为大黑在作怪。

两个人小心翼翼地走去，可是墓室那边却响起了沉重的脚步声，这声音虽然很慢但是很有节奏。

到了墓室门口的时候，两人就看到这墓室的石棺已经倒在地上，墓室里大黑正背对着他们。四叔一阵欷歔，不知道该怎么办才好，他想大黑已经变成完全的僵尸了。

这是四叔不愿看到的，四叔知道，自打这个墓室被盗墓者进入之后，墓地的风水就发生了改变，已经不再是从前的风水格局了，很有可能把一个泽被后世的宝穴变成凶煞的恶穴。看着大黑的背影，四叔感慨良多。

就当大黑再次起跳的时候，轰隆一声，大黑瞬间被撕成了碎片，肢体遍布墓室的每个角落，主干部分掉落在地，也不齐全了。

看到这样的场景，四叔二人心里觉得真的是不可思议。哪知道就在大黑被撕碎的时候，四叔看到前面赫然出现了一个身影，此人身穿长袍，一身锦缎，头束飘带，两眼塌陷，目光呆滞却是目视前方，俨然就是墙上的楚王。

第十章　狼狈逃生

大黑突然被分尸，对他们二人打击很大。他们并不知道为什么大黑会被分尸，亦或者说大黑消失了一段时间，这段时间大黑去了哪里他们都不知道。楚王为什么会突然蹦起来？当初第一批盗墓者来的时候楚王没有诈尸，陈道和去开棺材的时候，楚王也没有诈尸，偏偏烧了那个红孩儿，楚王诈尸了。

四叔和赵小蝶不明白为什么楚王会诈尸，但是已经来不及多想，楚王已经跳了过来。四叔想起当初进入这间墓室的时候，自己并没有注意到这个楚王的相貌，他只记得大黑正在和陈道和斗作一团。在四叔的观念里，死了两千年的人不是骨头，至少也很难再有肉留在身上，可是再看眼前这个楚王，面色和邻居刘二大爷没有什么区别。只不过楚王此时面色略显苍白，眼睛略显塌陷。

四叔本想再用手中的铁棒会会眼前这个诈了尸的楚王，可是被赵小蝶一把拉出了墓室，向南面的大殿方向走去。南面是一个开阔的地方，可以自由地奔跑，躲避楚王。很快，原本赵小蝶拉着四叔变成四叔拉着赵小蝶，两个人尽最大的速度狂奔，但是无论去哪里都快不过脚下像长了推动器的楚王。但见楚王闪跳间三

米有余，短距离攻击快过常人，四叔和赵小蝶转瞬间就被追上。

就在沉重的跳跃声追到时，四叔立即回身，伸起铁棒砸向楚王。哪知道死了两千多年的楚王身体特别有劲，不仅顶翻了四叔，还震飞了钢管。眼前这根钢管和木棍，甚至和徒手都没有区别。

四叔跌倒的瞬间，奶奶交给他的辟邪用的玉从脖颈中摔出，露在了衣服的外面。那楚王本想再去攻击四叔，可是看到了四叔的那块古玉，停了下来，转而向赵小蝶跳去。四叔见状，立即起身拉住赵小蝶，躲过了楚王的一次攻击。

四叔拉着赵小蝶躲过了一次攻击，便向大殿右侧的墓室走去。大殿的右侧有个陷阱坑，四叔想，只有像制伏勺子一样，把楚王引向陷阱了。

果然四叔二人去往东侧的墓室，楚王再次跟来。看着楚王跳动着他僵硬的身体，动作虽然缓慢，但是由于步幅较大，速度竟然也非常快。四叔把楚王引向墓室，站在陷阱坑的另一侧等着楚王跳来。那楚王跳跃的步幅远比勺子大，四叔计算错了距离，楚王并没有掉进墓室大坑，相反，还扑到了四叔身上。

四叔被楚王压在身下，只感到一股恶臭逼来，让人呕吐不止。赵小蝶见状，从身上掏出一把匕首，对准楚王脖颈用力地划下一刀，那刀也非常锋利，竟然割出黑色的血来。楚王一阵疼痛，转起身来，一把抓住赵小蝶，扔到墙上，掉了下来。说来也巧，赵小蝶所滚落的位置刚好落在了陷阱坑处。只听轰隆一声，赵小蝶不见了。四叔哪能让赵小蝶一个人下去，跟着也跳下了陷阱坑。

跳下陷阱坑后，四叔滚到了赵小蝶的旁边。赵小蝶看到四叔也下来了，心里非常感动。此时赵小蝶的手电已经摔坏，只有四叔的可以用了。赵小蝶取出电池，装在身上，以备后用。

四叔想，跳下来和再上去是一样危险，反倒是下面相对安全得多。比较起来，勺子没有楚王那么凶猛。四叔看赵小蝶并没有受多大伤，只是两只胳膊蹭破了点皮，并无大碍。眼下两人手上并没有趁手的武器，如果勺子来了，四叔真的不知道该怎么办了。

四叔想起刚才自己被楚王扑中的时候，赵小蝶用了一把刀割伤了楚王，就问她的刀呢。赵小蝶把刀递给四叔，四叔看了看，只见这刀锋凌厉，刀刃平展，当真是吹毛短发、无坚不摧的好刀。

赵小蝶说，这把刀是父母把她送到乡下的时候留给她的。祖上做密探的时候，在西南一带游历，途经一个叫户撒的地方的时候，发现那里的人擅长制刀，所打造的刀具锋利无比。于是赵小蝶祖上选取了一块上好的铁块，打造出一把精致而又锋利的匕首，用作防身。这刀虽不能说削铁如泥，但也是割金断石。相传那里的户撒刀制作方法是明朝洪武年间，沐英西征时候途经阿昌族留下的。由于工艺特别，质量上乘，被誉为中国少数民族三大宝刀之一。

四叔把刀还给赵小蝶，但是赵小蝶并不要，她说现在四叔更需要。四叔不愿意接受这刀，他想让赵小蝶留着防身。赵小蝶执意要四叔留着，说要四叔拿着那刀保护她，四叔这才收下，挂在腰带上。

四叔想起赵小蝶送给自己一件贵重物品，而自己却没有什么值钱的东西给赵小蝶，心里很是自卑。这时候他想起刚才楚王要跳过来的时候，看到自己脖子上的一块玉，停了下来，转而攻向了赵小蝶，说不定这块玉真的有辟邪的作用。于是他把脖子上的

玉取下来给了赵小蝶，说："这块玉并不值钱，但也是我现在唯一能给的，你戴上。"

赵小蝶并不愿意收，她虽然不知道这玉的来历和作用，但是她知道这块玉肯定是从家里传下来的，十分贵重。四叔执意让赵小蝶收下，并从身上拿出萧胜云那块玉给赵小蝶看，证明自己还有，赵小蝶才收下。

此时赵小蝶并不知道四叔身上的另一块玉是萧胜云的，因为她想不可能萧胜云有一块，四叔恰巧也有一块。她只当是四叔家里流传下来的，男的执一块，女的执一块，做定情之用。

四叔知道当前的威胁不在于那个楚王，而是勺子。只有找到了勺子，才能防止勺子偷袭。现在他们在明，勺子在暗，如果勺子发现了他们，那么危险随时会存在。

此时赵小蝶已经知道勺子掉进了陷阱坑，两个人选择一处角落处站着，这样可以防止勺子背后偷袭。他们照了照前方，眼前并没有什么东西前来进攻。

赵小蝶突然想起什么，问道："你怎么知道这里有陷阱，你是不是来过这里?"

四叔不能对赵小蝶撒谎，就点了头。赵小蝶说："那么我和陈道和说的话你都听到了?"

四叔又接着点了下头。赵小蝶说："那时候你已经知道陈道和要害死你们，故意把你们带入死门。可那时你并不知道我和陈道和有仇，但当你听到我的叫声的时候还是来救我，是吗?"

四叔又点了下头。赵小蝶突然眼泪忍不住地就掉了下来，低声说："那个时候我不是为陈道和担心，我是看到大黑变成那副模样而想起你和他同行，是为你的安全担心才叫的！”

四叔叹气道：“这陈道和为了寻找一块玉而进入墓室，竟然百般折腾。”

赵小蝶说：“是啊，他出去算命，就是为了寻访懂得阴阳风水的人，陪他一起进入墓室，这样也能减少一些阻力。我是女的，帮不了他多少，他只好把你叫上。那天算命的时候，他看中了你，之后就去了你家。可是当天天没有亮，我们就走了，你知道那是为什么吗？”

四叔自然不知道原因，就问为什么。赵小蝶说：“陈道和一进入你们家就认出你们家的风水格局不是一般的布局，虽然简单，但是却极其符合阴阳易学之道。那天晚上，为了验证他的想法，他半夜起来了一次，仔细观察了你们家的房子。”

经这么一说，四叔想起，这陈道和半夜是起来过一次，当时他还以为是出去方便呢。赵小蝶接着说：“他看完了你们家的房子，我们就不辞而别了。之后陈道和还来找过你一次，那是怕你们家多疑，所以就说是回谢的。那天你还在徐州，知道你不在，陈道和就借口有事离开了。我们离开你们家后，陈道和听说两山口有人要动工建楼房，他知道那里有古墓，他想提前进入古墓，免得陪葬品被别人抢先。但是由于大黑和勺子日夜加班，陈道和一直没有机会进入墓室。那里的墓室周围也是山陵，唯一能挖盗洞的只有建筑工地的下面，所以陈道和一直在等大黑和勺子停工。大约四天，勺子和大黑终于累了，陈道和打算晚上进入墓室，可是那个墓室已经在白天被挖出来了。所以陈道和一直恨透了大黑和勺子。”

四叔这才明白为什么陈道和知道大黑中了箭不及时救治会死亡而不告诉大黑了。原来是有这个原因。只听赵小蝶继续说道："陈道和知道你是李乘风的后人，所以想拉你下水。他知道你懂的并不多，想让你在这里陪葬，这样就减少了你们李家的实力了。"四叔从来没有想到这个陈道和竟然这么阴险，他还以为是陈道和看中了自己胆子大，会用炸药的原因呢。

赵小蝶说："我不该让你下来，唉，是我害了你呀！"

四叔心里此时也感慨万千，才知道自己太过年轻。不过四叔对赵小蝶说的话十分相信，因为陈道和的所作所为的确是和外表相反。而赵小蝶对四叔的关心也是发自内心的，四叔尤为肯定，毕竟陈小蝶身上那把防身用的刀还在自己的腰间。

赵小蝶说："恶人恶报，陈道和没有找到那块掌门玉，不还是死在了这个墓里了吗？"

四叔问道："你见过那块掌门玉吗？"

赵小蝶说："我哪里见过？连萧胜云我都只见过死尸。"

四叔笑了笑，指着自己手上的这块玉说道："你脖子上的那块是我们的传家玉，这块玉就是萧胜云身上的那块玉。"赵小蝶大惊，怎么也不会想到会有这种事。难道是和祖上都是密探有关，可是为什么自己没有呢？

赵小蝶躺在四叔的肩上，两个人坐在一起，想终于可以休息一会儿了。他们都太累了，也太饿了，虽然盗墓之前是吃饱进来的，可是这样的精神和体力压力，真的让人难以承受。四叔和赵小蝶经过这次墓道，对盗墓再也没有了兴趣。可是世界哪有什么挽回的机会？那些贪婪的人，他们会用生命为他们的贪婪付出代价。比如勺子和大黑相继遇难，那个一心想做掌门的陈道和也是下落不明，都是最好的证明。

时间慢慢流逝，他们并没有坐多久，甚至已经忘记了时间，他们太累了。赵小蝶说："还好，勺子没有来，也不知道他到哪里去了。现在还是这里最安全。"赵小蝶说完，四叔并没有点头回应，赵小蝶自顾说："要是这次出去，我立马就嫁给你，不让你继续打光棍了好吗?"赵小蝶以为四叔会立马高兴起来，可是四叔依然没有回应她。赵小蝶抬起头看了看四叔，她看见四叔正在抬着头看着墓室的上方。赵小蝶顺着四叔的视线看去，只见一个人横着飘荡在墓室上方，此人七孔流血，目光无神却是双眼睁得圆圆的看着二人。这人不是别人，正是先前变成僵尸撕咬四叔不成，掉进陷阱坑的勺子。

死了的勺子并不知道怎么走出地下墓室，他只能在封闭的墓室里乱跳。这一看，让赵小蝶吓出一身冷汗，再也没有了睡意。要不是四叔捂住了赵小蝶的嘴，赵小蝶就叫出了声来。两人缓缓站起，四叔站在赵小蝶前面，手里已经握住了那柄匕首，等待勺子发起攻击。

说实话，四叔心里很没有底，因为这把匕首虽然锋利，但是并不能对勺子造成大的伤害。现在两人还是必须逃出现在这个墓室，但是逃出去又能去哪里。时间已经不容他们多想，勺子的腿已经缓缓垂了下来，落在了地上，慢慢跳近四叔二人。

四叔趁勺子没有扑过来的时候，拉着赵小蝶跑了出去。但是勺子速度太快，四叔二人还没有走出这个墓室，勺子已经扑到。勺子的利爪撕破了赵小蝶上衣的下摆。这时四叔他们已经穿过一

间墓室到了另一间，因为墓室相连的门比较矮小，不足一米五，勺子没有跳过来。赵小蝶检查了下身体，还好没有伤到皮肉。

这是一个非常值得庆幸的事，因为一旦伤到皮肉，在这个墓室会因为救治不及时而发作，成为下一个勺子。想起大黑不过是因为中了一支箭就变成现在的样子，赵小蝶还是很后怕。

现在四叔和赵小蝶已经到了另一个墓室，本来以为这样可以靠矮门躲过勺子，但是四叔发现这三间相连的墓室是一个绝对标准的洞崖式的构造，墓室并不封闭，而是外面敞开的。四叔已经看到勺子正在绕过矮门，向自己扑来。这时候四叔就拉起赵小蝶，立即躲到矮门的另一面。勺子过不来，只得继续绕到外面重新进来。

如此反复了几次，四叔和赵小蝶早已疲惫不堪。不过再看勺子，似乎也是累的厉害，越跳越慢。

正当四叔自鸣得意结束了勺子奔腾不息的健身运动时，右侧的墓室上方突然发出轰隆一声响声，好像有什么东西从上面掉了下来。四叔并没有时间去看，却已经想到是怎么回事了。

果然，四叔在从矮门穿梭的时候已经看到满面尘土、头发凌乱的楚王跳了过来。透过余光，四叔可以看到此时的楚王，面目上多了一些焦黄，已经不再是初诈尸时的苍白面色，而是多了些血色。此时四叔二人已经不能再这么来回在矮门之间穿梭了，因为现在的矮门只能应付一个僵尸，两个就不行了。四叔决定去往机关处，把通往上层的机关打开，把楚王关在地下墓室里。

就当四叔跳往第三个门的时候，四叔看到勺子和楚王一起在外面跳了过来。但是勺子的速度明显慢于楚王，勺子在前，楚王在后，勺子挡住了楚王的路。四叔本以为勺子会就此牵扯住楚王的速度，自己可以及时开启机关。

四叔的猜想是错误的，因为当勺子挡住了楚王时，楚王伸手便把勺子撕成了碎片，犹如撕了大黑那般。四叔简直不敢相信自己的所见，只见楚王伸出利爪，对着勺子的两臂一阵撕拉，勺子便身形俱毁。四叔再也不敢停留，借着这个机会开启了机关，和陈小蝶一起出了墓室。

出了地下墓室后，关闭机关已然不及，两个人就沿着去往上层墓室的路走去。两人狂奔的时候，清晰地听到身后“砰砰砰”的脚步声。

这次再去哪里，四叔不知道了，因为能去的，他都去了。四叔想起大殿西侧似乎还有几个墓室没有去过，四叔一边跑一边问赵小蝶，是不是去大殿西侧，看看那里有没有躲避的地方。

赵小蝶是去过大殿西侧，那里和东侧没有什么区别，多的只是几个盗墓者留下的尸体。西侧跟东侧一样，都有殉葬的墓室，那里一样有着怨气，危险也很大。二人上了阶梯，到了厕所所在的那个墓室。这间墓室毫无遮挡之物，根本拦不住楚王，于是二人不敢停留地向外跑去。

四叔想起，现在只有一个地方没有去过，那就是楚王墓室后面。这个墓室是相通的，那么那里应该一样可以逃跑，那样跑的圈子大，楚王不容易追上。

两人拿着手电向墓室北侧跑去，此时，手电的电力已经不足，光线已经泛黄，怕是支撑不了多久了。还好长期待在墓室，四叔和赵小蝶已经习惯了这里的光线。

经过楚王的主墓室，向北是一条甬道，这条甬道直直地通往北墙。到达北墙后，北墙有一个向西的细小甬道，两侧为巨大的塞石。透过手电光，两人看到前方甬道的尽头是向南去的墓道。

两人打算到达甬道尽头后再往南去，可是当他们走到一大半的时候，他们发现在墓道的墙壁上还有一个门，这门约一米八高，宽不过一米。考虑到南侧已经没有了出路，北侧或许可行，两人决定冒一次险，既然左右是死，兴许以前盗墓人挖的盗洞就在这边也说不定。

走进往北的墓道，两人发现墙的北侧是别有洞天。这里虽然比不上南侧宏伟，但是却有着独立的墓室，这些墓室并不与其他墓室相通，而且房间也多了一些石头制的装饰物。

这些墓室是做什么用的，四叔和赵小蝶都想不明白。这时候楚王的脚步声再次追来，已经越来越近了。

四叔二人走到一个最大的墓室，赫然发现墓室里面有一副和楚王样式相仿的棺材。只是楚王的棺材上面雕的是龙，这上面雕的是凤。此时只能尽快寻找可以躲避楚王追杀的地方，对于这个棺材，两人是无暇多看了。

两人寻访了第二间墓室，他们发现这间墓室多是一些衣装生活物品，且华丽无比，当真是衣着锦缎。看得出，这间墓室是更衣梳妆用的房间。两人无暇再去看剩余的墓室，因为这些墓室里存在盗洞的可能性极小，所有的墓室均为石质结构，普通的人根本不能挖到这里。

这次两人直奔北去，四叔想，只有超出山体范围，才有可能会有盗洞的出现。果然两人往北走再次出现了一个墓道，这个墓道和南面的墓道结构一致，所用的石材均为石灰岩的灰白色巨石。两人边跑边细心地看着墓道两侧的石墙，期待着洞口的出现。

当两人快要走到尽头的时候，果然发现一处洞口。此洞与自己进入墓室之前开辟的盗洞如出一辙，看来应该是萧胜云开的盗洞。陈道和与萧胜云是师兄弟，两人的手法自然一样。

可是就当两人准备往上去的时候，四叔发现盗洞上面有块巨石已经将盗洞封得死死的。四叔不敢把这个绝望的发现告诉赵小蝶，但是赵小蝶已经在四叔的手电光下，看到了这块巨石。

第十一章　家族救兵

两人瘫坐在地，对求生的希望降到了最低点。不过四叔是一个不肯认输的人，他相信不到最后一刻，他绝不认输。看着已经跳进墓道的楚王，两人决定做最后一搏。

两人此时手中的武器，只有那柄户撒匕首了。四叔让赵小蝶先行离去，自己和楚王斗上一斗。赵小蝶哪肯，四叔说你走之后，我马上就过去。赵小蝶想，如果四叔死了，自己也活不了，她决定先让楚王扑中，再给四叔机会，用户撒刀割下楚王的头颅。

此时，楚王已经蹦过来了，四叔的手电灯照在石灰岩的墓道上，显得明亮了许多。四叔站在赵小蝶身前，匕首握在右手。

就在这时，四叔隐约地听到轰的一声，四叔不知道这是什么声音，心想，难不成是小老板在开山放炮？四叔这才想起，现在快要天亮了。

但是这一切并不影响楚王的凶神恶煞，他每跳一步，四叔和赵小蝶的心就猛跳一下。

转眼间，楚王已经扑来，四只利牙冲出嘴唇，露在唇外。四叔不禁后退了一步，那楚王跳到四叔面前并未停留，一个起跳直奔四叔脖子而去。四叔本想就此和楚王做个生死对抗，哪里想到这时候，赵小蝶突然现身在四叔身前，挡住了四叔。赵小蝶想借此为四叔抵挡一阵，可是那个楚王力大无穷，竟然把赵小蝶和四叔一起压在了身下。

僵尸楚王伸着嘴便向赵小蝶脖颈咬去，也许是看了赵小蝶身上的那块玉的缘故，楚王停了一下。就是这一下，四叔瞬间推开了上面的楚王和赵小蝶，拉着赵小蝶往墓道另一侧走去。

两人飞快地逃离北侧的墓道，向南奔去。此时，手电已经没有电了，发出的只是微弱的光。赵小蝶把自己身上最后两块用过的电池给四叔换上，继续向南侧大殿方向逃走。

到了大殿，楚王依然紧跟不舍。此时赵小蝶肩上已经受伤，而刚才楚王的手指已经插入了赵小蝶的肌肤，此时血已经渗透了半件衣衫。似乎是鲜血刺激到了楚王，使楚王变得更加凶猛，他直奔赵小蝶而去。四叔紧紧抱住赵小蝶，不让楚王靠近，但是四叔哪是楚王的对手，一瞬间，两人便被楚王摔到了墙角。四叔只感到头晕目眩，几乎丧失意识。

危机时刻，两人已经退到了大殿的拐角。四叔觉得死亡已经近在咫尺，这一刻他突然想起了爷爷和奶奶，他泪眼止不住，突然间才觉得生命要逝去了。四叔瞬间发现童年是那么美好，中学是那么地快乐，挨爷爷打是多么开心的事。

可能是死亡前的幻觉，南侧的墓道这时传来几道强烈的手电灯光，这光远比自己的小手电亮，照得楚王不停地躲闪。那光源越来越近，轻快的脚步声让四叔感到那么熟悉，那么亲切。当奶奶、爷爷、我爸出现在四叔眼前的时候，四叔才意识到，这并不

是幻觉。连赵小蝶也瞬间变得精神抖擞，感觉生命有希望了。

出现在南侧墓道的灯光是来自爷爷、奶奶和爸爸的大功率电瓶灯，这种灯光聚光性好，在当时是难得的亮灯。只见三人分三路向楚王围来，爷爷拿着一柄桃木剑，奶奶拿着一根细细的银锁链，爸爸拿着一杆猎枪将楚王包围着，但是并不是靠拢得特别近。

四叔怎么也想不到会有救兵，他想破脑袋也没有想到爷爷奶奶会来救他，因为他是偷偷来的，根本就没有把盗墓的事告诉他们。此时四叔的心里终于舒展了一口气，因为四叔知道奶奶是制伏僵尸的高手，是得到过真传的。

只见爸爸拿出猎枪对着楚王打出一枪，打中了楚王的头颅。若是常人中了这一枪必倒无疑，可是楚王不同，他只是像狼一样吼叫了一声，回身就袭向爸爸。还是全家人在一起配合得默契，就在楚王袭往爸爸的时候，站在楚王身后的奶奶这时便飞也似的奔去，用她的银锁链套住了楚王的脖子。楚王哪能受奶奶控制，转身便把奶奶扔向了远处。好在奶奶早有准备，落地时候就地一个后滚翻，抵在了墙角。

此时的楚王恼怒不已，这时他放弃了攻击爸爸，直接跳向奶奶。只见楚王两只大手平伸开来，长长的指甲因为抓破了赵小蝶的肩头，到处是血，看上去恐怖无比。

爸爸已经换好了弹药，看到楚王向奶奶奔袭而去，立即对准楚王再放一枪。这一枪依然打中的是楚王的头颅，四叔第一次发现一向低调沉默的爸爸枪法竟然这么好。

楚王这次再次放弃奶奶，双手伸向爸爸。我爸也不看楚王，自顾着装药。而奶奶则跳起，抓住套在楚王脖子上的银锁链，将楚王拉倒在地。趁着楚王倒地，爷爷用桃木剑对准了楚王的胸膛插去。

若说这楚王钢铁都穿不透的身体，此时竟然不堪这木剑的剑锋，胸膛被一穿而过，流出汩汩的黑色血来。紧接着奶奶将身上带的银钗刺向楚王的头顶，只见楚王口中不停地吐着黑气。同时爷爷一只手掐住楚王的头颅，将一块明玉放在了楚王口中，楚王浑身不停地抖动，把玉吐了出来。四叔看得真切，这玉和自己那块、萧胜云那块几乎一模一样。奶奶和爷爷做完一连串的动作后，而爸爸则不失时机地用枪对准楚王的头颅射了一枪，把楚王的头颅打爆了花。此时，楚王再也不能动弹。

楚王死后，天快要大亮了。奶奶说，开山的人马上要放炮了，这个墓很快就会被炸开，快点离开这里，墓里的东西一件都不能拿。四叔当然没有拿什么东西，赵小蝶刚才带在身上的几块小物件，也在奔逃中丢失或破碎了。

奶奶他们看到了赵小蝶，不知道为什么很生气。奶奶说："你怎么和老四在一起?"

赵小蝶不知道该怎么回答，但是四叔很快为赵小蝶解了围，说道："娘，你别生气，小蝶是我女朋友。"

哪知道四叔不说还好，说了奶奶更是生气。不过当时也没有时间争吵，几个人很快离开了墓地。经过墓室出口的时候，四叔和赵小蝶看到墙上的楚王依旧还在，只不过下面没有了小人。

对于四叔和赵小蝶来说，这就是重获新生。呼吸着墓穴外面的空气，再看看外面的绿树和农田，简直就是天堂。

到了四叔住的地方，大家稍微吃了点饭。奶奶取出了准备好

的糯米为赵小蝶包扎伤口，为赵小蝶换了一件新衣服，众人饭后稍作休息，便互道情由。

四叔问起奶奶是怎么知道自己在这里的。奶奶横了四叔一眼，说道："大黑的媳妇昨天晚上七点跑到我们家里，大大咧咧地说他们家大黑去挖金银财宝去了。我和你爹就问了问，这才知道你小子竟然和他跑去盗墓了。知道你来的是这个楚王墓，我和你爹意识到你有危险，赶紧收拾东西赶了过来。你哥又去借了一把猎枪，我们十点就骑着自行车出发了。"

原来奶奶他们从大黑媳妇那里知道四叔他们来的是小龟山汉墓，而到了小龟山汉墓的时候，已经两点了。龟山汉墓离我们家有一百多里，骑自行车要三个多小时。他们到了龟山上看了看地形，奶奶又算了算生门的位置，到了三点才把生门的位置找到。

可是找到生门必须要打盗洞才能进去，这里到处是山，如何打盗洞。正想着怎么办的时候，他们三人看到有人从地下钻了出来。

四叔赶紧问是谁。奶奶说："是陈道和。"

四叔和赵小蝶都大吃一惊，陈道和不是失踪了吗？

只听奶奶说道："陈道和是背着两个包出去的，还有一个袋子。开始我们也没有看见他，我们看到远处有个人拿着手电，我们猜想是你，就想去吓吓你，让你知道盗墓的危险。可是我们还没有靠近那个人，那边就冒起了火花。当时我们也不明白为什么会有火花，这时候你爹看见那个人拿着手电，就认出来那个人是陈道和。等陈道和走远的时候，那边就爆炸了。"

四叔两人都是大惊，心想陈道和怎么在点火药。

奶奶接着说："你爹已经来不及阻止，就听到前面一阵爆炸声，声音并不是特别响，但是却感觉地动山摇，就像地震了一样。我们回过神来，已经找不到陈道和。我们只知道你和大黑一起去盗墓，并不知道你还有一个朋友也去。以为只有你们两个人，刚刚咱们一起出了古墓才知道你们是五个人。"

爷爷接着说："我们看到陈道和从墓里出来，猜想他一定是和你一起进的古墓，心想，坏了，这个人表面谦谦君子，实际是暗藏奸险，你们一定是和他一起去了古墓。这个人炸了盗洞，是想让里面的人出不来。于是我们也顾不得追陈道和，就顺着松土挖进去了墓室，这一挖挖了一个小时，好不容易才进去。进去后就看到那个千年老尸王正要咬你们，要不是我们人多，根本制伏不了他。"

四叔和赵小蝶这才明白过来陈道和为什么发疯一样地在大殿里绕了几圈，原来是把包和火药带走。第一圈他带走了自己的包，后面几圈他带走了火药和钢管。这个陈道和可真的很有力气，这么沉重的包，他竟然轻松就背走了。怪不得他们看到的墓道是被堵上的，还以为鬼打墙，原来是他给炸实了。那么大黑也应该没有伤到他，陈道和身上穿的是蛇皮内衣，寻常刀剑不会伤害到他，大黑的牙再锋利也穿不透那个蛇皮内衣。

四叔想起为什么天气那么热，陈道和还穿着那么多。原来不是他不热，而是为了防身，必须穿上蛇皮内衣。这个蛇皮内衣是高领的，大黑去咬他的脖子，根本咬不动。可是当时陈道和看上去很痛苦，唯一的解释就是，血是从大黑牙上粘上去的，而陈道和的伤是假装出来的。陈道和假装受伤，疼痛不止，发疯一般狂

奔，然后借机寻找包和火药。等他找到火药后，自己再悄悄溜出墓道，炸平盗洞。

四叔越想，越觉得这陈道和奸恶。陈道和害了自己也就罢了，连赵小蝶也一并要害死在墓里。看来以陈道和的心计，早就猜到赵小蝶的身份了。既然他知道赵小蝶是仇家的后人，却能将赵小蝶带在身边，的确城府很深。

这时，赵小蝶问起，为什么楚王偏偏在这个时候诈尸，别人进去了不诈尸。

奶奶看了看赵小蝶，问道："你们是不是烧了墓室里面西南角的那副血尸。"

赵小蝶点了下头，奶奶说："这就是了，那副血尸是来守护墓主的。你们把血尸烧了，没人来保护墓主的安全，墓主就诈尸了。"

赵小蝶还是不明白，为什么血尸烧了，墓主会诈尸。

奶奶问赵小蝶说："这个烧了血尸的办法是不是陈道和告诉你的?"

赵小蝶说是。奶奶叹气说："你虽然是陈道和的女儿，可是却不了解陈道和的心计，孩子呀，你上当了。"赵小蝶不明白，就听奶奶继续说道："那个血尸，只要你不去动墓室里面的东西，他不会伤害你的。"四叔想起勺子就是拿了墓室里面的陶罐才变成的僵尸，真是庆幸自己没有为了一个夜壶搭了性命。

奶奶说："血尸是剥了活着的孩子皮，然后再把脚后跟切了，灌上水银形成的。孩子被剥之前，要找法师放一部分墓主的尸血给孩子喝，这样孩子就能忠心护主了。这样的血尸是被法师做了法的，其魂魄一直被限制在墓室，不能投胎，所以很痛苦。唯一解救他的方法就是烧了他。可是烧了血尸，墓室无人守护，墓主就会醒来，自行承担守护的责任。但是诈尸的墓主是没有任何灵魂而言的，他们只要见到活着能动的东西，就会杀死。你只知道烧了血尸可以投胎，却不知道会带来更大的灾祸。这个灾祸陈道和不可能不知道，可他为什么就没有告诉你，还把你困在墓室呢?”

赵小蝶听了之后，面色苍白，这才确定陈道和真的要把自己置于死地。当下赵小蝶一五一十地把和陈道和的仇恨说了出来。奶奶听了之后，才知道赵小蝶并不是什么坏人的女儿，和自己一样也是密探的后人，对赵小蝶渐渐有了好感。

事情总算是告一段落。之后奶奶天天为赵小蝶换洗伤口，一个月后，赵小蝶肩头的伤口恢复了，奶奶是越看赵小蝶越是喜欢。

赵小蝶伤口好了之后，四叔两个人就举行了婚礼。四叔的婚事在我们村也很有名，因为赵小蝶是陕西人，娶外地人在当时比较少见。加上四叔娶的是一个大美人，所以大家都很羡慕，都后悔自己结婚太早了。

不过自那次龟山汉墓出来之后，四叔确实是有很长一段时间没有再接触过什么风水之类的东西。之后四叔做起了生意，不再卖鞭炮，而是搞起了长途客运。

而大黑的媳妇因为大黑死了，后来改嫁了。大黑家里还有兄弟，所以父母的养老倒不是什么问题。不过四叔心里对大黑十分地愧疚，经常地送些钱和肉去看望两位老人。开始两口子对四叔非常反感，后来过了几年，两口子就不再恨四叔了。

至于勺子，四叔吸取在大黑家挨骂的教训。他到了勺子家扑通就是一跪，像是死了亲人一样，哭个呼天抢地。四叔的号啕大哭让勺子的父母和媳妇不知所以，等他们的家人弄明白的时候，气就小得多了。后来四叔拜了勺子的父母为干爹干妈，逢年过节常去拜望，他们对四叔的怨恨倒是一直没有过。

大概过了两三年的样子，四叔陪赵小蝶也就是我四婶回过一次老家。回来的时候，他们带了几本书回来。这些书也是我后来才见到的，书没有名字，纸张早就泛黄，像是在泔水里泡了几个来回一样。

自从去了陕西后，四叔又开始研习起风水学问来。不过这次他不再研究那些菜市场流传出来的书籍，而是家里的那些泛黄的书目。

小时候我并不知道我们家和别人家有什么区别。别人家去地里种地，我们家也去种地；别人家过年放炮买新衣服，我们家也放炮买新衣服。对于祖上是什么密探，自已一无所知。

在老家，我觉得生活最开心的就是摸鸟和钓鱼，很多人都不以为然，但是我却乐此不疲。我觉得最美的生活就是永远不用担心会有地震、火山喷发、海啸、龙卷风、大旱、洪水，这就是我们老家的好处。

我们村子东边有一条河，河岸宽约三十米。平时水少的时候水面不过五六米，但是雨季来的时候，水会淹没河水两岸。我最喜欢的季节是夏末，那个时候雨季刚过，不会再有大的水流，河面基本上是平静的。一般这个时候我都会去钓鱼，但是收获往往都不是特别乐观。和书上说的一样，也许是雅兴太高，收获的也就少了。

和我不同的是，四叔是一个性子特别急的人，他经常带着网去捕鱼，而且恨不得把整条河都用网给包起来。四叔说那叫壮观，他执著地认为，只要网多，鱼也会多。于是家里每年都会出现这么一个场景：四叔早晨起个大早，开着三轮车到东河边下网，然后晚上马达轰鸣回来。只是满车是破烂不堪的渔网，战利品却只够全家人炖一锅汤。

可能是鱼实在太少，四叔的积极性每一年都会受到一次打击，这种打击之后，直接导致四叔本年度不再下河打鱼。不过春夏之交，河里的田鸡却是非常地多，这个时候，四叔的兴奋点就会转向田鸡。

有一次四叔偷偷地叫上我，让我在天黑前拿上家里的照明灯和一只口袋去捉田鸡。那时候我已经十二岁，对田鸡肉的传说向来是只听说，没有实践过。所以四叔一叫我，我就答应了。出于对田鸡肉的执著，我把照明灯电充得很足。晚上九点的时候，四叔偷偷出去了，我看到四叔出去，也提着照明灯跑了。

到了屋外，我拿着早已经准备好的口袋、柳条和四叔向东河出发了。那个时候因为小，半夜去东河抓田鸡，心里多少还是有点害怕的。但是因为我们家的人一直比较好强，加上四叔天不怕地不怕，又见过大场面，我心里也特别踏实。

那时候雨季刚来，还没有到河边，就听河边的田鸡呱呱地在叫，听得我心里直痒痒。因为晚上下雨，所以出来的人少，而像我们这么对田鸡肉有追求的人就更少了。因此整个河岸就我们一个照明灯在亮着。

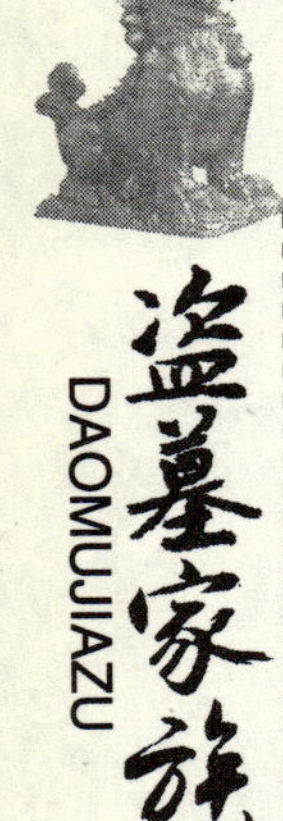

我们下到河边，我照着灯，四叔用柳条打田鸡。照明灯照到田鸡后，田鸡就不动了，任由四叔抽打。四叔的手法非常娴熟，让我不禁想起这个“刽子手”是不是经常出没在这雨季的夜晚的河岸。

很快我们就抓了七八十只田鸡，几乎有半口袋。我提着觉得有点沉，后来田鸡越来越多，我就背在了背上。我们由南边打到北边，再由北边打到南边，就要收工的时候，四叔让我往河里水草里照一下。四叔那么一说，我就知道他肯定听到了什么响动，我赶紧照了过去。我还没有看到水草里面究竟是什么东西，四叔就猛地扑了过去，接着就见四叔手里提着一根青色的长长的东西。

我对着四叔手上的东西照去，只见一条一米半长的青色的大蛇已经盘在四叔的胳膊上。四叔一脸得意的笑容，对我说，今晚咱们可有好吃的了。

我心里一阵呕吐，顿时对这晚餐没有了兴趣。可能是四叔过于高兴，在河里没有站稳，摔倒在了水里。跟着那蛇也跑了，四叔顾不得疼，起身去抓那蛇，可是这时候哪里还有青蛇的影子。四叔一阵惋惜，好像丢了什么宝贝一样。

看到青蛇跑了，我心里顿时觉得舒服多了，要我吃这个青蛇，我是吃不下去的。这时我看到四叔还站在水里，就问四叔为什么还不上岸，四叔看了看我说，脚底下被水藻挂住了。

我用手电照了照，说：“没有水藻啊。”这时候四叔也看了看周围，果然是一根水草都没有。四叔就蹲了下去，想是不是挂到破旧的垃圾什么的，想伸手去扯开。这时我就看到只有半米深的浅水河岸，四叔竟然瞬间消失得无影无踪，只剩下水面一圈圈的波纹。

口袋里的田鸡还在我的背上继续叫着，我不相信四叔会不上来，就站在岸上等。可是等了快三十秒，四叔还是没出现，我就开始担心起来。我叫四叔，下面没有人答应，心里就急了。

第十二章　学校西北角

就在我着急的时候，我看到河边有一个红色的脸盆在水中漂来漂去。我心想这是谁家丢的脸盆，怎么会丢得这么远。看着那个脸盆的颜色鲜艳、艳丽，比新娘子陪嫁的脸盆都光鲜。我从来没有见过这么好看的脸盆，我想下去拿上来带回家。

虽然会游泳，可是晚上让我去水里我不敢。我站在岸边祈祷那个脸盆漂到我的面前来，过了一小会儿，那个脸盆果然往岸边过来了。我心里高兴，就忘了四叔还在水里的那茬子事，找了一根树枝，希望把盆打捞上来。

我拿着一根比较长的树枝，对着脸盆搭过去。可是那个脸盆明明差一点点就能碰到，却怎么也碰不到。我想，如果我把脚伸在水里应该可以捞得到。于是我赤着脚丫，往水里走去。但是当我下水之后，我还是碰不到这个脸盆，于是我就一点点往水深处走，那个脸盆也就一点点往河水中间去。

就当我再往里走的时候，我的胳膊突然被什么东西拉住了。我转身一看，竟然是四叔站在我的身后。我就问他："四叔，你怎么在我后面?"

四叔说："我还想问你干什么，你怎么往水里去，不要命了?"

我听四叔一说，赶紧看看下面，这一看吓我一跳，这早已经不是浅水，而是快到了河水中间。我说："我怎么在这里?"

四叔说："我哪知道? 我刚才觉得下面有什么东西拉着我，就蹲下去看看。我以为水草一类的东西缠着我的脚了，还挺有力气，竟然想把我往深水拉去。我开始也没有在意，以为就是底下的水草在水流的冲击下形成的力量，哪知道我用力一扯，那个就断开了。我从水里钻出来就看见你小子往河水中间去，你往中间跑干嘛?"

我说："我看到一个脸盆往河水中间漂去，我就想去捡来。可是那个脸盆越来越往里去，我跟着也就过来了，可是怎么走了那么远?"

四叔说哪有脸盆，我指了指前方，就用照明灯照了一下，想指给他看。哪知道这么一照，哪里还有什么脸盆的踪影。

四叔笑着对我说："这哪有什么脸盆? 你看你，小小年纪，遇见鬼了吧，下次别再去占小便宜了。"

四叔说完，我们已经回到了河岸。这时候我看到四叔的腿上有一些细细的东西，就用照明灯找了一下，发现竟然是头发。我问四叔："四叔，你的腿上怎么会有那么多头发?"四叔低头看了看，果然有很多头发。可这些头发是从哪里来的呢?

我看了看四叔，四叔此时一脸恐惧，他拉着我就往家跑。

回到家后，我才知道，我们是遇到鬼了。水下的女鬼用头发缠到了四叔的腿，然后把四叔往河深处拉去，却被四叔挣脱了。这个女鬼祸害四叔失败，又想把我骗到河里，不过我被四叔给叫

醒了。四叔说完，我心里一阵后怕，想着差点命就没有了。

田鸡是没有心思吃了，当时四叔觉得逃过了一劫，应该放生，于是把那些田鸡全部给放了。第二天村里人说有人在河的下游发现了一具女尸。这具女尸后来被人认领了，据说是上游一个村的一个怀孕的妇女，她在洗衣服的时候，不小心滑掉水里淹死了。这时我才知道自己为什么看到的是脸盆而不是别的什么东西。

之后的假期都很无聊，奶奶把我送到了洛阳，让我在那里跟舅老爷学武术。舅老爷的武术很好，据说少年的时候在少林寺学过五年，后来当了几年的兵，复原以后当了公安民警。

虽然说是练武，可是舅老爷对我的约束并不严。倒是舅老爷家的小表弟学武非常用功，让我觉得武功太低有点抬不起头，于是我也勤加苦练。为了不让小表弟超越我，我每个假期都要去舅老爷家练武，以保证不会落后于表弟。

其实武术这个东西，只要自己肯努力，进步都非常明显。那个时候，我特别喜欢看李小龙的电影，自己就别出心裁，在舅老爷教的功夫之外，还偷偷练习别的东西。最明显的就是我练习打树，开始的时候特别地疼，到了后来竟然不觉得疼。再到后来，打墙也能听到轰隆隆的响声了。

二十岁那年，我考了一所北方的文科性大学。这在我们家是一件大事，四叔，五叔，还有两位姑姑都来为我贺喜。舅老爷也来了，他还把表弟带来了，说让表弟跟我学习学习。其实表弟功课也很好，但是大家都知道，河南的高考压力比安徽还要大，考一所不错的院校要付出比常人多出更多的努力。

严格来说，这个表弟并不算是表弟。用我们老家的说法，我们是二世老表，他是奶奶的哥哥的孙子，我爸、四叔跟我舅舅那才是表兄弟。

表弟的名字叫邱涵，听起来倒像是女生的名字。不过表弟长得一点都不秀气，人高马大，四肢发达，才十七岁，胡子就长满了下巴，时常有人误以为他是去学校接孩子的。

邱涵到了高中的时候就不再练习武术了，而是把兴趣转向了枪。由于舅老爷是公安，舅舅是警察，邱涵能经常有机会实现他的爱好。邱涵最常去的不是游戏厅，而是射击馆，所以当我再见到他的时候，他已经算是个小神枪手了。

和表弟相聚的日子不多，可是却非常开心。八月底，表弟和舅老爷离开了我们家。而我也踏上了北上的火车，去大学报到了。

那时候大学的学生并不像现在的大学生那么多。学校还没有扩招，整个学校有七八千人的样子。开学的时候，学校给我们97级全校新生召开了开学典礼，还组织了军训，乱七八糟的大学生活就开始了。

我所学的专业是法学，我怎么也想不起来当初我为什么选择了这么一个专业。虽然自己觉得自己口才不错，但是让我天天背一些条条框框却不喜欢。大一的时候，课程还算轻松，但是面对枯燥的法理学，我实在提不起兴趣。而且对于其中的概念，我始终理解不了，里面竟然还把法律编纂和法律汇编区别开来。

学校里的饭菜就更不用说了。高中的饭菜一直都觉得比较难吃，但是听毕业的学生说大学里的饭味道特别好，而且非常便宜。于是我勤加苦读，可等我到了大学才发现，自己去了一个比我高中的饭菜更差的一个大学。我本以为只有我那么倒霉，但是当我

致电垂询其他同学的时候，才知道这是一个普遍现象。此时，大家才知道，我们都上当了。

大学并没有最初想象的那么精彩，而那些社团总是千方百计地干扰着我们的正常睡眠，对此，我苦恼不已。第二个学期，我毅然退出了这些花样百出的社团，并在宿舍里组织了规模宏大的扑克牌竞技大赛，为自己的大学生活加点小料。

我们学院的宿舍那时候还是八个人一间，人员庞大。和我一样，为了释放高中以来的压力，做一个轻松自在的人，大家都想玩一个学期。和现在不同的是，那时候电脑还没有普及，于是扑克牌成为了我们娱乐的重要方式。

而对于四叔给我的那本书，我没有看，我怕大家会说我有毛病。那本书被我塞到箱子下面，以专心致志地打牌。

相信大家在大学都玩过输了扑克牌要去向女生表白的老一套游戏，可是这个游戏是百玩不厌，越玩越流行。为了满足大家的低级趣味，我定了一个规则，那就是打牌输了要去向女生求爱。这个求爱呢，不需要对方答应，只需要输了的人自己去抱一下女生，对女生说一声："我爱你!"

这个规则很快得到了大家的认可，并且极其意外的是，全班男生都参与了进来。刚开始是小打小闹，后来竟然风云全校，各院系都派代表来参加扑克牌大赛。这种大赛受欢迎程度之高令我始料不及，于是一场别开生面的扑克牌晋级大赛产生了。

冠军大约在一周后终于对决出来了，我们宿舍赢得了第一。为了显示我们宿舍集体智慧的创造力，我们要求对方的一个小队所有成员轮番向同一个相貌比较含蓄抽象，长得比较有特点的女生去示爱。

第二天中午他们小队四个成员，上面穿着笔直的西装，下面穿着一件海滩花裤衩，每人带着一束鲜花，径直站在女生楼下等待着那个女生。过了一会儿，女生来了，他们挨个表情为难地对着那个女生说：“我爱你！”然后抱了一下那个相貌低调的女生，把那个女生吓得一路狂奔返回宿舍。

躲在操场一角的我们，肚皮早已经是笑得酸痛难当，觉得这一周就那天中午最有意义。之后的那个小队狠抓牌技，苦练猜牌、记牌技术。一个月后，那个小队自觉小有所成，来到了我们宿舍前来挑战。有人挑战，自有人迎敌。我从宿舍选了三个精兵猛将随我出战。可是那一战，有着无往不胜、战无不克的铁军宿舍输了。

俗话说，男子汉大丈夫，敢做敢当，要经得起打击和考验，既然输了就得服输。那时候我早已做好了向我们系最耀眼、最难看的女生求爱的心理准备了。哪知道对方脸上一阵奸笑，说道：“我们学校的考古系有个校花，叫做柳歌，人非常漂亮，据说现在还是名花无主，你们明天谁去试试？”

我是宿舍长，自然要举手主动承担大任。对方的小队长说：“好，只要你李一水求爱成功，你们小队的其他三个就不必求爱了。”

于是当晚我们宿舍的几个哥们儿一起商量第二天追求女生的事情。其实我们宿舍大部分都是书呆子，高中没有谈过恋爱，所有的经验全部都来自于小说，像这种纸上谈兵的事经常出现在我们宿舍午夜十二点后的主题卧谈大会上。

我的下铺老毛给我的主意是，追女生要狠，抱住别放手，放手了人家会觉得你没有男子汉气概。而宿舍的野狼给出的意见是，温柔一点，重要是会送花。

总结其余七人的空想式爱情际遇，我决定先去理发店理一个帅气的发型，然后是找出我在徐州买的那件自认为最帅气的衣服，再让宿舍兄弟帮我买一支玫瑰，我就去教学楼下制造艳遇了。

中午学校敲响了放学铃，我便在教学楼正中间等着。说实话，看到那么多人从教学楼里出来，我真的还有点怯了。我在想，上去吧，被拒绝了，在全校学生面前丢人；不去吧，在宿舍和那个小队那里丢人。

正犹豫的时候，下铺老毛告诉我，柳歌来了。我一看，呀，真是大美女呀。长发披肩，明眸流转，当真是与众不同。这一下我心里就更怯了，这不得被拒绝到老家去。但是看着宿舍的兄弟们鼓舞的眼神和对方小队狂笑的神态，我毅然选择了前进。只见我在众目睽睽之下嘴里叼着一支玫瑰，迈着开阔的步伐，走到了柳歌面前。我拦腰把她抱住，对她眨了一下眼睛，然后从嘴里取下玫瑰，对她说："柳歌，我爱慕你已久了，你愿意做我的女朋友吗?"

没有想到柳歌立即站直了身子，从我手中滑出，接着握住我的虎口，一绕到我的后背，将我制伏，此时我再也动弹不了。我没有想到她还懂擒拿，真是大意失荆州，否则以我多年的练武功底，怎么也能制伏了她。

只听柳歌说道："李一水，你什么人我不知道吗？你和别人打扑克输了跑来向我表白，你不觉得你很无耻吗?"这时候教学楼出来的人越来越多，我敢打赌，在学校礼堂看表演的都没有这么多人，而且看得那么认真，简直就是欣赏国家话剧。

柳歌说完就走了，我被扔在了原地。所有的人都在大笑，我甚至听见有个女生边走边说："真是个傻×。"

我想这是我这辈子里最没有面子的事儿了，可是我回去之后，所有的人都拿我像英雄一样，甚至有的还把诗都读了出来，什么"壮士一去兮还复来"。我气愤不过，就问："谁跟她说我打牌打输了的？"

老毛就跟我说："一水啊，你不知道吧？食堂公告栏贴了一张公告单，上面写着我们的对手 114 小战队已经打赢了我们，一雪前耻。"

原来我在学校打扑克输了的事早就已经传满全院，大家都知道我今天会表白，很多人还特意等我出现在教学楼门口。我早就知道他们不会安什么好心，却没有想到那么设计我，真的是丢尽了脸面。

自那以后每次出门都有人指着我，说："看，那个就是在教学楼门口被拒绝的人，还被那个女生打了。"

我心里是有委屈说不出哇，可是之后任由我怎么挑战，那帮人再也不应战了。

这件事过去了大概半个月，学院按照原定计划组织一次散打比赛。当时我没有参加，比赛的时候，因为我们班里有一个学校散打队的同学参加了比赛，我就跑去给他助威。比赛结束，同学没有夺冠，颁奖台上我却看到一个熟脸，这个人现在扎着马尾，一身运动装束，俨然就是教学楼前拒绝我的柳大美人。

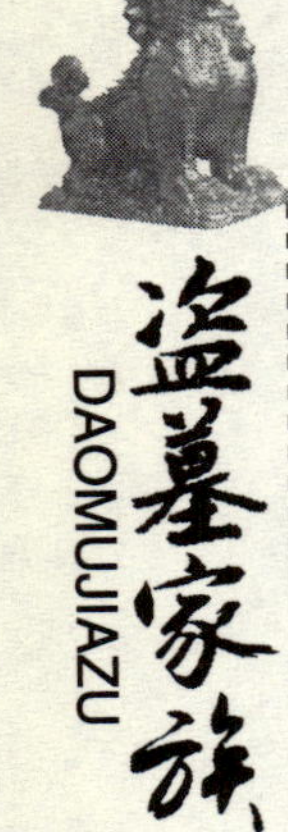

我出了礼堂，在门外等她出来，打算和她打一架，一雪前耻。过了半个小时，我见她果然出来了，就要去叫她。可是柳歌走得太快，我没有来得及叫她，她就直奔学校的西北角而去。

学校的西北角是一个僻静的场所，位于礼堂的西侧，是一处小假山，假山占地约一百平米。小山上面栽满了各种各样的树木，但是因为假山位置比较偏僻，平时去的人很少。

假山虽然不大，但是却很能遮挡视线。我看了看周围环境，这个假山有三处通道可以上去，一处是礼堂这一侧的东路，一处是由假山旁的小湖畔的中路，另一处是和东侧小路相同的西路。站在礼堂的西侧，我看到柳歌从东路上了假山，却不知道柳歌这么晚上山干什么。难道是约会？就算是约会也不用这么晚吧？现在都快到熄灯时间了。

经不住好奇，我决定上山去看看，兴许可以抓住一些新闻回去爆料，洗刷我的耻辱。想到我卑鄙的举动，我嘴角挂起了自认为无比甜美的笑容。

此时我当然不能再由东路上山，因为一旦被柳歌发现了，她会认为我是在跟踪她。而西路会与柳歌过早碰头，也不适合上山。只有中路，幽静不易被发现。我静悄悄地迈着步子，踩着山上的石梯，拾级而上。这里的灯光相对比较暗，因为平时人来的少，学校并没有在山上设置路灯。

为了到达山顶能看到柳歌，我决定加快点步子，然后找个地方先躲着。可是我到了山顶之后，久久也没有看到柳歌的影子。甚至连一个脚步声都没有。

我不禁泛起嘀咕，难道柳歌失踪了？

我站在山顶，环顾山的四周，根本没有第二个人的影子。我想既然找不到柳歌，只能先回去了。我沿着东路往下走，走到一半的时候，我看到一个白色的影子从前面的林子一闪而过。我以为我眼睛看错了，使劲揉了一揉，确定自己不是错觉。

可是刚才那个影子并不是柳歌，因为柳歌穿的并不是白色，而是浅黄色的运动衫。难道这么晚了还有人在林子里散步？这时候我想起，这么晚有没有人散步和我没有什么关系，我应该回去早点睡觉，柳歌的事可以以后再说。我继续往山下走，准备回宿舍。

但是当我来到假山山下的小湖边的时候，我看到了一个让我惊恐万分的现象，一个穿着睡衣的长发女人倒影在湖岸边的水里，但是水岸上却什么人都没有。这让我想起小时候在河边遇到红色脸盆的事，一瞬间，我觉得脑袋都快要炸了。

第十三章　水塘里的死尸

想起柳歌还在山上，我突然担心起她来。虽然她让我名声扫地，可是我不能因此而让她处于危险境地而不自知。我立刻返回山上，四处寻找柳歌，但是从东路跑到西路，我始终没有看到柳歌的影子。

这座假山并不大，从东走到西不过一分钟，我跑了一个来回，始终没有见到柳歌。我不敢叫柳歌的名字，生怕惊动了水上的那个看不见的女人。

时间快到十一点了，再不回去，宿舍就要锁门了。我想，我现在大叫一声柳歌然后就跑回宿舍，应该没事。我走到假山下面，这时候水里的女人已经看不到了，我退到小湖外侧，对着假山大喊三声柳歌。

假山上面没有丝毫的回应，有的只是风吹动着山上的树枝。我心里一阵怅然，不知道该怎么办。就当我回头打算离开的时候，我看见一个女人怒目圆睁地看着我。

我吓了一跳，后退了一步，才看清眼前的人竟然是柳歌。她双手叉着腰，没有好气地对我说："李一水，你说，你来山上干嘛?”

我的喉咙一下子卡住了，我想，总不能说是跟踪你，看你有没有和别人约会。我支支吾吾地说：“我……在山上……散步，看你上来……却很快就不见了，我怕你有危险，就叫你名字。”

柳歌冷哼了一声，说道：“不是我有危险吧，是你要给我制造危险吧。”

我一时无语，不知道该说什么好，我说：“刚才我在这边看到湖里有一个长头发的女的，怕你有危险。”

我以为我那么说柳歌会更加生气说我胡编乱造，哪知道她说：“什么，你也看到了那个女的?”听柳歌的话，好像是不止我一个人见到过，我就问，还有谁见到过。柳歌摇了摇头，对我说，赶快走吧，别问了。

我想以后有的是机会，也不急在一时，就点了头。我说我送你回去吧，她横了我一眼，说道：“谁知道你安的什么心?”

我一下子火就上来了，我在那么多人面前丢了脸，现在还受这气，也太窝囊了。于是我也没有管她，径自回了宿舍。回到宿舍，哥几个问我这是怎么了，受了这么大的气。我没有说话，只是洗漱去睡了。

接下来的好几天我都没有见到柳歌。那时候手机的普及程度没有现在那么高，很多人都没有手机，所以联系起来比较麻烦。有一天，我正在宿舍玩扑克，有人叫我，说是个女的。我就骂他，说：“你就骗我吧，现在哪个女生还会找我?”

哪知道我那同学也骂了我说：“你小子不信拉倒，你不去一定后悔。”我一想大不了上当呗，回来再揍你小子。于是找个人替了

我，穿上衣服出去了。走到宿舍楼外，发现只有柳歌一个女生在男生楼前，我想柳歌不可能找我，顿时火从中烧，决定去找同学算账。

就当我转身回去的时候，柳歌叫住了我。我有点不敢相信地看了看柳歌，说道："是你找我?"

柳歌点头，说道："是啊，怎么了?"

我挠了挠头，说："不敢相信你会来找我。"

柳歌说："我有事找你。"

说实话，我不太愿意搭理她，现在我整天在宿舍像个待出嫁的姑娘似的，哪里也不能去，全都是因为她。不过我不怨她，毕竟是我自找的。我看了看她，伸着懒洋洋的腰说："什么事？你说吧。"

柳歌说："你跟我来。"

我实在是哪里都不想去，这要是再被别人看到，指不定别人怎么说我。我摇了摇头，表示哪里也不想去。柳歌说："是关于那天晚上你看到湖里的女人的事。"

听柳歌那么一说，我来了精神，也就从了。

柳歌带我去的是他们考古系的实验室，那里坐着一个女的和一个男的。柳歌指了指男的说："这是我考古系大三的学长，张磊。这位是我的学姐，名字叫丁梦，也是大三的。"然后柳歌指了指我，对着里面的两人说："这就是法律系的李一水。"

丁梦看了看我："这个就是那个在教学楼前追求你的那个男生啊，长得蛮帅的嘛。"丁梦那么一说，我顿时无地自容，狠狠地瞪了柳歌一眼。

张磊搬来了凳子，让我坐下，然后关上了门。张磊对我说："他们是灵异事件小组的成员，我现在是这个小组的组长，丁梦是副组长。学校西北角出现穿睡衣女人的事已经很久了，早在两年前就有了，那个时候我们才大一。不过很多人都不相信，只是这两年越来越多的人晚上看到过那个女人。当时我们的小组才刚刚成立，学校的领导也不支持，但是也没有明确反对，于是那个时候我们就开始调查学校西北角女鬼的事了。调查的事一直都是秘密进行，因为对学校的影响不好，我们只能悄悄调查。其实这两年多来，不止你一个人见到过，但是我们一直拍摄不到影像资料。你能跟我们说说那天的情况吗？"

我听奶奶说过，自己见了鬼的事情是不能说出去的，那样对自己不好，容易生病的。就连小时候和四叔捉田鸡那次，也都是没有对外人说。

我支支吾吾，看了看他们三个，说道："这个，我那天什么都没有看到，我就是想吓吓柳歌，报复报复。呵呵。"

听我那么一说，三人脸上明显难看下来，尤其是柳歌，几乎是怒不可遏，估计要不是两位学长在，她应该就打了过来。张磊看了看我，说道："你不必害怕，不需要有什么顾忌。"

我说没有什么要顾忌的，就是没有看到。他们没有想到我那么固执。最后没有办法，他们还是让我回去了。路上柳歌很生气，临到男生宿舍的时候，她说："刚才你为什么不把你看到的说出来？"

我笑了笑，说："我不想说。"

柳歌说："你知道吗？最近我每晚都去拍照，希望拍到那个女

人，可是我无论如何都拍不到。那天好不容易你有机会见到，怎么不说呢？”

我说：“我说了又有什么用，不是一样没有照片吗？今晚我陪你一起去，重新拍。”

柳歌听我愿意去，脸上才舒展开来，说道：“好，那可是你说的。晚上九点半，我在这里等你。”说完，自己转身回去了。

我看着柳歌离去的背影，心想自己又干蠢事了。

晚上九点，我换上一身运动装，特意把老毛胳膊上的那个桃木手串带上。九点半的时候，我在男生楼下等来了柳歌。看到许多人对我们俩侧目，我浑身上下顿时觉得长了毛毛虫。柳歌大概看出了我的尴尬，笑了笑说：“怎么了，是不是哪里不舒服？”

我说不要紧。接着我们就去学校后面的那座假山了。

假山那里的灯光依然非常黑暗，我问柳歌：“你怎么对女鬼特别感兴趣呀？”

柳歌说：“我也不知道，大家都说这个世界没有鬼，我就觉得有，反正我要论证一下，证明我的观点是对的。”

“那你不怕呀？”

“怕什么，鬼还能吃了我？”

“你可真让人不省心。”

“哼，谁让你那天跟我表白来着，还跟踪我，你自找的。”

“可那也不用叫我来陪你捉鬼吧！”我冤枉地说。

“你见过那个鬼，你来了兴许还能看到，我来了一个月了都没有见到一次。”敢情她是拿我来引鬼来了。

说完我们就上山了，两个人都不说话，安静地走着。到了最高处，柳歌让我停了下来，她小声说："这里的位置最高了，可以俯视一切，你就站在这里别动。要是动了，就没有鬼会出现了。"

我想起为什么上次我到了山顶看不到她的影子，原来是躲在这里等着鬼出现呢！

我站在小山丘上，任由风吹，冻得直得瑟。我看了看柳歌，她一动不动，有点像武侠剧中的高手在练内功一样。

快到十一点了，宿舍要熄灯了。我对柳歌说："快回去吧，宿舍楼要关门了。"

柳歌看了手表，不满意地说："看来跟你在一起也遇不到呀！"

我们沿着中路下了山，到了湖边，湖水平静如斯。我对柳歌说："你看咱们来了也没有拍到什么鬼，胶卷也别浪费了，给我们俩拍一张吧。"

柳歌不屑地看了我一眼，说道："为什么跟你拍照啊？"

我打了一个喷嚏，说道："就凭我陪你挨冻一个小时总可以吧。"

柳歌想了想，就点头说："好吧！"

说完，柳歌把相机摆到远处的石头上，然后设定好时间，跑了过来和我站在了一起。平时在我面前不笑的柳歌，这时候竟然笑了一个大开花。看来女人大多喜欢拍照，即便是和自己讨厌的人在一起。而且女人拍照的时候喜欢表现出最美的一面，即便旁边站着的是被他拒绝的男人。

柳歌说："好了，拍完了，这张照片归我了。回去我把你给裁掉，免得影响这张照片的整体形象。"我听了之后，心想，这柳歌

可是真够可爱的。

晚上回去之后，我早早地就睡了。过了好几天，柳歌突然神色慌张地找到我。我问怎么了，她拿出了一张照片递给我。我接过照片，看到照片上一个人是我，一个是柳歌，柳歌绽放的笑容像五月的花朵，虽然是夜晚，但是闪光把我们俩拍得很清晰。我说怎么了，柳歌神色颇为不安地说："你看我们的后面。"

我又仔细地看了下照片，猛然发现照片上的我们后面有一个穿着白色衣服的女人耷拉着头发，正在看着我们，令人毛骨悚然。由于照片中的女人站的位置离我们比较远，照片上看得不是特别清楚，但是确定是一个人站在水塘的岸边。

因为这种现象我也不是第一次看到，所以并没有像柳歌那样恐惧。我说："你不是一直想拍到这个吗，现在拍到了，怎么不高兴了？"

这时柳歌说了一个让我哭笑不得的字："怕。"

我笑了笑，说道："既然你怕，你还要拍。"

可是柳歌却笑不出来，她这段时间天天去假山，这个照片上的女人肯定早就发现她了。

我安慰了下柳歌，让她早点回去休息吧，以后别再去假山了。柳歌点了头，回去了。晚上的时候，我看到路上有人又开始对我指指点点起来，我不明所以。回到宿舍，我问老毛："怎么现在又有人盯着我看了？"

老毛说："你自己干什么，你不知道呀？"

我奇怪了，就问："我干什么了？"

老毛说："你最近是不是跟柳歌在一起？"

我说："有啊，但是就一次。"

老毛说："这就对了，你现在跟人家在一起，当然指着你了。以前你是追不上被打成名，现在是和她约会成名。"

我好奇地说："我什么时候和她约会了？"

老毛说："你自己什么时候跟她约会你自己知道呀，对了，上面还有时间。1999 年 12 月 7 日。"说完手里拿着一张照片看了看。我看着这张照片怎么那么眼熟，再仔细一看，呀，这不是我和柳歌在假山拍的那张吗？

我心说坏了，赶紧去找柳歌。我到女生楼下，让同学帮我去叫柳歌，同学说她不在，听说去后面的假山了。

我赶紧去假山，只见那里站满了人。在人群中，我见到了柳歌。我说："柳歌，你干吗呢？"

柳歌说："李一水，我们灵异小组的成员打算下水去打捞水中的尸体。"

我好奇地问："什么尸体？"

柳歌说："以前说这里有女鬼，大家都不信，现在有了照片，大家不得不信了。"

我说："可这和打捞尸体有什么关系？"

柳歌说："96 年的时候，有个大二的女生暑假没有回家，留在了学校。后来开学的时候，这个女生也没有来报到，家里也说没有看到。后来那家人还来闹了一次，可是始终不了了之。现在大家怀疑这个女的就是当年那个失踪的学姐。"

我拉过柳歌，说道："你能不能别管那么多闲事？会出事的。"

柳歌说："不把这个女的尸体捞上来才会出事。"

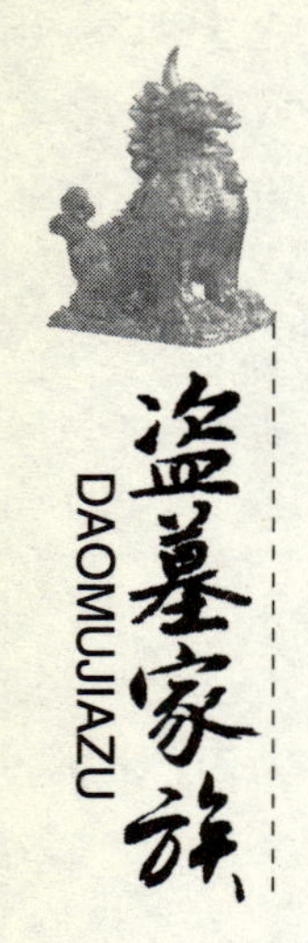

这时，就见几个胆大的男生已经下去了。柳歌说这是他们小组里面的男生，非常勇敢，喜欢看恐怖小说。我想这哪里是勇敢，简直是愚蠢。

我说："我建议你们还是白天打捞的好。"

这时候，远处来了几个人，除了校长以外，其余的我也不认识，想来都是学校的那些领导。

柳歌说："坏了，系主任来了。"

一个戴着老花镜、头发花白的一位老教授走了过来，对里面的人说："谁让你们在这儿的，你们打算干什么？"

这时大家都不敢动了。人群里面走出一个男生，我认得出，这是张磊。张磊对几位领导说："这是做实验。"

几位领导显然对这个答案不满意。一个中年人说："把所有的东西收了，以后谁也不许再靠近水塘。"这个中年人的话是有作用的，因为他是校长。而其他围在水塘周围的学生不得已收起了下水的工具，直到所有人离开了水塘。

我被校长留了下来，当然还有柳歌和张磊。要说张磊和柳歌被留下来还算正常，可为什么会留下我呢？原来一切答案都在我和柳歌的那张照片上。我不知道柳歌究竟洗出了多少张照片，但是我知道学校十个人中至少有一个人看到过，这样算的话，柳歌至少要洗出五十张，然后被大家争相传阅。

柳歌和我半夜为什么去拍照是校长最想问的问题，也是第一个问题。可是有些问题是没有答案的，比如这个问题。那张照片就是无意间拍到的，我只好回答说，为了追求柳歌，在假山下面无意间拍的。

校长在我这里显然得不到想要的答案，最后他才把所有的矛头指向了张磊，说他不懂事，不遵守学校纪律，胆大妄为。

但是最后的几天，怪事发生了，学校里越来越多的人都说自己见到那个女鬼了，虽然每个人描述的都不一样，学校已经经受不住压力了。为了让大家安心，学校请来了消防队和公安局的人来对小水塘摸底排查。

由于学校的水塘不大，学校把水塘的水抽向了下水道，等到水干鱼尽的时候，里面空空如也，根本没有什么女尸。

这个答案让柳歌很失望，自那以后，柳歌再也不让我陪她去假山拍照了。

虽然水塘的水被抽了，但是事情并没有结束。

水塘的水被抽干后，学校很快又抽水倒灌回水塘，不过里面的鱼是没有了。我本来以为柳歌在这之后不会再找我，哪知道三天后，她又在男生楼下叫我。

我知道柳歌找我就没有什么好事，不过我还是很勤快地去了，毕竟人家是美女，也是自己的绯闻性女友。说起我和她的关系，自从那张照片流传出去之后，似乎所有的人都以为柳歌是我女朋友，导致我经常遇到尴尬。

看到柳歌神色慌张的样子，我知道又出现什么稀奇古怪的事了。我说："大小姐，这都快考试了，你这是怎么了，不安心复习？"

柳歌说："快走，快，水塘出现女尸了。"

我大惊，说，怎么可能。于是赶快随柳歌去往学校西北角的水塘。

此时水塘早已经站满了人，包括校长和公安局的人，周围已经布置了警戒。女尸已经被运到了公安局，正准备做尸检。

死的那个女生大家都不认识，尸体已经腐烂，面部已经看不清了。柳歌说，尸体已经被抬进了帐篷。学校核查了本校学生，发现学校的学生并没有少，再说现在属于深冬，尸体能腐烂到这种程度，显然不是最近死的。那么这个人究竟是谁呢？

第十四章　惊现古墓

在水塘的东南角一条偏僻的小路上，我看到那里搭了一个帐篷，一群人来去匆匆。帐篷的外面也布置了警戒，不让学生靠近。我很奇怪，那么大的一个地方，为什么要在那里布置帐篷，不设在水塘附近呢?

柳歌说，刚才校长也在，现在已经走了。过来看热闹的学生也被赶走了，只有早晨发现尸体的学生留了下来。

这个怪事维持了三四天警方才撤去现场的警戒，可是那里很少有人再去了。这件事在当时学院间传得很开，不过并没有看见报纸对这件事做过报道。而那件女尸也被抬回公安局做了处理，处理的结果不了了之。

进入十二月份快要放假了，正当我沉浸在回家的想象中时，四叔和五叔来了。四叔和五叔到北京是来看古董会展的，顺便来看看我。这件事在我开学的时候，四叔就说过。不过我也常笑四叔，古董非常贵，咱们百姓玩不起。四叔说，玩不起不要紧，重要的是参与，欣赏水平很重要。

五叔来了之后，说："一水啊，你的学校位置怎么那么偏僻?

我还以为在长安街呢。”我笑了笑，对五叔说：“长安街不是建学校的地方，而是政府的行政中心。名校都在海淀呢，咱们这些普通院校只能在昌平了。”

第二天，五叔去王府井买了些东西，我带着四叔两人去学校转了一圈。当到了后面的假山时，四叔停了下来。他跑到山顶，连说几声奇怪，这里怎么会有那么一个大土堆。我笑着对四叔说：“那个叫假山，扩建学校剩的残土废渣都扔在这儿。”

四叔说：“臭小子，以为我什么都不懂是不是？我只是看这里有点奇怪，这里怎么可以随便建东西。建个土堆也就算了了，那个水坑就不该挖了。”

我知道四叔研究过一段时间风水，但是想不到四叔会那么痴迷。那个时候，我还并不知道我们家的风水学博学深奥，只以为四叔像路边算卦的那样，自己胡诌。我说：“四叔，你什么时候变得这么神神叨叨的了，跟路边的算卦的似的。”

四叔说：“你也不小了，回家后你是该学学咱们家里的东西了。上次我给你的书，你一定没看，不然不能说出那么无知的话。这里你以后别来，注意晚上不要随意走动。”四叔说完，还把脖子上的一块玉给了我。四叔说这是咱们家的传家玉，一共三块，这块你拿着，关键时候兴许有用。

我看着这块玉，没有一点光泽，根本不像首饰店里面的玉那样光彩夺目，就没有要。可是四叔硬是塞给了我，让我日夜挂在脖子上，不可丢了。

四叔走到了山顶，向远处看了看，说道：“这个地方好凶啊！”

我说：“是啊，还死过人呢！”

四叔就问什么时候，我说我也不知道，是最近才发现的尸体，可是没有人认领。于是我把学校抽了水塘水又放水的事告诉四叔，四叔想了想，说道："不对，这个尸体极有可能是他们提前打捞出来，之后又故意放回去的。"

我很好奇，就问为什么，四叔说道："这些人早知道底下有尸体，所以早点捞出来，然后准备埋掉。可是等下水之后，一定是发现水底下有别的什么古怪的东西，又故意把尸体放回来，借口封锁假山，趁着封闭，这些人就进入了这个假山下面。"

我恍然大悟，突然发现四叔竟然如此聪明机智。我想到一个问题，就问四叔："可是这个湖水抽干过，底下除了淤泥什么都没有呀！"

四叔说道："有淤泥就足够了，还有什么遮不住。淤泥能遮住地下的埋藏物，所以他们才敢把水抽出来，让你们相信这里面没有死尸。"我一想有道理，虽然觉得不可思议，但是还是点了点头。四叔继续说："这个地方一马平川，突然凸起这么高的地方，肯定很奇怪。再看这个土堆，底下地基大，五百多平米，绝对不是单纯的小假山。按照咱们家里书上标注的陵墓，昌平这里的确有几个大墓。这样吧，晚上我们做个试验。"

到了晚上的时候，四叔拿着一根长长的竹竿从学校的院墙翻了进来。我在墙底下接应四叔。看到四叔拿着长长的竹竿，我很奇怪，不知道四叔用意何在，四叔说待会儿就知道了。

夜深人静的时候，大家都熟睡了，这个时候已经熄了灯。四叔在竹竿上装了一个东西，这个东西黑黑的，是铁制品，两边卷着，最顶端还带着点弯曲。这个东西不用四叔说，我也想得出来，

肯定是洛阳铲。洛阳铲我在家里就见到过，是奶奶拿出来的时候被我不小心看到的，当时也不知道干什么用的，只觉得这个铲子长得很奇怪。据说洛阳铲不能用机械制造，浑身上下有二十八道程序，必须手工打造。

看着软软的竹竿，我很怀疑它究竟能不能打入到地下的最深处。不过看着四叔娴熟的手法，竹竿竟一点点下去了。站在假山的顶上，微风习习，不一会儿，四叔就把竹竿打下了七八米。看着四叔满头大汗的样子，我怎么也想不到四叔这么有力气。

没有多久，竹竿已经下去十米左右了，铲出去的土也越来越多。四叔说："好了，到了。"然后他叫上我，和他一起把竹竿拔了上来。

四叔拆下洛阳铲，对着洛阳铲上的土，闻了一闻，然后又用手电照了一照，说道："这个土虽然是很久没有动的，可是还是和别的土不同，下面肯定有货。"他收起洛阳铲对我说道："一水，那个尸体出现之后，警察是不是来了布置了警戒线，不让你们靠近警戒线?"

我说："是啊。"

四叔接着问："那有没有在附近建立一个新的什么建筑呢?"

这时候我想起建立警戒线的时候，曾经搭过一个帐篷停放尸体，说是保护尸体。可是尸体在正常情况下不是应该带回公安局吗? 到了三天以后，那个帐篷才撤出去。我告诉四叔，说假山南面四十米的人行道搭建过一个很大的帐篷。

于是我把四叔带到建帐篷的地方，那里光秃秃的，就是正常的水泥人行道，唯一不同的是，这里有个地下道井盖。看着这里平凡无奇的场景，我实在看不出这个地方有什么奇特的地方。

这时候，四叔看了看井盖，用手慢慢拉开，底下一片漆黑。说实话，我一点都不喜欢下水道这种地方，几乎所有的垃圾都汇集在这里。

四叔用手电照了照下面，我惊奇地发现里面却不是我想象的那样，这里竟然十分干净，像是好久没有用过了一样。四叔说，这是有人几天前专门清理过。

四叔把长竹竿放到了墙的一边的隐蔽处，来到了下水道。他脱掉自己宽大的外套，让我在上面等着他，然后他提着照明灯下去了。

想到四叔自己一个人进入下水道，我有点不放心。于是我把衣服扔到了墙角，跟着也下去了。我看到下水道的光亮处，就弯着腰走了过去，就见到四叔在前面蹲了下来。四叔看到我过来，很惊奇，问我怎么也下来了。我说怕你一个人在下面出事。

四叔这时就让我看了看照明灯下面，此时下面正躺着一具女尸。这具女尸我肯定在哪里见过，但是肯定不是在水塘里后来漂着的那具女尸。到底是在哪里呢？突然我想起来了，那张照片，对，就是那张和柳歌照片上面出现的那具女尸。

我对四叔说："这具女尸我虽然没有见过，但是在假山上，我见到过倒影在水里的她的影子。"四叔很是吃惊，没有想到还会有这样的事。我继续说道："但是这具尸体绝对不是后来水里发现的那具尸体。"

这回连一向具有想象力的四叔一时间也弄不明白这究竟是怎么回事了。

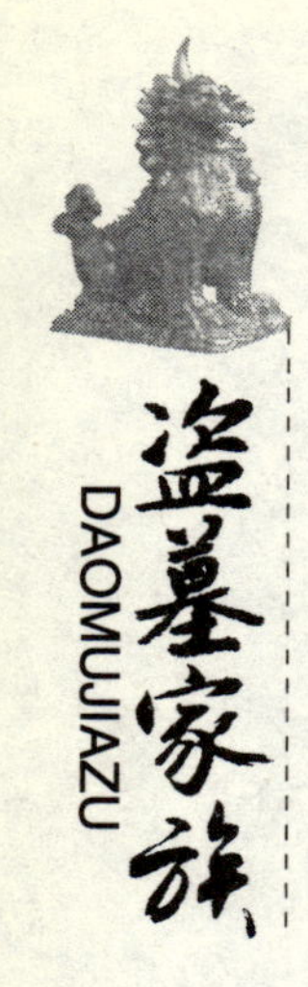

我们没有去碰女尸的身体，再往前走的时候，赫然发现下水道的墙有一个直径不到一米的洞。这个洞口并不整齐，砖头散落在地上，再往洞里面照去，只见里面有整齐的切口的人工洞穴。

我这才明白，前几天，那些人打着破案的幌子，从这个下水道来打了一个盗洞。如果真的是按照四叔说的，这些人早就已经把尸体打捞上去，那么第一次打捞的时候，一定是发现了湖底有不同寻常的东西。但是从湖底并不能进入墓室，因为有水，所以学校才把水抽了，确定还是不能进入下面的时候，再把水放回去。后来盗墓的人再用另一个尸体掩人耳目，在下水道井盖处建立一个帐篷，作为警戒带，然后趁机进入下水道，挖开这个盗洞。如果是这样，这个学校里面知道墓室的人还真不少。

四叔本想再进去这个盗洞，被我拉住了。我说："咱们这样赤手空拳进去，太危险了。等明天五叔来了，咱们一起进去，人多有个照应。"

四叔一想也是，就同意了。

晚上回去以后，我睡了一个好觉。第二天，柳歌又来找我了。说实话，我真的很后悔参加那个什么打牌的游戏，为了一时的高兴，导致了半年的不高兴。这个柳歌似乎是缠上了我，而且是有意等着我再来一次表白。

看着柳歌天真无邪的眼神，我真的不忍心告诉她，那只是游戏。

柳歌说道："你晚上干吗去？"

我说："看书。"

"去哪里看？"

“自习室。”

“自己呀?”

“嗯。”

“你去自习室自习了，那我去哪里自习呀?”

呃，这个问题，你让我怎么回答呀。最后我忍痛说了一句，“那就跟我一起吧。”

“唉，也只能这样了。”她看上去很无奈地说着。

我一时恼火呀，这是明显勾引我嘛!

因为晚上要和四叔、五叔去下水道探求究竟，所以我有必要补充睡眠。到了晚上，柳歌来敲我窗户，我说，我正在起床。哪知道柳歌把我一顿臭骂，说我怎么这么不上进，语气俨然是把我当成自己人。我一时云里雾里，不知其所云。后来还是被迫起了床，被她活活拉进自习室。

到了自习室，柳歌说:“这个位子是我常坐的，我每天都坐在这儿。”

我心里更加郁闷，你这不是天天来这里，还问我你要去哪儿?

看着手表已经九点，四叔要来了。我告诉柳歌说:“今晚有事，要早点回去。”哪知道柳歌十分生气，说我不务正业，又想回去打牌，是不是又想跟谁表白。我一脸无奈，正打算辩解，柳歌在我手上咬了一下，让我痛苦难当。我看了看胳膊，手臂已经出血了。

我眉头紧皱，看着我可怜的胳膊，再看看得意扬扬的柳歌，心里竟是无言话凄凉。柳歌说:“以后不许再打牌，从现在开始，你的人身所有权归我了。再有意见，家法处置。”

我说什么家法，她眨了眨眼睛，指着我被咬的胳膊，说道："亲一个！"

我的天，这是谁家的亲呀，都亲出血来了。我赶紧往外跑，柳歌看我夺门而出，立即对我狂追，自习室外楼道闹哄哄的，俨然是菜市场繁荣的景象。

走的时候，柳歌说道："我们灵异小组最近还要去山上一探秘密，你可要给我们保密。"

我心说，坏了，我和四叔他们今晚就去，你再去可怎么好。我问道："是今晚吗？"

柳歌说："还没有定呢，说不定今晚，说不定三天后呢。"

我对柳歌说："这些天不安全，你别去了，再说今天已经很晚了。"

柳歌眼睛转了转，说道："好吧。"

熄灯以后，我还是偷偷地跑出了宿舍，四叔和五叔已经在假山等了我很久了。两个人穿着一身军用作战的作训装，身上的袋子装得鼓鼓的。四叔从身上拿出一把匕首交给我，让我带在身上，千万别弄丢了。我接过刀来，只见这刀刀锋锐利，刀口狭长，刀身隐隐作冷，一股寒意从刀身直传到身体。我说："四叔，我拿了刀，你用什么？"

四叔这时候从身上拿出一把仿六四手枪。我很惊讶四叔身上竟然也会有枪支，真是想不到四叔什么时候这么厉害了。接着五叔也从身上拿出一把仿六四手枪。我问四叔："这个哪来的？"

四叔说："这个你就先别管了，以后再说。"

我又问道："你们带了多少发子弹？"

四叔说："两个人一共十六发，除了枪上的八发，口袋里我们各自装了一个子弹夹。这个叫做有备无患。"

接着四叔给了我一个探照灯，他说这种灯，可以直射三百米，所照的地方有如白昼。

我问四叔道："咱们怎么不带一些糯米、黑驴蹄子什么的?"

四叔说道："那些东西都是不知道管不管用的东西，我倒是觉得真枪真刀才是真的。反正我遇到的东西，就是靠枪打倒的。"

我不以为然，虽然说四叔进过古墓，可是他怎么可以不准备那些东西。墓里的东西有墓里的打法，毕竟不同于地面。五叔似是看透了我的心思，笑着对我说："一水，不要听你四叔瞎说。"这时候就见五叔从口袋里拿出一条银色锁链，从背后裤腰上取出一把桃木剑，然后也从自己长靴子里取出一把刀锋银亮的匕首。

接着，只见四叔也翻了翻他裤腿上的大兜，只见里面装满了自制的雷管，这种雷管类似于普通的鞭炮，但是个头却是很大，加上自己秘制的火药，一只雷管足以炸毁一栋二层小民房。

我们从井盖处下去，沿着下水道往北走，越过女尸，来到盗洞处。要说进入古墓，这可是有规矩的。读大学以前，虽然爷爷奶奶很少跟我说盗墓的事，可是四叔总是唠唠叨叨不停，所以我也知道不少有关盗墓的规矩。当一家人一起去盗墓的时候，要晚辈先进去，长辈先出来，不然就会有去无回，或者即便出来了，也会突发疾病。所以进入盗洞的时候，我、五叔、四叔三人要依次而行。

四叔说，盗墓的，从进入盗洞那一刻起，就算与地面的世界画了一个界限。你不能再认为自己还生活在你本来的世界，如果

你还处于这种心理的话，那么你将为此付出代价。

有关这些东西，我一直谨记，因为很难说自己这辈子会遭遇上一次。自从小时候和四叔抓田鸡遇到女水鬼，我就尤其注意如何保护自己。奶奶说过，人的一生会有三次看到不平常的东西，这种东西永远也无法用常理解释。小时候，我已经见到过一次，前段时间，自己也见到一次，看来自己这辈子注定是要比别人见到的多了。

进入盗洞之后，我在前面，五叔在中间，四叔在最后。我们不停地往前爬，爬了十多分钟，到了尽头，我回头告诉五叔，说："我们到了墓道了，里面的氧气你们说能行吗?"

五叔说："这个盗洞挖了那么久，早就通了风，不要紧的。"

我说："那好，那我就进去了。"

五叔点头，说："嗯，你进去吧，小心点。"

我把探照灯往墓道方向照了一照，发现盗洞位于墓道墓墙的中间的位置，这样下去之后，很方便，并不用太费力。进入墓道之后，我身子放松下来，想总算可以站直身子了。接着五叔、四叔也进了墓道。

我把探照灯往两侧照了照，只见一头颇远，一头很近。近的一头有着向上走的阶梯，这说明那是墓道的入口。墓道的入口一般很少有人进去，为什么那么说呢?因为入口大多用非常结实的砖一层又一层垒着，然后表层用土夯实，通常墓道入口的地表会连续几十年都长不了庄稼。很多人都是凭借坟墓前不长草的地方，判断入口和墓道的长度的。

我们三个往墓道里面走，四叔走在前面，我在最后。我们关上探照灯，只留了一个。这个墓道比较宽大，有三米多宽，两米多高。全部是由烧制的巨型砖建筑而成，砖墙成土黄色，墓道地面平整，墓道上面呈拱桥型。

这时候，四叔看到前面有一个东西躺在墓道墙壁边上。四叔提醒大家小心，他拿出手枪，打开保险，慢慢靠近那个东西。

就当四叔走近的时候，墓道发出了轰隆隆的响动。就听五叔喊了一声："四哥小心！"

四叔也是经历过大风浪的人，只见四叔一个前滚翻，滚到了墓室前侧，可是墓道的前侧跟着又发出了轰隆隆声。我看得清楚，在墓道右上方吊着一根长约三米、直径三十公分有着无数带刺的铁柱，这根铁柱至少一千多斤，只见从左上方下来后，在半空中打了一个圈，又飘荡到了墓道的左上方。当四叔滚到前面的时候，墓道左斜上方跟着又出现了一根一样的铁柱。只见四叔紧急时刻，立即回身滚扑，滚到了墓道的墙角，铁柱扑了一个空后，到了墓道的顶端的另一侧。

我和五叔看得目瞪口呆，看到四叔平安无恙，方才出了一口气。五叔喊道："四哥，你没事吧？"

四叔说："没事，还好有这个死尸在这提醒了我，不然我还反应不过来。"

我和五叔站在远处，大吃一惊，想不到前面那个黑黑的一团竟然是一个死尸。四叔依然趴在远处，说道："那一个是被墓道上面的铁柱子扎死的，他被铁柱子打到墙上，掉了下来，成了现在这个样子。"

我和五叔倒抽一口凉气。五叔用手电照一照前面的墓道上面，

赫然发现四叔前面的墓道至少还有两根铁柱子在上面。这些铁柱子所在的位置全部挖了一条长槽，所以不注意根本看不到。

看到这样的场景，我和五叔一时间不知道该怎么办了，因为这样四叔也回不来了。我和五叔正在犹豫的时候，只见四叔向前爬了过去，他爬动的时候，上面的带刺铁柱子不断打下来，每次都是差一点就打到了四叔。

我和五叔这才明白，原来通过这段墓道需要在墓道的边缘上爬着过去，看来四叔是早就有了经验。不过要说经验，这也是大黑用性命换来的经验。在龟山汉墓，大黑身中两箭，四叔永远也不会忘。

本来四叔想到的是，这里的墓已经有人进来过，肯定不会再有机关。可是四叔没有想到的是，这里的墓道机关竟然可以重新发挥作用。

这次的大意让四叔差点丢了性命。我和五叔到了没有死尸的另一侧，一前一后爬了过去。连过四个铁柱子后，我们发现没有铁柱子了，才敢直身站起来。

前面还有十几米的路程了，透过探照灯，可以清楚地看到墓的大门。大门的地方比我们站的地方要开阔，大门上面有着个大铁环，除了这别的什么也看不到。

重新聚到一起的三人开始小心起来，毕竟这里机关重重，一不小心，很有可能就会断送了性命。四叔和五叔都拿出了手枪，我也拿出了那把匕首。我们三个走在中间，排成一条直线，慢慢地向墓室大门走去。这样走了五米左右，四叔让我们停了下来，他脱掉自己身上的外套，然后顺着墓道地面向里扔去。

看着平静的墓室，我们三人都出了一口气。就在我们要继续前行的时候，墓道的地面的石砖向两侧抽去，露出一个大洞，约有三米长的墓道完全无法立足，四叔的衣服也跟着掉进了陷阱坑。

第十五章　墓室相遇

古墓是一个机关重重的地方，那里遍布着危险。从进入下水道看到死尸，到遇见带刺的铁柱子机关，再到现在这个大陷阱坑，这里真的是危机四伏。

这让我突然想起我们为什么要进入这个地方，答案似乎是满足自己的好奇心，看看这下面埋的究竟是什么。可是为了满足这好奇心，却要突破千山万险。而这里的危险，比打仗还要让人心惊胆战。打仗尚且是看得见摸得着，可是这里的危险却是看不见的。

要不是四叔机警，这回大家都要掉进陷阱坑。想到这里，我不禁佩服起四叔来。四叔说道："这次我们来北京没有带古董，这下也要带上两件古董去参展。"想着四叔的可笑想法，我的心里也放松起来。

现在的问题是如何跨过这个三米远的陷阱？我和五叔看了看四叔，显然是看他有什么主意。四叔说："这个机关好是好，但是它反应慢，你看它过了几秒才开始启动。这说明它是想等盗墓人进入石砖上面才开始抽出石板，只要我们从墙壁边上快速跑过去，大概就会有五秒的时间，我们一次过去一个人，肯定没有问题。”

听四叔那么说，我和五叔都点了头，表示同意。最先过去的是四叔，四叔站在墙壁边上，后退五米，开始做冲刺，到了陷阱处，陷阱刚启动，四叔就跑了过去。看到这里，我和五叔也按照顺序跑了过去。

我说道：“古人也真是智短，这样的机关也能造得出来。”

四叔说：“只要是机关，就会有破解的方法。第一道机关如果在古代，你没有探照灯是看不到的，即便是现在，不一样是死了一个人吗?”我想也对，在毫无防备的情况下，这种机关确实能发挥作用。而对于千方百计想进入墓室的人，这样的机关又不算什么了。

四叔说道：“机关并不可怕，因为这些都是死的，你只要找到它，就能想出办法。可怕的是那些从棺材里突然坐起来的人，他会随时跟着你，令你防不胜防，对付他们，没有一点本事，根本不行。但是有时候鬼跟人比起来，人比鬼更可怕。上次在龟山汉墓，我就是差点死在了人的手上，没有那个陈道和，我也不会被那个楚王追得无路可走。”四叔说完，仿佛心有余悸。

我点点头，继续往前走去。这时，我们已经来到了墓室的大门处。借着灯光，我们看到墓道的铁门上的铁环，大门下面的地面有一把锁，这把锁已经腐朽不堪，显然这把锁已经被人打开过。

就当我们推开墓的大门的时候，我突然感觉有什么东西在看着我们。我说了一声：“谁?”然后用探照灯向墙的拐角照去，只见拐角处躺着一个人，这个人一只手指着前方，眼睛睁得浑圆。四叔赶紧把枪对着他，我们三人立即以并肩的形式站着，临阵

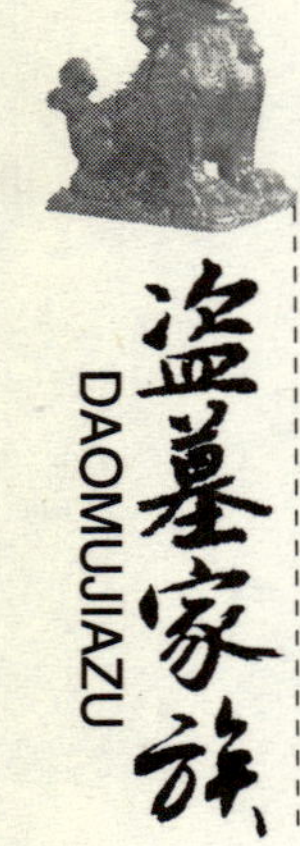

以待。

我看到这个人的两侧眼角带着血丝，嘴角也有黑色的血迹，已经死了。这人身穿着一身运动装，看上去像是我们学校的老师，我在学校见过。

四叔收起枪，三个人重新回到大门前，这时就听到右侧的墙边响起一个有气无力的声音："不要进去，危险。"

我们三人都是吓了一跳，立即把探照灯向四周照去，再看看眼前哪里还有人。可是从四叔和五叔的表情上看，很明显，他们也听到了。

这时候，我们又把探照灯照向墙角的死尸，发现眼前的死尸手已经落了下去，再也不是指着前方。我们三人走近死尸，只见死尸眼睛动了一下，我和五叔立即向后退了一步。这时候就听到死尸说："不要进去，里面危险。"

我们这才确定，这个人没有死，是他在跟我们说话，但是他已经奄奄一息了。

四叔问："里面是什么?"

那个人有气无力地说："里面是古墓，这是元代的古墓。我们学校考古系的几个老师想下来看看，哪知道里面有东西。"

四叔问道："你们怎么会知道这里有古墓?"

那人有气无力地说："我们是学考古的当然知道。不过这个盗洞不是我们挖的，里面还有一批人进去过。"

这么多人来过，看来这个古墓早就被人发现了。我问那个人："那伙人是谁?"

那个人说："不知道，但是肯定和学校的领导、公安局有关系。是他们在这里支起的帐篷，引起我们的怀疑。我们也是等帐篷撤出后才进来的。我们进去的时候，里面看不到任何人来过的痕迹。”

我想了想，那个盗洞的切口那么整齐，绝对不是一般人能完成的。只听那个人继续说道：“你们可以看到，墓道那边已经死了一个，那个也是我们的老师，我的腿已经断了，出不去了。刚才那个陷阱坑只能快速跑过去，我跑不了了。”

我问道：“那他们为什么不把你救出去?”

那个人憋着气，好半天使出一点力气，说道：“我被关进一间墓室，他们不知道我去了哪里，等我出来的时候，他们就不见了。我想他们是回去了。”

四叔问：“你们一共来了几个?”

那个人说：“来了四个，另外两个我猜想应该是逃出去了。你们也快点逃吧。”

四叔想，自己刚来，哪能这么快就撤出去，这不是白进来了嘛！于是他说：“我们想进去看看。”

哪知道四叔刚说完，那个人嘴里就不停地出血，表情似乎是想到了恐怖的事，接着就死了。我不忍再看，对四叔说：“你看咱们回不回去?”

四叔道：“来了都来了，回去干什么? 今天你要跟我学习锁尸功，这可是你奶奶教我的。”如果我曾经经历过龟山汉墓的盗墓经历，我发誓自己不会想着再进第二次古墓。可是四叔却不同。四叔说他当时也说今后再也不去古墓，可是他还是来了。

对于四叔这种性格来说，有时候不一探究竟，心里是很难受

的。当然作为一个非职业盗墓人，获取陪葬品一样具有吸引力。

就当我们要走的时候，墓道的地方入口响起了人的声音，接着是一阵手电光照了进来。只听一个人说道："哇，到了到了，大家快进来。"我们三人快速闪到墓室一侧，躲在墓门的拐角处。

这时候，我听到一个女生的声音，只听到她说："我这回终于进一次古墓了，没有白学考古学呀。"我回头一看，这不是柳歌吗，她怎么来了？我伸头看了过去，只见里面有张磊、丁梦，还有一个不认识的男生。

按照他们所说话的声音由远及近，我知道他们是往墓门这边过来了。我想起墓道上面有机关，立即跳了出来，喊道："不要过来，危险。"

这时候，墓道口的四人吓了一跳。他们怎么也想不到墓道的尽头会有人。两个女生更是吓得哇哇大叫。只听张磊说道："你是谁呀?"

我说："我是李一水。"

哪知道我话刚说完，就听柳歌过来："你个死东西，你怎么跑到那里去了?"说完，我就看到她走了过来。我赶紧说："站着别动，有机关。"

柳歌将信将疑。四叔他们走了出来，四叔皱了皱眉头，问道："这丫头是谁？怎么这么没有礼貌?"我脸一红，小声说："这个是我同学。让他们过来吗?"

四叔说："现在不让他们过来也不行了。就是出了问题咱们不好负责呀!"

我明白四叔的意思，然后快速跑过陷阱坑。当我穿过陷阱坑的时候，那边四个人才知道我说的不是假的，而是真的有陷阱，一时间，四个人都不敢再动了。穿过陷阱坑后，又爬过带刺的铁柱子机关。这些铁柱子两端是由铁链子焊接而成，坚固无比。我猜想，在墓道墙壁后，一定有着一块大石头，或者有其他和这个铁柱子重量相等的物质，利用杠杆原理，达到在墓室攻击盗墓人的目的。

当我到达四人身边的时候，四个人目瞪口呆，嘴里俨然已经不能说话了，显然是被这些带刺的铁柱子吓到了。

我问道："你们怎么来了？"

原来，柳歌发现了尸体和照片上的女人不一样之后，就觉得事情非常蹊跷。灵异小组的四个人在一起商量之后，认为那个停放尸体的帐篷停放了三天之久，肯定有不可告人的秘密。于是他们今晚就约好带着手电，到下水道下来一探究竟。哪知道到了下水道不仅发现了和照片上一样的女尸，还发现了盗洞，于是四人就一起进来了。

我问柳歌那个戴眼镜的男生是谁，柳歌说那个人名字叫做霍刚，也是考古系的。

柳歌说："怪不得你白天睡了一天的觉，原来是为晚上作准备呀！晚上还劝我不要来，原来你要来。"

丁梦也开玩笑地说："柳歌，你该管管你家一水了。"

我心说我不就是打牌打输，表了一次白嘛，至于天天说嘛，都拒绝了，还天天说来说去。可是我看看柳歌的表情，她似乎是默认了和我的关系。"唉，都是打牌惹的祸呀！"我想。

我带着四人，依次穿过了铁柱子和陷阱坑，来到了四叔和五叔身边。然后给四人介绍，四人挨个给四叔、五叔点头说“四叔、五叔好”。四叔和五叔也是头一回遇到大家对他那么尊敬，也笑了起来。柳歌把我拉到一边，问道：“他们是你亲叔叔吗?”

我说：“是啊，怎么了?”我还以为柳歌要问他们怎么知道下面有古墓，哪知道柳歌说道：“四叔和五叔来了，你怎么不带我去见他们呀!”

我喉咙噎了一下，心里想，你这个女友是绯闻性的，我带着你去，万一拆了我的台，我回家还不得被笑死。但是心里那么想，嘴上不能那么说，我说道：“这也是刚来，刚来，呵呵。”

四叔这时说道：“你们都是祖国的栋梁呀，好好干，肯定会有成就的。这里就是文化的宝库，知识的源泉，你们会为此学到更多课本难以学到的知识。”

柳歌小声地对我说：“你四叔口才蛮好的嘛!”

我说：“我们家盛产才子，你看四叔多帅。”

柳歌瞪了我一眼，说道：“四叔是帅，不过你就算了。”

这时候我就听四叔还在把牛皮吹得震山响：“越是深入实践，就越能获得真理。真理是什么？真理就是我们在学习和实践中反复验证的。”我想不到四叔说起官话来，还一套一套，比起我们的校长都有过之。想起校长每次把别人写的稿子自己拿来念，还经常念卡壳，心里就忍不住想笑。

我咳嗽一声，对四叔说：“咱们进去吧。”

四叔说：“好，咱们进里面学习学习。”众人一阵哄闹，推开了墓门，向里面走去。

我曾经问过四叔，为什么看到墓室的门口有了死尸还进来，多么危险。四叔回答说：“不入虎穴，焉得虎子。这看到了古墓，我不进去，心里就痒痒。最好是能带出些宝贝，带不出，我心里也舒坦。”

对于四叔这种视盗墓为爱好的人，我称之为天生盗墓人。这种人天生就爱探险，不管能不能盗到陪葬品，只要进去就行。但是对于为什么同意我的那四名同学进去，四叔也做过解释，他说：“原因很简单，他们出去了，消息就泄露了，我们出去难保不被公安局抓到。再者人多，墓室的危险性就降低了。”

从踏进这个铁门开始，大家便开始真正地进入了墓室。墓通常是由墓道、甬道、墓室构成。进入墓道后，映入眼帘的是一间大的呈圆形结构的墓室，这间墓室由烧制的土砖构建而成，形状犹如蒙古包一样。四叔点了点头说道：“这还真是一个元代的墓葬。”

我笑了笑，说道：“四叔，你不会是看这个主墓室像是一个蒙古包，你就觉得它是元代的墓吧？”

四叔摇了摇头，说道：“这只是一方面，元朝多呈‘甲’字状。什么是‘甲’字状呢？那就是墓道由中间位置伸出来，就像‘甲’字的长竖一样，而上面的圆形蒙古包，则是‘甲’字的田。你们看，这个主墓室已经很大，在主墓室外围还有很多小墓室，说明那些是摆放陪葬品或者其他主人生活用品的墓室。由此可见这个墓室大得异常，至少有五百多平米。”

四叔说完，我就听到柳歌夸赞的声音：“四叔，您可真是博学呀！连这些都知道，您该来我们系当教授。”

四叔突然想起自己说得有点过火了，这样会把自己的身份暴

露出来的。其实这个时候的我隐隐地已经感觉到我们家在盗墓方面有些特殊的能力了。先不说四叔对墓室机关的了解，单就是奶奶偶尔提及的物件都是和古墓有着千丝万缕的联系。

众人来到墓室门前，却发现墓主墓室的门根本打不开。只见墓室上方写着一个“土”字，大家不解其意。墓室门光秃秃的，单是用手推，肯定是进不去了。这时我看到墓室的左侧有一个凸起的小石块，这个小石块上面有四个孔，像是插钥匙用的。

四叔看到异常，也围了过来。他看了看说：“这是钥匙孔，需要四把钥匙。”

可是这四把钥匙又从哪里来呢？

众人不解，如果是这样的话，这间主墓室肯定没有人进去过，因为这上面根本没有钥匙。盗墓者不可能把钥匙插上去，再拔下来。比起别的陪葬品来说，钥匙的价值太小了。

第十六章　吸血藤

一行人来到了墓室左侧的墓门，这个墓门约有一米宽，两米高，墓门的上端写着“木”字。

为什么这个墓室上面写着“木”字？刚才中间那个墓室上面写着一个“土”，难道说，这个墓室是按照阴阳五行来安排墓室结构的吗？这个墓既然是元朝蒙古人的，又怎么会按照阴阳五行安排结构呢？

众人来到门前，只见这门也没有门环，在墓室右侧有一个凸起的黑色石头。四叔用手把石头向右旋转，就听开门声扎扎响起。众人一阵欢喜，纷纷抢先进入，唯有霍刚进入的稍晚。

这间墓室很大，约有三十平米，不是一般的墓室可以比拟的。墓室呈扇形状，里面堆满了木头，堆成了金字塔形，共有三堆，每根木头都有碗口来粗。怪不得这个墓室名字叫做“木”，原来是里面堆满了木头。我一阵恍然大悟，如果说这就是五行，那么这个五行也太简单了。

和我怀有相同观点的还有五叔，五叔说道：“这个屋子里面是木头，那么按照五行原理，木在东，金在西，我们现在应该出去

去找‘金’字号墓室。”

我也点头表示同意，可是四叔说：“怕是不那么容易走了。”

就在这时，墓室的门“轰”的一声关上了。大家一阵心惊，纷纷查看墓门。这时任由众人寻找，再也找不到开启离开的墓门。

四叔说：“一水，老五，你还记得门口刚死的那个人吗？那个人说这个墓室很危险，可是至今我们还没有遇见什么危险。刚才我们来到了主墓室，可是那里的墓门是关着的，那么危险会在哪里呢？”

我问：“在哪里？”

四叔道：“你还不知道在哪里吗？”说完，四叔用他的探照灯照了照扇形墓室的两侧的拐角，只见拐角处有着很多死人骨。两个女生，包括张磊都吓了一跳，他们也是第一次见到那么多的死人骨头。

大家紧紧地站在一起，不敢随意走动，所有的探照灯都已经打开，照亮了整间墓室。过了几分钟后，墓室里依然没有什么变化，我咳嗽了一声，说道：“四叔，是不是咱们太小心了？我看这里全部是木头，我们还是想办法怎么出去才对。”

众人听我那么一说，都觉得有道理，纷纷点头附和。

柳歌站在我的一旁，一直不敢动。我看了看她，发现她正在看着我，我这才明白，柳歌自从进了古墓，一直就跟着我，从来没有离开过。

我对柳歌笑了笑，说道：“不用担心，有我呢！”

大家都知道女孩子特别喜欢咬男孩子的胳膊，柳歌也是。也不知道柳歌是咬人咬习惯了，还是对我的胳膊情有独钟，柳歌抓起我的胳膊咬了一下。柳歌咬我胳膊的动作被四叔看见了，只听四叔大吼一声：“你干什么？”

可是胳膊这时候已经咬了下去，而且流出了血。晚自习的时候柳歌就咬了我的胳膊，虽然血痕不深，但是还是能看出来。现在被柳歌重新咬了一下，皮肤表面渗出了血。

柳歌没有想到会被四叔看到，这个看似亲昵的动作，四叔肯定理解不了。四叔看了看我的胳膊，大声喊道：“快，老五，快找出口，快！”

我不知道四叔为什么这么激动，众人立即拿着手电在墓室的墙角和墙上找了起来。可是一切都晚了，我听到那三堆木头发出了滋滋滋的声音。听到这古怪的声音，众人立即把灯光照向了木头，只见那三堆木头的上面最大的木头“砰砰砰”相继掉在了地上，跟着那堆木头顶端冒起一阵阵白烟，像是冬天人呼出的热气一样。

众人屏住呼吸，一动也不敢动。四叔和五叔早就已经准备好了手枪，我也拿着自己的匕首，唯有他们四人，一动不动，手上显然是什么兵器都没有。我问张磊：“你们怎么什么东西都没有带？”

张磊说：“出来的太匆忙，没有来得及准备。”

这时候，霍刚冲到死人堆中，竟然拿出一把铁铲出来，这把铁铲长约半米，可以折叠，俨然是一把德国工兵铲。这把工兵铲看来是早批盗墓人留下的，看来这里死过不少人。看到霍刚拿到一把铁铲，张磊到死人堆中拿到几根死人的大腿骨，递给柳歌和丁梦。柳歌接过一根死人骨，而丁梦却因为害怕而不敢拿。

四叔说道："看来墓室门口那个人所说的自己没有见到的第一批人死在这里了。"

其实死人骨头还是非常结实的，当个趁手的武器还是可以，就是不太雅观。我也要了一根死人骨，却被四叔拦下了，四叔说："你不要命了，你忘了你手上还有伤吗?"

我笑了笑，说道："这算什么伤。"

四叔说："这算什么伤?你要是在地面上，你伤比这严重十倍都不算伤，可是这里是墓室，是古墓。要不是刚才那个小丫头咬了你一下，什么事都不会发生。里面的东西就是闻到了你的血才醒来了。"

我这才恍然大悟，明白了四叔刚才为什么那么叫住柳歌，让大家赶快找门。可是还是太迟了，那三堆木头上面的顶盖掀开后，里面爬出一个舌头状的木藤。这根木藤本来是褐色的，爬出来没有多久后，慢慢地变红，跟着那堆木头也变成红色，上面像被浇了血一样。木藤慢慢爬出木头堆，向人群伸来。

众人都觉得很恐怖。四叔向那根舌头连开了四五枪，有两枪打中了那根木藤，木藤溅出红色的血来。只是木藤被打穿后，慢慢地又恢复成了原状，越发殷红，继续向众人扑来。

我最先离开众人，拉着柳歌到一侧走去。哪知道这时，那三根木藤舌头离开众人向我奔来。我赶紧拉着柳歌往相反方向跑去，不大的墓室顿时乱成了一锅粥。

正在奔跑的时候，四叔喊道："一水，你别拉着那个女孩子了，那个舌头是奔着你去的，你扔开她吧。"我大惊，这个木藤怎么会奔着我来。但是我还是松开了手，柳歌被四叔拉到了一旁。

我一边跑，一边看到那些木藤在我手中滴血的地方一阵狂扫。此时，五叔已经拔出了刀，就在木藤袭击到我的时候，四叔用他的匕首向木藤划去，只见木藤的舌头一端掉落在地，满地是红色的水渍，一股血腥味迎面扑来。枯藤断裂后，我本以为这根木藤即便不会消亡，至少也会委靡不振。可是另外两根木藤在这根木藤断掉后，立即向这根掉在地上的一段木藤伸去，而断了的那根木藤也立即伸向了自己的舌头。三根木藤吸了断了的木藤之后，变得更加血红。

木藤身上带着类似口水一样的粘液，看着三根木藤交错的样子，我胃里一阵翻江倒海。这时再看那些金字塔的木堆，此时也变得通红，就像一层层血在上面流过一样。四叔知道任由三根舌头这样下去会变得更加糟糕，他夺下霍刚手中的工兵铲，向棺材处跑去。只见四叔对着木堆上的木藤一阵狂砍猛砸，大段的木藤掉下地来。而其余的两根木藤像是见到救命稻草一样，立即奔袭到四叔所在的棺材，把掉在地上的半段木藤瞬间吸食干净。

四叔砍完第一根，就看到三个木堆上的血慢慢纯净下来，不再那么模糊，甚至能看到木堆上木头一根接着一根连接着的模样。我心说不好，这些木堆的血由少到多，再由多变红，显然这里面还有古怪。

果然，就在四叔砍完第二根木藤的时候，那些木堆已经变得透明起来，浑身布满了血丝状的脉络，不停地流着血。越是看到这，我越是觉得恐怖。这时候五叔也冲了上去，两个人不停地斩着木藤，但木堆深处依然不停地往外长出新的木藤。

这时候的木堆变得彻底地清晰透明起来，这哪是什么木堆，

而是一个棺材，只因外形像堆起来的树，所以像是木堆。从外面看来，这个透明的棺材里面有着无数的骷髅头和肋骨，这些骷髅头和肋骨被里面舌头装的木藤搅来搅去，想来已经是没有任何可以汲取的东西了。

我一时间不明白这究竟是什么样的现象，此时已经无法用什么生物学来解释。再看看身后的四人，两个女生早已经吓得哭了，尖叫不止。而张磊也是浑身发抖，只有霍刚精神还正常些，看不出有什么大的异常。

因为我的手破了点皮，我不能再靠近那个棺材，可是我也是焦急难耐。就在这时，猛然间见到四叔和五叔都被那些舌头状的木藤卷了起来，被拉进了棺材。另外一根舌头也不再直奔我一个人来，而是伸向距离那个棺材最近的霍刚。

我此前没有见过霍刚，所以并不知道他懂些什么，会不会和张磊一样，图一时好奇而下来的呢？思维在脑袋里快速闪了几闪，就见霍刚已经拿起了张磊手中的大腿骨向那个舌头打去。但是这样拿着一根大腿骨和赤手空拳没有什么区别。眼看霍刚也要被拉进棺材，我冲上前去，用四叔给我的匕首划断了舌头状的木藤。

霍刚被救下后，滚到了墓室边缘，断了的木藤立刻又长了出来，直袭我的胳膊被咬过的地方。我心说，这些东西还知道喝新鲜的血。于是继续划向木藤。可是木藤的速度太快，很快包裹了我的全身，我的胳膊被木藤缠住不能动弹，匕首也掉落在地。此时我感觉浑身已经被裹得无法呼吸，血也一点点往外流淌，裹着我的这根木藤，鲜红无比，远胜另外两根木藤。

柳歌见我被裹着，丢下手上的大腿骨，在地上捡回匕首。好在柳歌练过散打，速度比较快，她到了中间那个棺材处，挥刀割断了那根木藤。木藤上的血水溅满了柳歌的上身，整个墓室充满了浓浓的血腥味。

此时我已经失血有点过多，躺在了地上，浑身没有了力气，缠在我身上的木藤也松软起来。可是被斩断的木藤又伸了出来，直奔柳歌。柳歌身上有很多血水，而站的位置离棺材最近，所以最容易吸引木藤。

我心里着急，可是又使不上力气，心想这个元代墓葬怎么会设计出这么多乱七八糟的东西，这个木藤真是长得无穷无尽吗？我捡起柳歌刚才丢在地上的骨头，对着木藤打去，可是那木藤哪里是区区一根大腿骨能打退的。

这时候，只听到左边的那个棺材发出了“滋滋滋”的声响，四叔满面狼藉地从棺材里走了出来，而那个棺材里面的木藤在棺材里翻江倒海，像是无数的蛇在里面撕咬。

这时候，就见四叔跑到五叔所在的棺材处，拿出一根雷管，拔出火药，倒在了棺材里。跟着五叔所在的棺材发出了和左边的棺材相同的场景，青烟冒起，群蛇飞舞。五叔也是面色苍白，显然也是被吸了不少的血，只能是勉强行走了。霍刚小心翼翼走过去，把四叔搀扶到墙角，此时左边的棺材的动静已经慢慢小了起来，而中间的那个棺材依然对我和柳歌攻击着。

危机时刻，四叔撒下了另外一根雷管的火药，已经缠裹在我胳膊上的木藤顿时没有了力气，软化了下去。两边的棺材此时已经彻底平静，血色慢慢淡化发黑，不再透明，呈现出的又是褐色的木头，看上去依然是一堆木头。

我没有想到四叔的雷管竟然还能起到那么一个作用，四叔说，是火药中的硝石和硫磺制伏了棺材中的吸血木藤。

我问起四叔，这是一个什么东西，他说："这是吸血藤。吸血藤生长在极阴之地，专门吸食人血，特别是喜欢吸食死人的血。在这古墓下，肯定是墓主埋下的这根吸血藤，否则不可能它自己自动生长在这里。相传汉代曾经有一位王公，为了防止自己的墓不被盗，就种植了这种吸血藤。"

我说："这些人也太坏了，生前搜刮这么多钱财，死后还在墓室里种植这么可怕的东西。"

四叔说道："吸血木藤生长的地方必须依靠血液为自己提供营养，一旦失去营养就会进入睡眠期，但是闻到血腥味就会立即苏醒，像动物一样能够自由活动。这种植物力气大，生命力强，我也没有想到火药能制伏它。我本想炸了那个棺材，可是那木藤已经把引线弄湿了，点不着。索性我就把火药倒了出来，准备用打火机烧一烧，没有想到火药的硫磺和硝石成分对制伏吸血藤有作用。可怜我身上现在只有一根雷管了。"

我问道："你在哪里了解到这个吸血藤的？"

四叔说："家里的书上，当时我不信会有这么邪门的东西，所以就没有在意，我怎么也想不到在这里能遇上。这种吸血藤生活在西双版纳的丛林里，极为罕见，早在宋朝就因为邪恶无比，不断被人铲除，南宋时候已经绝迹，也不知道蒙古人是如何发现的。这种吸血藤要想保持千年的生命力就必须不断地供给血源，如果我猜想的没错，这间墓室应该是间祭室。"

所有的人都大吃一惊，包括五叔都瞠目结舌，只听四叔说道：

“为了供给血源，这间墓室就必须用活人来拜祭，所以那些木堆状的棺材地下应该是空的，为的是让吸血藤扎根在地下，而棺材则是装死尸和存贮血液用的。这间墓室之所以放在第一间，是想吸引盗墓者的注意，等盗墓者进来，吸血藤就会慢慢苏醒。之后进来的人，自然就跑不掉了。”

我问：“那门口的那个人是怎么跑出来的呢?”

四叔摇了摇头，说道：“我也不知道，看来这个人不像是进了这间墓室，你看那把工兵铲是新的，很有可能是和那个人一起进来的，但是因为别的原因走散了，那个人进了别的墓室，而拿工兵铲的这个人进了现在这个墓室。”

五叔说：“这里面的吸血藤已经死了，可是我们怎么出去?”

四叔想了想，说道：“你还记不记得主墓室上面有四把钥匙孔?”

五叔说是，四叔说道：“如果我猜想的没错，这四把钥匙肯定分布在四个墓室里面。你还记得不，主墓室名字是‘土’，‘土’代表什么，‘土’代表生，有土才会有万物生长。在阴阳五形中，土在最中间的位置，那么可以断定这个墓葬就是按照阴阳五行安排的墓葬。”

众人听后都觉得非常有道理，此时大家都坐了下来，特别是我和四叔、五叔，身上失血过多，浑身已经使不出力气。而霍刚被吸血藤扫了一下，身体也是疼痛无比。张磊和丁梦虽然一直站着，可是已经吓得浑身是汗，特别是丁梦，看到这样的棺材，吓得已经不能说话了。此时只有柳歌情况还好些，虽然身上有些腥臭，但是身体并没有受伤。四叔坐下后接着说道：“这四个墓室应

该分别为‘木、金、火、水’。每个墓室应该有一把钥匙，否则这个墓就成了死墓，对于墓主来说，是极为不利的。木主生，木生火，火属阳，位置在东。”

这时候霍刚说道：“这个墓室可不像在东啊！”

四叔一愣，说道：“你说什么？”

霍刚说道：“这个墓室在西。下水道在南面，而且元代的墓也是坐北朝南，墓道口自然也是南边。由于墓室的大门的朝向是南，我们来的是主墓室的左侧，那么我们的位置肯定是在墓室的西侧，而不是东侧。”

众人听后纷纷点头，想不到四叔也会有错的时候。四叔此时也不明所以，但是按照五行结构是肯定不会错的。四叔说道：“不管哪里是东，哪里是西，按照阴阳五行找到钥匙总是没错的。”

张磊说道：“刚才我们找了半天也没有发现哪里有钥匙孔呀！”

四叔说：“既然这墓室是按照五行编排的，那么用手摸是肯定发现不了。你们看这间墓室，它呈扇形，我猜想除了中间的墓室是圆形以外，别的墓室都应该是扇形。这样就可以在五行之外，绘制八卦图了。”

众人听了一方面感叹古人的奇才，另一方面也感叹四叔的才学，连我都为之惊叹。想不到平时只会捕鱼的四叔竟然在易学方面有如此高的造诣。

只见四叔在地上反复画了乱七八糟看不懂的图画，跟着在地上又列出一些古怪的公式。大约过了十分钟，四叔有气无力地说道：“我推演出来了。众所周知，八卦分为‘乾、坤、震、巽、坎、离、艮、兑’，按照方位排列。但是那是阳八卦，用于建设阳宅。阴宅有阴宅的建法，阴宅要用阴八卦。阴八卦为‘休、生、伤、杜、景、死、惊、开’，因其至柔至阴，是建造古墓常用的技法。现在我们处于西侧，确切地来说位于西南。因为正南已经被开了墓道，所以正南方位应该是变成了东南方位，正西变成了西南方位，正北变成了西北方位，正东变成了东北方位。这种方位变换有两个作用，一是为了腾出正南门给墓道，二是用于八卦定位。但是五行是主还是八卦是主，目前还很难说。大家注意，我们现在所在的墓室叫做‘木’字号墓室，这个墓室占据了本该属于‘金’字号墓室的位置。而这个墓室有两个门，左边的为‘杜’门，右边的为‘景’门，景门之后是开，大家现在去左墙靠近右边棺材的地方找找，看有没有机关。”

这时候没有受伤的张磊、丁梦、柳歌、霍刚都走了过去，他们拿着手电，可是始终没有找到哪里还有什么机关。就在这时，站在左边棺材旁的丁梦似乎有所发现，她说道：“咦，这里似乎是空的。”

由于丁梦的鞋子后跟比较硬，踩在地上发出的声音特别响，所以多走几步就分辨出来那里的砖头有异。

四叔听到后，说道：“你们拉开石砖。”

丁梦拉开石砖后，跟着说道：“里面有一个盒子。”

四叔让丁梦取出盒子，打开盒子。丁梦按照四叔说的，打开了盒子，就见里面有一把长约十公分的钥匙。这把钥匙带着古色的铜锈，但是却粗大异常。四叔咳嗽了两声，说道：“去看看那个方盒子的地方有没有钥匙孔。”

这时候张磊站在发现石砖的地方，对四叔说道：“这里面有一

个孔。”

四叔站了起来，说道：“好，打开那个孔，我们就可以出去了。”

看到四叔这么费力，我赶忙说道：“还是我来吧。”我屈身站了起来，可能是张磊一直没有出什么力，心里愧疚吧，他夺过钥匙，说道：“你们先休息吧，我来。”说完，张磊径直走向了石砖钥匙孔处。丁梦和霍刚跟着也到了张磊的身边，为他照明。柳歌看到四叔起来很困难，立即回身扶着四叔。四叔虽然对刚才柳歌咬了我一下心里不舒服，可是看到柳歌过来扶自己，还是点了点头。

我身子昏昏沉沉，觉得自己可能随时会倒下。这时候我觉得自己的胳膊被挽着，回身看了看，就看到柳歌撅着小嘴看着我，右臂挎着我的左臂。

正当我想对柳歌笑一下的时候，就听到轰的一声震天响，接着是“啊”的三声，我回身一看，眼前已经没有了张磊三人。

第十七章　下火海

古墓中的机关当真是多不胜数，难以预料。先辈们在盗墓中会遇到这样或者那样的恐怖经历，但是真的遇到诈尸的很少，落难者往往罹难于机关。这些机关或陷阱，或流矢，或钉板，稍有不慎就会丢下性命，难以重新返回阳间。

话说张磊、霍刚、丁梦三人打开地上的机关之后，机关处竟然传来几声惨叫，这惨叫传来后，令人无不心寒。我回头看去，只见远处已经空无一物。我问四叔："这是怎么回事？"

四叔说："他们又遇上机关了。"

我大惊，怎么会，不是"景"门吗？既然不是"杜"门，为何会有机关？四叔说："我也弄不清，此处明明不是'杜'门，为什么会有要命的机关，难道我学的是错的？"

想起三人不幸遭难，想去收尸都是难上加难。此时再看看柳歌，表情似乎也平静了许多，我说："这次你怎么不哭了？"

柳歌说："都被吓得麻木了。四叔，你看我们还能出去吗？"

四叔说道："怕是悬了。你们这些娃儿不该来这种地方，当初我也知道赶你们走肯定是不可能的，我一直尽量保护你们的安全，

可是我竟然算错了位置。”

我安慰四叔，说：“四叔，这不怪你，如果没有你，大家一样是死。”

四叔说道：“现在眼下还有一处‘杜’门，在对应的位置应该也有一把钥匙，就是不知道‘杜’门是什么机关了。”

柳歌说道：“我去看看。”

四叔似是知道柳歌和我的关系，他看了看柳歌，摇了摇头，说道：“你们站在这里，这次我亲自去。”

我哪能再让四叔去冒险，没等四叔说完，我走向了墓室的左前方的墙角。听到四叔在后面大喊回来，我回身让柳歌拉住了四叔。

在发现“景”门的钥匙的同一条水平线上，我发现了那个空心的砖块。接着我用匕首开启了砖块，里面有个黄色的盒子。我把盒子拿给四叔，四叔看了看，说道：“如今我们的命就看天了，上个门如果是‘杜’门，但愿这个门是‘景’门。”

明白四叔的意思后，我打开了盒子，取出带着铜绿的笨拙钥匙，插向了钥匙孔。我看了看柳歌，又看了看四叔和五叔，他们都在看着我。我心里非常紧张，这时候就听四叔说道：“一水，你拧开钥匙之后，立刻向墓室门旁这边跑来。”我明白四叔的意思，对四叔点了点头。我的脚作好了开弓的准备后，右手把钥匙向右拧动，接着我立刻向墓室大门跑去。只听右侧的墙响起了机关启动的扎扎声。

我转身看了看，虽然墓室的正门没有开，但是毕竟还是在墓室的右墙出现了一个门，我长出一口气，看来一切有希望了。

柳歌扶着四叔，我扶着五叔，大家一歪一斜地来到了另一间墓室。临走前，四叔让我拔下了那把钥匙，我虽不知道这把钥匙究竟有什么用，但是现在四叔说带走，兴许有用，或许这把钥匙能插进主墓室也说不定。只不过我还没有见到过一把钥匙开两把锁的情况。

此时，几番战斗后，四叔和五叔手上的探照灯已经毁坏，只有我的探照灯和柳歌的手电还能照明。四叔让柳歌关上手电，以作后备电用。

这间墓室的结构和上一间墓室没有什么差异。只是里面的陈设只有一张几案，这张几案高大厚重，位于墓室扇形的右侧靠墙的位置。我把探照灯往几案上面照了照，只见几案上面陈放一只和上一间墓室存放钥匙一样的盒子。

五叔说："四哥，你们看这个盒子是不是和上一间墓室的盒子一样呀?"

四叔点了点头，说道："这个屋子就一把钥匙，应该是离开墓室的那把钥匙。这个几案所在的位置是'惊'门，希望会给我们惊喜。"

我说："那我去取下来吧，大家看看哪里有出口，可以启动钥匙。"众人点头，表示同意，并让我小心。

按照上次取盒子和开钥匙的经验，拿完之后立即远离存放盒子的地方，防止机关启动，伤到自己。先前虽然失血过多，暂时没有了力气，但是现在身体慢慢适应了过来，逐渐有了行动能力，只是走路仍然会出现发飘的感觉。我踩到几案之后，快速从几案跳下来，回过身来，只见几案上多了一个凸起的石砖。

这个石砖让人第一感觉就应该是钥匙孔。我看了看四叔，等着他拿主意，可是这次他犹豫了。四叔说道："这次，我也不能保证这个是不是出口的钥匙孔，因为这里的建筑构造每一步都不符合常理。按说这里应该是按照阴阳五行布局排列，可是外围又多了一个八卦，而且还是阴八卦。这种阴八卦除了《三国演义》里面曹仁打仗用八门金锁阵用过阴八卦，别的只有在坟墓里了。可是这个坟墓也不是完全的阴八卦，所以我也不能完全肯定几案上的钥匙孔是不是出口。"

五叔摇了摇头："这里只有这个钥匙孔，要想出去太难了，只有打开这个钥匙了。我们现在已经没有选择。"

众人听后，都觉得有道理，于是四叔说道："一水，那你就去吧。"

我点了点头，拿起钥匙往里面走去，这时就听背后柳歌说道："你要小心啊!"

我回头看了看柳歌，对柳歌微微一笑，就在此时。我看到柳歌后面有个红色的影子一闪而过，这个影子诡异至极，绝对是我平时没有见过的。我对四叔说："我看到一个红色的影子在你们身后。"

四叔似乎是想起什么，他问："什么样的影子?"

我说："只看到上半身是红色，带着红色的脸。"

四叔一惊，说道："难道是那个?"

我问道："什么?"

四叔慢慢说道："血尸。"表情犹带惊恐。

当下四叔把自己和四婶如何在龟山汉墓发现血尸，又如何被跟踪的事说了出来，听得众人一身发毛。我问道："那打开钥匙之后会不会看到的只是血尸，别的什么都没有？"

四叔脸上阴晴不定，说道："很难说。你们猜刚才那间墓室是'木'字号墓室，那么这间墓室应该是什么呢？"

大家摇了摇头，如今这里面只有四叔懂得阴阳五行。四叔继续说道："这间屋子应该是'水'字号。"

五叔说道："可是'水'字号墓室怎么会有红色的影子，这不符合逻辑呀！"

四叔此时也觉得不对，按照方位，土在中间，金在西，第一间进去的应该是'金'，第二间应该是水。可是现在第一间是'木'，第二间倒像是火了。还有就是，既然刚才所在的房间是西南，那么这个房间应该是西北，西北也就是暗含"死"门和"惊"门。四叔说道："老五，你看这里两个墓室里面，一件陪葬品都没有，会不会是别人都搬走了？"五叔说道："不会，这里的墓室肯定别人没有来过，既然通往这间墓室的钥匙是在隔壁的墓室，那么应该没有人进过这间墓室。"

四叔说道："你傻了，外面肯定也有机关可以进来的。"

五叔也说道："你才傻，外面的机关虽然可以开启，但是进来后，门会自动关上，找不到出口，他们一样会死，你看这里哪有尸体？"

我说："是我们傻，刚才要不是我们一起挤进来，外面留个人，我们也不至于被困在里面没有人营救。"

四叔一想也有道理，他点了点头，说道："依我看，这间墓室应该是按照反五行建造的，把金木水火的位置做相反的调整，

可是我没有听说过这种葬法，难道是阴宅必须处处和阳宅相反吗?”

五叔摇了摇头，说：“不是，我看是建造墓的人水平不高，阴阳学说没有学到家。即便是阴阳五行的方位是和阳宅相反的反五行，可是哪有再把阴八卦故意颠倒的?阴八卦本身就适宜于建造阴宅，再颠倒不就不利于风水了吗?”

四叔笑了笑，说道：“老五，没有看出来，你还挺聪明嘛！这么一分析，连我的思路都开阔不少。”

五叔这时候说道：“不管如何，这一劫我们是跑不掉的。一水，你打开锁之后立即跳过来，这里的古墓机关反应速度都比较慢，只要你快一点，肯定伤害不到你。”

我把自己的探照灯和柳歌的小手电换了一下，走到几案旁，看了看周围，确定没有红色的影子，才放下心来。

我再次扎好马步，调整好自己的姿势，拧动开关之后，借着几案的力量快速往四叔方向跳去。凭借着良好的弹跳，我瞬间跳出三米开外，跟着一个前滚翻，便到了四叔面前。四叔没有想到我身手如此了得。但是受了伤的我此时也是筋疲力尽，坐在了地上。

这一切只是眨眼的工夫，跟着就听见墓室的左墙发出一声轰鸣，原先通往“木”字号墓室的侧门关闭上了。

只见原先的几案慢慢下陷，塌陷后的几案周围跟着也下陷开来，形成半径六米左右的圆形洼地。洼地的边上慢慢流出黑色的物质，闻着有股浓浓的焦油味。这些带有焦油味的物质用探照灯远距离也看得不甚清楚，分辨不出究竟是什么东西。

越是如此，越是让人担心，因为出路没有给出，反倒出现了这些黑乎乎的东西。众人不明所以，你看看我，我看看你。四叔也不再说话了，因为他也弄不明白现在的墓室里摆的是什么龙门阵。这时候，塌陷处的左侧出现一个几案，几案石台上也出现一个盒子，这个盒子俨然又是黄色。我奇怪道："怎么又出现了一个盒子？"

四叔说："这个盒子应该才是真正的机关钥匙，想不到这里的机关会那么多，一而再，再而三地出现。不过它也只能升升降降，不会别的花招了。"

五叔咳嗽了一声，说道："不管怎么样，还是拿到那个盒子要紧，拿到了，出口应该也就出现了。"

我点点头，往前走去。可是脚刚迈出两步，就看到那个红色的影子再次一闪而过。我犹豫了一下，对五叔说道："你看到那个影子了吗？"

五叔说："看到了，也不知道这究竟是什么东西，看来我们要小心啊。"

就在这时，大家看到那个红色的影子安坐在了几案上。这个红色的影子高不过一米四，遍体通红，面目似火一样不停地在烧，五官看得不甚清楚，我们暂且叫他火孩儿。四叔拿出手枪，想对火孩儿开一枪，五叔说道："节省点子弹吧，这个东西不是靠火药能制伏的。"

四叔何尝不知道这个东西需要靠一些专门的东西才能制伏。可是四叔对阴阳五行和风水堪舆比较了解，对付这类科学难以解释的东西，四叔也弄不清他们怎样产生的，他更愿意使用机枪和

炸药，方便快捷。

众人眼睛一动不动地盯着眼前的一切，生怕火孩儿偷袭我们。终于四叔隐忍不住，拿着手枪打向了火孩儿。可是四叔的扳机扣动之后，火孩儿不但没有消失，反而引起塌陷坑着起火来。

众人大惊，这才明白为什么下面会有焦油味，原来下面全部是存放的七八百年的石油呀。看着眼前的场景，形势再明显不过，这哪里是“水”字号墓室，明显是“火”字号墓室呀。众人你看看我，我看看你，都知道任由这火势着下去，这个封闭的墓室中的氧气早晚会被耗光。不过由于墓室相对狭窄，空间范围较小，火燃起的并不是很旺。

五叔道：“不知道这个叫什么名堂?”

四叔摇了摇头，说道：“我也不知道，但是这里是‘火’字号墓室是肯定的了。”

这时候柳歌说道：“这是不是叫做下火海呀?”

一语点醒梦中人，这不就是火海吗？眼前的火像在海里一样自由飘荡，任由燃烧。可是即便知道这是火海又有什么用。四叔叹息道：“蒙古人学习五行，毕竟学得不透彻。他们以为金木水火土就是真的金子铁器、木头、火，偏偏就不能变通理解。这金木水火土指的是物质的属性呀。可是即便是这样，蒙古人竟然也能另辟蹊径，造出这样的古怪机关，令人防不胜防。”

五叔说道：“看来我们打开的不是‘惊’门，而是死门。这里八卦的方位看来是两两相反。眼下最要紧的是想办法离开这里，你们看，中间的那个几案上的盒子表层被烧掉了，里面是个石头的。看来墓葬的设计者早就准备好在这里布置火海了。”

四叔道："我看那个石盒也是机关，等着我们去破呢。这是引诱我们去火里送死。"

五叔道："可是即便是引诱，我们也不得不去呀！现在的问题是怎样去取，再过一会儿，那个盒子肯定会被烧得通红，即便是能取得到，也取不下来。"

四叔叹了口气，说："看来我们一家今天是命丧于此了。"

我看了看柳歌，想起这才没有认识几天，就死到了一起，真的是命不好。早先如果不是带柳歌来这里探访找鬼，不就什么事也没有了吗？

我问四叔："四叔，五行里面生生相克，克火的是什么？"

四叔摇了摇头，说道："你怎么傻了，别的相克你不知道就算了，这个水克火可是连小孩子都知道的。"是呀，我怎么傻了，我想现在急需一些水。可是四叔继续说道："这个里面的火呀是石油，别说没有水，就是有水你能拿来灭火吗？"

这句话顿时浇了我一盆冷水，难道说眼前真的没有办法了吗？这时候柳歌说道："方法不是没有，但是一时间也发挥不了多大的作用。"

我问道："什么方法？"

"用土。"柳歌回答道。

"方法是对的，可是哪里有土？"五叔说道。

四叔说："是呀，这里全部是石砖，即便不是砖头，地面也是坚硬无比，单凭匕首和工兵铲是不足以取土灭火的。"

一时间众人又陷入僵局。不知道究竟怎样才能灭了眼前的火。正在苦思之际，我看到五叔眼睛直勾勾地开始往火坑处走去，我

叫了一声五叔，五叔不答应，我看了看四叔，只见四叔对着火海的中间开了一枪，顿时五叔跌倒在地。

我赶快去扶五叔，只听五叔道：“好厉害的障眼法，幸亏四哥识破了，不然我非得变成灰烬。”只听四叔问道：“老五，你看到了什么？”五叔说道：“我刚才回了回身，看到你们突然都不在了，只有我自己一个人在墓室。这时候我就看到墓室的中间也没有了火，但是却有一个出口。这条出口通往墓道外面的下水道，看到有出口，虽然将信将疑，但我不自觉就走了过去。”

四叔说道：“这个地方和龟山汉墓一样，有时候越是真实，越是身陷机关，而越是飘渺，越可能就是真实。你看到的太过真切，往往也就可能是幻觉。这里不宜久留，我看把那个火孩儿制伏才是关键。”

五叔道：“依你看，那个火孩儿是不是血尸？”

四叔道：“不像，我看像是充当这火海的引线用的，没有了引线，这些油虽然能点着，但是没有附着物，也不能长久。我看直接攻击几案上的红孩儿最有用。”

我看了看眼前的火坑，火坑平均半径约有三米，最近处距离案台约有两米半，直接攻击红孩儿当真是有点困难。休说是这么远，就是面对面，也不一定就能抵挡得住火孩儿。但是不试试就一点希望都没有，我说道：“不如我去一趟。”

五叔说道：“你已经没有多少力气了，你不合适，还是我去吧。”

就当我和五叔挣来抢去的时候，柳歌说道：“你们俩身上有伤，还是我去吧！我自幼练习散打和跳远，这个对我来说，不成

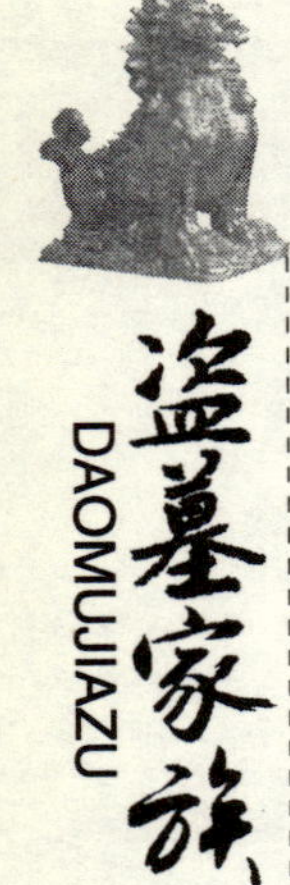

问题。”

四叔看了看我，我点了点头，四叔说道：“也好，既然你有本事，就有劳你了。老五，把你身上的捆尸锁给她，让她当做鞭子用。一水，你把你身上的匕首给柳歌，那把匕首有上百年的历史，曾经沾染过不少的血，上面凶气很大，希望可以震慑住眼前的火孩儿。”

柳歌接过捆尸锁和我的匕首后，她将匕首衔在口中，右手握住捆尸锁首，左手握住捆尸锁尾，向火坑走去。柳歌走后，大家站起来，准备去接应柳歌，防止柳歌遭遇不测。

话说这窄小的墓室被火占尽了空间，当真酷热难耐，此时，众人脱下外套里厚厚的衣衫。柳歌站在火坑岸边距离案台最近处正准备向几案跳去，四叔说道：“小姑娘，不要去看那个火孩儿的眼睛。”

柳歌点了点头，她后退十步，作远距离冲刺起跳。只见柳歌双臂摆动，双腿加速，速度快过常人。在火岸边上，柳歌左脚撑地跳向了几案，同时右臂抡起捆尸锁向案上的火孩儿打去。只见那红孩儿和柳歌在几案上斗作一团。火孩儿身体发红，但是同时也发出像火一样的炙热，火光照亮了柳歌全身。站在下面的我感觉柳歌时刻会被点着了一样。

那火孩儿力气比较大，不过看上去，柳歌一点都不处于下风，四叔也没有想到两人会在上面僵持那么久。就在这时，我看到柳歌身上的衣服着了起来，心想坏了，那里温度太高。于是我抡起工兵铲向几案也跳了过去，那个几案本就狭小，上面站了两个人已经是空间不足，哪里还能容得下我。

我一下子掉进火海里去。柳歌看到我掉进火海，瞬间也急了起来，跳进了火海。这时我们浑身都烧了起来。我一看既然已经点着，干脆再上去把盒子取下来。于是我让柳歌先上岸，接着自己跑到几案下抡着工兵铲砸向红孩儿。可是这个工兵铲对火孩儿的损害微乎其微，我忍痛再次攻击一次火孩儿，火孩儿后退一步后，我借势把几案上的盒子铲了下来，用铲子把石盒扔向了火岸上。

有人说越是困难就越是要忍，越是要扛，希望就在于微乎其微的一点也要去争取。话说我用工兵铲铲下石盒扔向火岸，自己立即跑回岸上。四叔、五叔立刻把衣服盖在我身上，我就地翻滚，很快身上的火就灭了。但是虽然在火里的时间不长，可是还是感到脚踝十分地疼痛，在火的映照下，红肿无比，有如被烧烤了一般。四叔让我贴住墙壁，说这样可以消肿。

由于我把石盒子扔到了岸边，火孩儿立即从几案追了过来。只见火孩儿在火坑里自由来去，并没有任何不适症状。四叔见火孩儿追来，立即和五叔站了起来，向火孩儿走了过去。

此时柳歌和我一样，衣服已经被烧得破破烂烂。她躺在冰凉的地上，看着我。我想起了向她表白时候被打的情景，怎么也想不到最后会和我在这里一起历经磨难。虽然柳歌有时候有很强的大小姐脾气，但是关键时候，还是能顾全大局的。

就在这时，我觉得呼吸渐渐没有原先那么通畅，感觉没有了力气。我想这是不是距离死亡越来越近了。我看看柳歌，发现柳歌也是呼吸不畅，我说道：“看来我是不行了，我要先走一步了。”我话没有说完，就见柳歌眼角流出泪来。

四叔和五叔两个人一个拿着工兵铲，一个拿着捆尸锁，站在火岸边和火孩儿僵持着。我看到四叔和五叔也是呼吸不畅，想这回大家难道都要丧命于此吗？

就在这时，墓室发出“轰”的一生，接着火灭了。室内只有火孩儿浑身上下隐隐发红。我赶紧打开一直关着的手电，柳歌也打开了探照灯，室内再次亮了起来。柳歌问道：“火怎么灭了？”

四叔说道：“墓室氧气不够，所以灭了。”我想既然氧气不多，看来我们想多活一会儿，怕也难了。正当我暗想吾命休矣的时候，就见和火孩儿缠斗在一起的四叔，一铲将火孩儿身形打散，落在了地上，变成了灰烬。

我心里惊异，想不到刚才还苦战的火孩儿竟然被四叔无力的一铲打得元神破散，身形消失。众人也是十分惊讶，想不到还有这样的事，顿时，大家都感到生还的希望了。

四叔身体一斜一晃地取过钥匙，来到了火已经灭了的火坑处。借着铲子的力量，跳上了几案，在几案存放盒子处找到了一个钥匙孔。四叔拧动了开关，就见右侧的墓室又出现了一个侧门。

四叔说：“这个火孩儿就是为了这个墓室而存在，现在没有了火，他也就没有了杀人的武器。这就好比古代的士兵，盾在人在，盾亡人亡。”虽然四叔解释有些牵强，但是有些时候，一个现象的产生到消灭是无法解释的。如果说非要试图解释一切，那么活着就太累了，活着也没有了意义。只不过我觉得古代的造墓人比较笨，不知道封闭的空间是着不了火的吗？

为了吸取上次的教训，四叔决定留一个人在这间墓室，防止

再出意外而逃不出去。四叔看了看我和柳歌的伤情，表情十分地难过，想不到刚刚伤情最重的他现在伤情反倒是最轻的一个。

四叔让柳歌和我留在“火”字号墓室，他和五叔去下一间墓室。

第十八章　墓室哭声

留在“火”字号墓室的我和柳歌坐在了一起，柳歌躺在我腿上，呼吸慢慢均匀起来。看来下一间墓室的空气还是不错的。只是为什么这封闭近千年的墓室还能氧气充足，实在是令人费解。

我理了理柳歌的头发，柳歌的头发很多地方都已经烧焦，腿上的皮肤很多地方也变得焦黄。我忍不住伸手按了一按，柳歌感到疼痛，醒了过来。她看了看前方墓室，用手电照了照，说道：“按照反五行，下一个墓室应该是‘金’字号，不知道这个墓室又会出什么新花样。”

我也不知道下个墓室会出什么花样，我一向对四叔和五叔都很依赖，不知道连他们都没有办法的事，我能够如何解决。

时间过去了不知道多久，我隐隐地感到地下在震动，这个震动声就像齿轮在搅动一样。柳歌似乎也听到了这个声音，她坐直了身子，问我是不是听到了地下有什么动静。我怕柳歌担心，就安慰了柳歌，说道：“什么声音也没有，别担心。”

可是下面的动静越来越大，已经越来越明显。柳歌侧着耳朵，贴在地上，说道：“像是什么机关响动的声音。”

柳歌没有说完，就听隔壁的墓室的门突然关上了，我和柳歌所在的墓室顿时变成了封闭的密室。柳歌胆子再大，毕竟也是个女孩，她一下子吓得趴到了我的怀里。我心说坏了，四叔和五叔怕是遇到危险了，刚才的齿轮声可能就是机关启动的声音。

我立刻启动钥匙，旋转机关，但是钥匙无论如何都拧不动分毫，侧门根本打不开。我和柳歌心里慌乱起来，如果这里打不开，那么我们两个也必将困死在这里。

困难时候，我们两个已经没有了闲心在那里闲坐。出于求生的本能，两个人忍着痛再次站起来，希望可以寻找出口。

眼前我们两个人手里只有一把手电和一把匕首，其余的东西都在四叔和五叔那里，看来出去的可能性也不是很大了。我拔下刚才机关上的钥匙，和柳歌相互扶着，沿着墙壁试图寻找可能的机关，柳歌一边用手电照着，一边用手触摸四周的围墙。但是正如我们料想的一样，这里没有任何可以启动的机关。

我和柳歌跌坐在地，面临绝望。坐在墓室的拐角，突然觉得生命若流逝的水，有的人如奔涌的大河，有的人短若天上的流星，眨眼即逝。看来盗墓真的是一件非常危险的事，死在墓室门口那个人说的对，这个古墓太过凶险。虽然没有什么猛鬼恶兽，可是眼前的机关却是处处要人的命。

柳歌似乎已经绝望了，她再次靠在我身上，此时她不再躺在我腿上，而是躺在了我怀里。我没有想到她就这样和我走到了一起，没有誓言。虽然我们是因为玩扑克走到一起的，但是此时的绝望却把我们绑在了一起。

柳歌说道："说实话，你看上去并不讨厌，我生气的是你把我当成了筹码。其实全院的女生都知道法律系有个爱打牌的帅哥，我是多么希望能遇上那个帅哥。可是那天我突然收到一个纸条，说你因为打牌输了，会对我表白。我当时特别生气，就等你出现的时候，好好教训你。咯咯，那天看着你深情的样子，要是我不提前知道你是打牌输了来表白的，难保真的被你这个演戏的给骗了。”

看着柳歌的一脸娇笑，我纠结的脸上写满了无辜和无奈，心情复杂万千。如果我能活着出去，就是让我在全校学生面前对柳歌表白，我也愿意。

柳歌接着说道：“其实那件事后，我并没有想再去理你，可是看着你玩世不恭的样子，好像并不是多么在乎我，我就有点生气了。所以我总是找你，免得你落入别人之手。”我心情悲痛之际想不到还会听到柳歌这样的表白，让我吃惊不已。看着柳歌凌乱头发和脏兮兮的脸，反倒觉得此时的柳歌十分地可爱。

柳歌作为学校的校花是当之无愧的，不仅漂亮，还有好身材，令无数男生倾倒不已。不过这一切来得太迟了，我也没有想到柳歌是那么看我的。我一直以为柳歌是要整我，给她自己报仇，哪里想到她是想把我捕获。

我看了看柳歌，发现柳歌说着说着，竟然有点想哭，只见她眼睛通红，眼眶模糊。我说：“柳歌，是我不好，出去之后，我一定给你买最漂亮的玫瑰花，陪你自习。”这时柳歌再也忍不住哭了起来，她说道：“你个臭李一水，没有恒心，你不是表白吗，你怎么被拒绝一次就没有动静了？你倒是再表白几次，我不就答应了吗？害得我还把咱们俩照片传得到处都是，你知道我为什么把照

片满学校传吗？我是怕别人再来跟我抢你。”

我心里哪知道这是柳歌有意的，我一直以为柳歌是想证明那里有女鬼，所以才传的照片。说实话，我心里一直没有追求柳歌的意思，可是经柳歌那么一说，我心里突然也是一阵酸酸的。我突然觉得非常对不起柳歌，不该那么对她。我说道：“都是我不好，我应该再接再厉，不放弃，直到获得你的芳心。”

柳歌拍打我的肩膀，一边哭，一边说道：“当然是你不好，就是你不好。我都等了你一个月了，你就是不来表白，你就是不好。我拒绝你后，你都不来找我，我心里特别生气。后来我看你跟我上山，我本想好好整整你，可是你说你见到女鬼了。我还以为你骗我的，所以几天后就借口去找你。”

我心说，你都拒绝我了，我还继续表白呀，那我脸皮也太厚了。不过想起女孩子都是比较任性的，我还是说自己不好，怪自己胆子小。

此时柳歌的哭声更大了，柳歌躺在我怀里，眼泪已经湿透了我的毛衣。我拍了拍柳歌的背，发现柳歌其实很瘦，如果不是头发被烧了一部分，一定是大美女。

就当柳歌哭的时候，我发现周围到处是穿着白色衣服的人，这些人面色苍白，浑身上下带着血，在远处不停地看着我们。虽然听不到声音，但是很明显，这些人也在哭。我一时发毛，不知道什么时候墓室出现了这么一批人，刚才四叔他们在的时候，怎么没有人在哭呢？我犹豫了下，到底要不要告诉柳歌，如果告诉她，万一吓到她怎么办。

我还记得那个时候柳歌看到照片上的女鬼害怕的样子，当时还笑话她既然怕鬼还来找鬼，看来当时她并不是来找什么鬼，而是找借口把我约出来。想起柳歌毕竟还只是个女生，于是我低头在柳歌耳边说："柳歌，你先睡会儿，等会儿四叔他们会来救我们的。"柳歌一边哭，一边点头，把头紧紧地埋在我怀里。

我仔细地看了眼前这些穿白衣服的鬼，全部都是女人，长发至腰。她们一共二十个左右，也看不见她们的脚，只见她们一边移动，一边用袖子擦着自己的眼泪。

就当我低头不忍再看的时候，我看到我的眼前也站着一个白影。这个白影停在我面前久久不肯离去。我抱紧柳歌，抬头去看眼前的白影。只见一个披头散发，眼角带着黑血，眼球睁得滚圆的一个女鬼正看着我和柳歌。我想起这个女鬼就是我在山上看到的那个倒影在湖里的那位，现在的她也不像别的女鬼那样站在一旁哭，而是嘴角带着血对着我和柳歌发笑。

她的尸体不是在下水道里面吗，怎么现在站在了我的面前？难道这是来报复我的？我越看越觉得不对，这时候，这些女鬼不再各自地擦抹眼泪，而是渐渐地向我们靠拢。此时的柳歌依旧在哭，冰冷的墓室，听到只有柳歌的哭声，而靠近的却是无数的白影。

我从柳歌手里拿过手电，把四叔给我的那块玉露在脖子外面，并拿出藏在怀里的那把户撒刀，刀背对着自己，刀刃对着外围的白影。柳歌的哭声渐渐地小了，似乎是睡着了，可是墓室里却莫名地刮起了一阵阴风。这股风冰冷异常，让柳歌不由得打了一个冷战。柳歌说道："好冷啊。"我继续抱紧柳歌，小声说道："不要紧，没事，有我呢。"

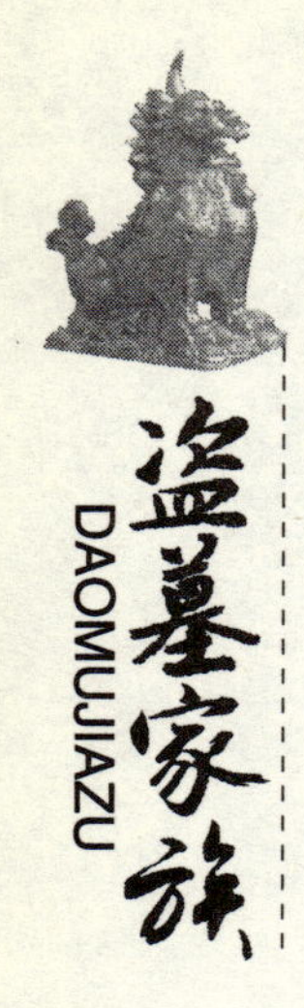

哪知道柳歌突然坐了起来，看着我说："不对，这里怎么会有风?"柳歌回过头来，看到了墓室里到处是披头散发的女人。柳歌一阵惊慌，不过让我比较安慰的是，柳歌并没有表现出过度的惊吓，她说道："你怎么不早跟我说有这些东西？现在这里面出现任何东西都不奇怪。"

我低声说："怕你害怕。"

柳歌和我站了起来，柳歌说："现在怎么办?"

我说："不知道，走一步算一步了，我也不知道该怎么办。都不知道她们为什么会出现，早知道这样还不如跟四叔一起去下一个墓室呢。"

柳歌此时身上一点武器都没有，我把匕首递给柳歌，柳歌说道："这个东西怕是没有什么用吧?"我说道："这个匕首有百年历史，它上面有着众多生命的血，有辟邪作用。相传这是我四婶的祖上用过的刀子，它锋利无比，后来在战场上杀敌无数，所以辟邪作用强。"

柳歌摇了摇头，说道："这个我不要，你保护我就好。"我知道柳歌虽然说是要我保护，其实她并不会让我保护，她在女子散打队里全校第一，心里非常好强。柳歌之所以说要我保护她，实际是要我保护好自己。我把柳歌揽在怀里，把脖子上的玉戴在柳歌身上，退在墙边。此时我早已经忘却身上的烧伤，因为眼前这些白衣服女鬼已经全部围了上来。

自打柳歌哭声停了之后，我听到墓室里面还有其他低沉的哭声。这些哭声越来越大，听得也越来越真切。原来不是没有哭声，而是开始声音太小，我没有听到。

我把匕首放在胸前，好在这些白衣服的女鬼并不敢贴得太近。我想应该是这个匕首发挥了作用。柳歌看了看眼前的场景，说道："这些东西怎么现在出现，刚才为什么没有出现?"我也不清楚，难道是她们怕四叔和五叔？这不可能。那么就是隔壁的墓室侧门关上之后，这里就有了这些冤魂厉鬼。我说："可能是隔壁的墓室门关上后，这里成了封闭的墓室，这些鬼就出现了。"

柳歌小声说："不对，鬼也讲究风水，死后的人希望自己可以早日投胎，不可能把自己死死地封住，那样就不能投胎了。我看那不是出现这些东西的原因，你看这些鬼怪好像受了莫大的冤屈，但是并不是特别地凶恶。而且只是能被我们看得到，并不能伤害到我们。"

我说："不然，你看她们现在不凶恶，难保过一会儿她们饿了不凶恶。你看她们现在个个眼睛直勾勾地看着我们，不是把我们当成了鸡腿了吧。"

柳歌瞪了我一眼，说道："瞎说什么呢，你才是鸡腿呢！要不是我现在腿疼，我非得冲过去打死他们。"柳歌说了一句比较硬气的话，对我冲击很大，她一个女生都这样，我怎么可以畏缩不前。

我忘了谁曾经说过，跟高手对决，即便不敌，也不能退缩。即便是猛虎，也要拔下两颗牙出来。现在在柳歌面前，我不能低头，要冲上去。我对柳歌说道："在四叔他们救我们之前，我们只能自己救自己，我现在冲过去，用匕首砍杀一个是一个。"

柳歌说："可是那把匕首能起作用吗?"

我说道："不管有没有作用，我都要上。如果能杀一个，就杀一个，杀不死，我也要让她们流出点血来。"

柳歌说道："可是她们已经死了。"

我心里猛冒一股凉气，这些都是不死的孤魂，我又怎么能做到让她们死了之后再死去呢？柳歌似乎看出了我的气馁，她拉住我的左臂，说道："只要我们够强悍，这些东西是不能靠近我们的，你看现在我们有匕首，她们就始终奈何不了我们。"

我点头称是，可是心里还是寻觅着如何解围。我想起这些女鬼是在柳歌大哭之后出现的，难道这些女鬼的出现是因为柳歌大哭才出现的吗？如果这也有联系，未免也太牵强了。这时柳歌说道："一水，你可知道鬼都是幽灵吗？他们时聚时散，当他们要投胎的时候，就必须寻找替死鬼。在这里，她们很难找到替死鬼，当我们阳气比较弱的时候，她们就会聚拢过来，我猜想是我们的哭声把她们吸引过来，她们虽然不能伤害到我们，但是她们会威胁到我们的魂魄。此刻我们的力量比较微弱，这些东西自然就能靠近我们。"

我听柳歌的话觉得比较有道理。老一辈的人曾经说过，每个掉进河水里淹死的人都会拉别的人做替死鬼。在死过人的水塘或者河里是千万不能游泳或者洗澡的，否则很有可能会被水鬼拉进水里。小时候我和四叔那次在河里遭遇水鬼，只怕就是这种情况。

还有就是很多老人在咽气之前言语都会比较古怪，说一些听者为之动容的话，比如提起已经死过很多年的人名字，说他们来接他了。我家邻居有个爷爷辈的人得了重病，躺在家里的床上，嘴里胡言乱语，不停地说："我还不想走，别拉我。"当时家里的人都很害怕，但是一点办法都没有。后来邻居家李大壮去了他们家，那个爷爷立马就老实了，再也不胡言乱语。大壮身高马大，一身是肉，走起路来，像大山一样。据说就是大壮震慑住了那些想拉走那个爷爷的野鬼。

眼前应该就是我们的阳气比较弱，加上柳歌的哭声把这些平时看不到的东西吸引了过来。虽然她们不敢靠近我们，但是对于我们来说，就是莫大的威胁。

我说："要是有四叔在就好了，他那里还有雷管，火药可以吓走她们。"

柳歌说道："这个我也知道，可是现在我们没有火药，只能靠这个凶煞的匕首和脖子上的这块玉了。"就当我们讨论如何抵抗这些鬼魂的时候，这些鬼魂已经紧紧将我们围住。靠近我们的鬼魂就一直找机会在拉扯我们的手，外围靠近不了的鬼魂就一直在哭。这种哭声不同于一般的小孩子哭，也不同于一般父亲打了孩子的哭，而是幽怨的哭声，令人毛骨悚然。

柳歌拉住我拿手电的手，我另一只手用匕首不停地挥舞对抗这些鬼魂。尤其是那个出现在水塘里面的那个女鬼，更是时刻出现在我面前。她露出四颗长长的虎牙，脸上带着异常诡异的笑容，不停地伸手去抓我的胳膊。

我挥舞匕首，向那个女鬼刺去，那个女鬼向后一退，轻松躲过了我的匕首。可怜现在我和柳歌身上都是带着烧伤，速度太慢，跟不上步子，不然我的匕首肯定可以划到几个女鬼。正当我吓退一个女鬼的时候，我听得我的耳畔响起了比较重的哭声。我回头看去，只见自己的怀里搂着的正是那个水塘女鬼，我惊恐至极，不知道她什么时候到了我的怀里。于是我顺手便将她推到了墙角。

我向后退了几步，却听得柳歌的叫声，我定了定神，才发现

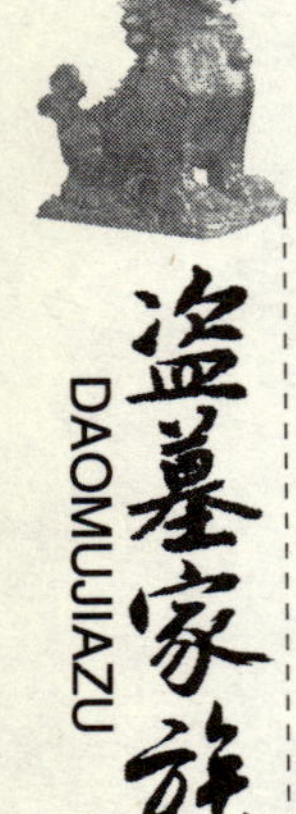

自己推倒的竟然是柳歌，不是什么女鬼。可是柳歌现在和女鬼混在一起，除了那个水塘里面女鬼是白色的睡衣，此时所有的人都是一副面孔，我一时间自己也分不清哪个是柳歌。我心说坏了，怕柳歌遇了难了。

混乱中，我听到有人叫“一水”，我知道这是柳歌在叫我。正当我寻找时，我听到所有的女鬼都在喊“一水”。急中生智，为了能找到柳歌，我说了一声：“我打牌输了后怎么办?”这时候就听到远处的墙角，几个女鬼集中处传来一个微弱的声音，说道：“被我拒绝了。”

我顾不得脚上的酸痛，三两步来到墓室的墙角。我把匕首舞向周围的女鬼，只见女鬼反复避让。赶走了女鬼，我看到了地上的柳歌，她倒在地上，浑身酸软无力。为了扶起柳歌，我单膝跪下。正在此时，我觉得浑身上下都不能动弹，周身的四肢都在向外撕扯。

如果我的身边有人，大家一定能够看清楚我的身后站满了鬼魂，在用力地拉扯着。不要以为这是什么五马分尸，这些鬼魂是希望我元神出窍，把我做替死鬼。我想起四叔跟我说的，如果一个人遭遇了鬼怪，一定要咬破自己的舌尖，那样会爆发出无穷的力量，虽然对付常人没有用，可是对付这些科学难以解释的东西就显得异常重要了。

可是此时任由我如何去使力，我的舌头都始终不能挪动半分，更何况自己去咬了。我这才发现这些东西虽然不是特别凶煞，但是人想对付她们，还是不是那么容易。有过梦魇的人都知道，一旦梦魇来临，人的浑身上下是都动不了的，任由你怎么集中力量，终究奈何不得分毫。这和梦魇一样，唯一的不同就是这次能看得见那些看不见的东西。

我把力量集中在两只胳膊处，准备通过集中肌肉，爆发一次力量挣脱控制。我深吸一口气，已经作好了最后的准备，可是我看到柳歌红着眼睛站了起来。她眼睛像喝醉了酒的醉汉，嘴角也带着黑色的血，再看她走路也正常得很，怎么也不像是受了伤的人。

柳歌笑了一笑，对我吹了一口气，那气带着冬天河水般的冰冷，让人从脚底到头皮浑身都觉得凉。只见柳歌也伸出了手，长长的指甲带着血一样的殷红，直奔我胸口而来。

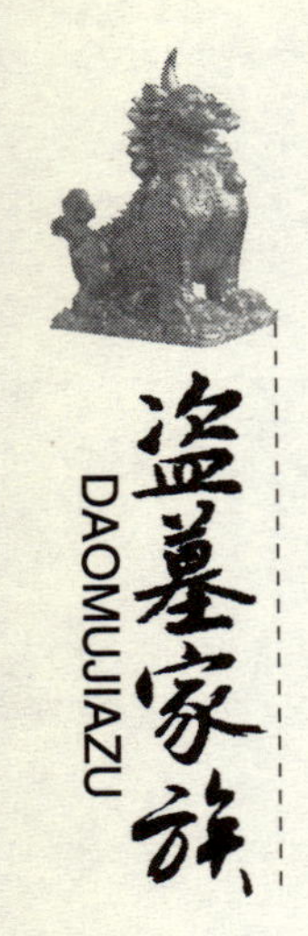

第十九章　找不到出口的墓室

四叔曾经跟我说过，人有人的生活区域，鬼有鬼的生活地界，两者各不相犯。只有当地下的鬼太多，流落在阳间，人就能看到鬼。

阳间的人是不能侵犯生活在阴间的人的，如果你侵犯了，要烧香道歉，不然他们就会找你的麻烦。

话说我被众鬼缠着，浑身动弹不得，匕首也动不了，同时站在对面的柳歌也站了起来，她伸着长长的指甲，直取我的胸口。危机时刻，我使出最后一点力气。我打保票，这是我这辈子用过最大的力气。虽然我身上有伤，但是关键时候人的潜能还是不能忽视的。挣脱了后面的看不见的控制力量后，我跌倒在地，之后就地滚爬，躲过了柳歌的直接攻击。

柳歌不依不饶，我很快滚到了墙角。周圈的白影也是越来越多，手电也被摔得忽明忽暗。我立即抓住匕首，周围的女鬼从两侧包抄过来，意图置我于死地。就在这时候我听到墓室发出轰的一声响动，侧门被炸开了，我看到了四叔和五叔。这时候的五叔腿上负了伤，走路时候一瘸一拐，伤势看上去很严重。

看到眼前场景的四叔显然也很吃惊，他没有想到这个墓室里会出现这么多乱七八糟的东西。不过四叔也是见过大世面的人，这些东西对四叔并不构成太大的威胁。

大家应该都知道过年放炮是为了驱走鬼邪，那些家里死了亲人的是不能放鞭炮的，怕驱走了这些刚死不久的亲人。可见鞭炮的驱鬼作用是历来就有的，而这声炮响明显发挥了重要作用，靠近侧门的女鬼瞬间消失了。其他距离侧门比较远的女鬼也都不再靠近我，而是消失在了墙角。四叔拿出自己脖子上的一块玉，挥舞匕首，很快来到了我的身边。很显然，经过这个爆炸雷管，这个墓室里平静了不少。

爷爷曾经说过，一个人夜晚容易遇上鬼。一个人阳气比较弱，在发生疾病的情况下，最容易遇上不干净的东西。当人多的时候，这些东西便不会靠近。

此时眼前再也没有柳歌的影子。我对四叔说，我刚才怀里拉着柳歌，突然变成了女鬼，可是当我去叫柳歌的名字，远处的女鬼却变成了柳歌。四叔说道："我不是早就跟你说过了吗？地下的事很难说，往往最模糊的是真的，而最真的往往会是假的。你既然早就知道墓室有脏东西，你还不留心这个问题吗？你怀里的那个不是什么女鬼，而是柳歌，她被使了障眼法。而后来你看到的柳歌不是真的柳歌，应该就是你看到的那群女鬼了。"我突然醒悟，这才明白一切，为什么我的怀里怎么会搂着女鬼，原来是被使了障眼法。

想到柳歌应该还躺在墓室里，我立即用探照灯往墓室里寻找。四叔和五叔也寻找起来，好在墓室不大，中间火海坑里面没有找

到，我便到墓室的北侧寻找。果然在墓室的西北角，我看到了一个绿色的人影躺在地上，这人正是柳歌。

四叔说道："这些东西是怎么出来的，刚才我们在的时候不是还没有吗？"

我说："我也不知道究竟是为什么。那边墓室的侧门关上之后，我拧不动钥匙，柳歌心里一着急，就哭了。"我撒了一点谎，不过四叔应该会相信我说的话。

四叔看到柳歌没有醒，说道："她应该没事，我估计过会儿就能醒，必要的时候，掐着她的人中穴，她就可以醒来。现在让她多休息会儿吧。"

我想四叔说的挺有道理，就同意了。四叔继续说道："我估计那些并不是野鬼，而是墓室里的陪葬者。这些人的魂魄常年被压制在墓室下面，无法投胎，带有很大的怨气。虽然她们不能像僵尸一样直接掐住人的脖子，去喝人的血，但是她们身上的怨气和阴气会降低人的免疫力，导致人出现幻觉。我猜想一定是柳歌的哭声把这些东西招来的。"

我说："我也是那么想的，我觉得应该是我们的阳气比较弱，把这些鬼魂招了过来。"

四叔说道："那只是一方面。这个墓室里的陪葬者既然带着那么多的怨气，那么柳歌一哭，必然引起这些鬼魂的共鸣，所以她们就出现了。这些东西是不是开始并没有对你们怎么样，而是后来才过来拉着你们？"我点头说是，四叔继续说道："这就对了，开始她们是觉得你们也是被冤枉的鬼魂，她们是被你们召唤来的。当她们发现你们不是召唤她们的时候，她们就开始对你们索命了。

所以一个人走夜路的时候不要哭，很容易遇上不干净的东西。”

我一想，果然是那么回事。开始她们离我们很远，自从那个水塘里面的女鬼盯着我们看后，那些鬼魂全部围了过来。我对四叔说，我还看到那个穿睡衣的女鬼了，就是下水道的那个女尸。

四叔叹气道：“这个女孩子极有可能是淹死在水塘里的。这个水塘虽然不深，但是如果她想死的话，再加上这里的鬼魂极度需要替死鬼，那么自杀的成功率极有可能会超过百分之百。也就是说，你不想死，都有可能会死，这就是凶地。”

四叔说的很有道理，我现在越来越佩服四叔的分析能力和推理能力了。虽然很多地方还没有足够的证据去证明四叔的推测，但是对于这种莫须有的非科学事件，只能用非科学的方法进行论证。

法学里有个证据证明环节，这个证明要求证据之间真实可靠，与案件相联系，并相互之间不矛盾。四叔的证明和推理虽然不能有直接的证据证明，但是诸多的间接证据组成的论证结果却是唯一的，不相矛盾的。

这时候我才想起四叔身上还带着伤，我问四叔道：“你的伤还好吗？”

四叔惨淡地笑了笑，说道：“我平生就进去过两次古墓，每一次就是九死一生，我真的想不到古墓里会有这么多事，否则你就是打死我，我也不来了。龟山汉墓是僵尸厉害，这个墓室是机关厉害。本来我和你五叔是受伤最重的，现在看来，反倒是最轻的。还有你那三个同学也掉进了墓室下面，也是生死不明。现在你五叔又受了重伤，我们想出去越来越难了。”

我问道："五叔怎么了，你们在那边遇到了什么？"

四叔说道："上刀山。"

我奇怪地问道："什么是上刀山？"

四叔说道："'火'字号墓室既然是下火海，那么'金'字号墓室就理所当然是上刀山了。这是很自然的，在我和你五叔进去之前就已经猜到的。可是我们猜不到的是，这不是一般的上刀山。我们进去之后，按照阴八卦的方位寻找'开'门，吸取在'木'字号墓室的经验和教训，我们找了反方向的'休'门。那里果然有一把钥匙。按说这个墓室应该有很多的刀是不是，可是没有，但是当我们启动钥匙之后，我们就知道在哪里了？"

我问道："在哪里？"

四叔说道："在墓室的上面。"

我大惊，这是多么危险呀。我问四叔道："这个墓室不是一个五行方位里有两个位置颠倒阴八卦方位吗？你们打开的既然是'休'门，为什么还会遇到机关，难道是又颠倒回来了？"

对于这个问题，四叔很难回答，他说："这个问题我也想过，看来这个墓室的八卦方位设计只是按照阴八卦八个方位来设计，并没有顾及到每个位置的生死作用。'木'字号和'火'字号都是位置相反的墓室，而这个墓室是正阴八卦。说起来可笑，现在方位变正，我们都适应不了，还觉得这才是真正的八卦一样。"

"你们没有注意到这些刀是吗？"我问道。

四叔面上平静地说："开始和你五叔并没有看到这些刀子，他们全部藏在墓室上面的砖孔里面，我们只注意看下面，根本没有注意看上面，所以就大意了。"

四叔说的这些话让我想起了以前打仗工兵拆地雷的故事。说一个工兵排长排雷的时候，拆了一个连环雷后以为没事了。哪想到拆完连环雷，那个工兵排长就大意了，下面还有一个雷，结果他就被这个三连环雷炸死了。四叔当时的表现真的和工兵排雷很像，只想到了墓室下面可能会有危险，却忘了上面也随时会带来危险。

不过这件事和自己不也是很像吗？自己和柳歌在这个墓室，我们认为危险已经解除，以为不会再有事，但是却哭出了二十来个索命的女鬼。

四叔继续说道："当时我和你五叔只顾着看下面，忘了上面。当我拧动钥匙的时候，侧门就立即关上了。我当时想，既然你在'火'字号墓室，那么就根本不用担心，你看到墓室门关上，肯定会把门打开。侧门关上后，就听头顶发出巨大的响动，接着是非常多的铁器摩擦声音。我一听这声音，就知道机关再次出现了，因为这个声音太耳熟了。那些刀刃声出现后，跟着就不停地往外射出刀刃，这些刀刃插在地上，越来越多，形成了一个刀山。"

我问道："五叔是在这次受的伤吗？"

四叔道："不是，是后来的事。那些刀刃落在地上，我们本来以为这样就没事了。这时候看到你还没有开门，心想坏了，这个侧门关上后，你在另一个墓室估计是打不开的。"

我说："是啊，左拧右拧就是拧不开，后来我干脆就不拧了，把钥匙装了起来。"四叔说道："这是机关设置人的高明之处呀，他是早就预料到我们会那么做，可怜我们还自作聪明。那些落在地上的刀刃形成小山之后，我们以为机关仅此而已，哪里想到墓

室扇形的两边立即出现了两只猛兽。这只猛兽模样怪异，绝对是平生仅见，在书上也没有听说过，长着血盆大口，有着犀牛一样的头颅，却有着鳄鱼一样的身躯，速度快捷无比。我猜想这是生活在地下的一种动物，靠在地下洞穴为居。但是这肯定是死者下葬前安排好的，不然这个上刀山根本发挥不了作用。”

我听四叔慢慢道来，却对四叔的经历暗暗叫险。只听四叔继续说道：“那两只猛兽看到我们两个，口水直流，一看就是饿了许久。我看见它们的长牙就知道不是一般人能对付的怪兽。我打完枪里面仅剩下的两发子弹，拿着匕首，被两只猛兽逼到了墓室墙角。眼看没有退路，你五叔对着其中两只猛兽开了几枪，把那两只猛兽打伤了，于是那两只猛兽转而向你五叔跑去。那两只猛兽也不是那么好对付的，后面的枪还没有来得及打，你五叔便被猛兽咬住，扔到了刀山的边缘上，大腿被割伤。我绕着刀山转的时候，点着了最后一根雷管。你也知道那根雷管早就在‘木’字号墓室受潮了，可是在‘火’字号墓室干了。我本来以为点不着，但是点着了。那个雷管威力特别大，不仅炸碎了一个猛兽，另一只猛兽也吓得逃进了洞穴。”

我问道：“看来那个墓室的门也是这个时候被炸开的了。”

四叔道：“不错，那个门就是这个时候炸开的。可能是这个火药在‘火’字号墓室被烘烤得比较久，这个火药威力特别大，里面的刀山也炸散了。我和你因为点完雷管就跑到了墓室拐角，所以没有被火药伤到。不过也真的好险，我点完火药，就扔向了追我的猛兽，那个猛兽没有见过这个，张嘴就接住了。旁边那只猛兽以为是什么好宝贝，跟着过来抢，哪想到还没有抢到就爆炸了。”

我背着柳歌和四叔来到了五叔面前，五叔已经听到了我们在讨论墓室的内容，他说道：“四哥，你看现在已经一点半多，快两点了。我们的电池和体力都快到了极限，再不出去，就怕我们这辈子就撂在这儿了。我们准备还是不充分，你看现在人人身上是伤，连个能动的人都没有了。”

四叔叹了口气道：“现在是应该想办法出去，可是咱们现在不是被困在这里了吗？要从‘火’字号墓室和‘金’字号墓室找到一个出口才行。”

五叔点了点头，“火”字号墓室已经是没有什么想法了，只有把希望寄在“金”字号墓室了。四人一起进了下一个墓室，只见墓室里到处是没有刀柄的刀刃。墓室的中间位置高高隆起，那里的刀刃最多。墙上血肉模糊，到处是那个猛兽的尸体碎片。

目前，最主要的任务还是找到出口。可是这里的所有密室都是封闭的，只有把希望寄托于机关。我实在弄不明白，这个世代住在帐篷的人怎么会造出这么多的机关，而且让现在的人看来，这些机关让人匪夷所思，很难破解。能活到现在，我觉得真是一种侥幸。我把柳歌放在地上，交给五叔。五叔腿上虽然流了血，好在都是皮肉伤，并没有伤到筋骨，勉强还能行走。由于在“木”字号墓室，吸血藤吸去了五叔大量的鲜血，这次五叔的腿虽然没有立即止血结巴，但是流出的血并不是很多。不过这次的伤势还是给五叔带来了很大的创伤，他也是筋疲力尽了。

这次能和四叔一起行动的只有我了。我腿上的烧伤此时已经感觉不到特别疼了。时值冬天，地下还算温暖，腿上的伤一时还

不至于复发。四叔经过休整，逐渐适应了身体缺血的现状，和柳歌、五叔比起来，我们算是健康的了。

我和四叔负起寻找出路的责任，开始在墓室的周边寻找开来。墓室虽然不大，但是想在墓室里找到出去的机关并不容易，如果容易，四叔他们早就发现了。我提着探照灯，四叔跟在身后往墙上看去，生怕错过了任何机会。

我们从墓室的左侧溜达到墓室的右侧，再从右侧到左侧，始终没有见到任何机关的影子。剩下的只能按照阴阳五行来寻找另一个机关了。四叔和五叔曾经按照阴八卦找到了"伤"门，但是这个"伤"门属于生门的位置。可是令人遗憾的是，这个"伤"门竟然和"木"字号墓室不同，里面设有机关。

阴八卦的方位和阳八卦不同，而这个墓室反来反去，已经弄不清它们的真正位置。四叔说，按照阴八卦和正五行，我们所处的位于东向，应该是"木"字号墓室，主阳，属于生。可是现在属于"金"，金主阴，位置属于西。

如果下个墓室是"水"字号墓室的话，那么现在这些墓室的确是按照反五行布置。可是既然反五行，为什么又布置阴八卦？阴八卦通常是布置阴宅用的，既然是布置阴宅，各个方位为什么又相反，惊门布置成死门，死门成了惊门？

我问四叔："会不会蒙古人不明白阴阳五行的道理，弄巧成拙？"

四叔回答："不会，能布置成这样不可能一窍不通，这样的墓室布置不太利于主人后代繁衍，甚至对于墓主自己都是不利的。虽然我不太相信人能够转世投胎和风水对后代的影响，但是每个死者死前肯定是希望自己的尸体是按照良性风水布置的。我猜想这样的布置应该是为了防止盗墓人盗墓，这样的古墓没有几个人走得出去。”

我想也是，至少进来这里的人死了不少，也伤了不少。现在我们几人被困于墓室，想逃生都难。可是这些墓室里面没有像样的陪葬品，而且凶险无比，墓主可以说是个穷地主，干吗还要防止盗墓贼进入墓室呢？这就好比一个家里什么都没有的住户却在家的四周到处设置电网一样，让人百思不得其解。唯一的解释就是这个墓室还有其他不可告人的秘密。

四叔算了算目前的方位，来到刀刃堆积处，用工兵铲铲去一些刀刃，对我说道：“你看看这里有没有空砖。”我蹲下用手敲了敲地下的石砖，敲到第三块的时候，果然声音像磬石一样。

我掀开石砖，只见里面除了一个钥匙孔，里面空空如也，根本没有什么钥匙盒。我和四叔你看看我，我看看你，顿感绝望。

这个墓室的两个方位只有一个有钥匙似乎有点不符合逻辑，可是这对于这个布置古怪的墓室来说，我有这个心理准备。我站起来，看四叔有什么办法。四叔低着头，似乎对眼前的场景也是一点办法都没有。

这时候东北角的墓室传来一声低吼。我吓了一跳，赶紧拿出匕首。四叔说道：“没事，那个东西不敢出来了。”

由于这声低沉的吼声，柳歌也醒了过来。我走到柳歌面前，见柳歌没事，放心不少。柳歌说道：“咱们是在地狱吗？”

我笑了笑，说道：“你是不是电影看多了，当然不是在地狱。”

柳歌说道：“那些白衣服的人都没有了，她们去哪里了？”

“被雷管的声音吓跑了。”我回答。

可能是太累了，柳歌慢慢坐起来，我扶着她，让她倚着墙，先别动。这时候，墓室西北角吼声越来越大。柳歌显得很害怕，她虽然打架厉害，可是遇到猛兽，女人弱小的一面就显露了出来。

我让五叔照顾好柳歌，然后和四叔站到了吼声所在洞口的两侧。很明显，这个猛兽是饿得急了，见外面没有了危险，想再次出来觅食。而目标就是我们这些快动不了的人。

我把探照灯照向那个洞口，只见洞口宽约八十公分，高约一米，洞顶呈拱桥状。显然这个洞口是人工修建的，并非天然形成。

突然，四叔大声喊道：“一水，你把灯照向洞口右墙脚。”我按照四叔说的，立即把灯照向右墙角，只见在洞口一米左右的深处有个和前面三个墓室一样装着钥匙的黄色盒子。

第二十章　墓室里下起了雨

自从进入这个墓室开始，危险就一直伴随着我们。这个墓室是一个封闭的墓室，而且进去之后，墓室就不再有门。不按照阴八卦根本找不到出路，但是每个墓室里面都有两个八卦方位，稍有不慎，就会打开机关，置自己于死地。

四叔看到那个黄色的盒子之后，很明显，这个应该就是打开下一个门的钥匙了。可是洞口里面那个猛兽声音越来越近，让人感到根本无法靠近洞口。

这时候五叔把另外一把枪扔给了四叔，四叔拿过手枪立即闪到了洞口的另一侧。洞口里面的吼声越来越多，通过探照灯，已经明显可以看到那个东西的模样。四个长长的獠牙，就像野猪一样，浑身光溜溜的，但是腿却十分地短小，像鳄鱼一样。也许这就是生活在地下洞穴动物的主要特点，由于长期的不见光，皮肤光滑油腻，且成焦黑色。单看那模样，就让人肠胃翻腾。

弹匣里面的子弹已经不多，刚才五叔曾经数过，还剩下五颗。看来这些雷管子弹带的太少了，真不知道用完了该怎么办。我绕到四叔身边，跟四叔说："我把那个东西引出来，你对着它脑门开

一枪，咱们要节省子弹。”

四叔点头，让我小心。我拿起地上的刀片向洞口里面不断掷去，里面吼声不断增强。我把灯光照向那个怪物的眼睛，那个怪物没有见过这么强的光，又退了回去。我想这个东西留在这里随时都是我们的潜在危险，不除掉，肯定是个巨大的祸害。我把光线打散，向墓室的侧方向射去，这样既保证可以看到洞口里面的动静，又可以避免那个怪物因为害怕强光而不愿意出来。

看着这个怪物真的是被刚才的雷管吓怕了，否则一开始它们为什么不怕四叔他们探照灯的强光？我继续往里面扔着刀片，那个怪物带着低沉的吼声慢慢地走向了洞口。我看到那个怪物还在犹豫，就后退了几步。哪知道站在洞口的怪物突然爬了出来，速度竟然非常快。

我立即用探照灯照向它。受强光的影响，怪物避开了强光，从侧面准备随时攻击。由于它出洞口时速度比较快，而出了洞口后又一直在动，四叔不能瞬间击中要害。这种动物的爆发力是不能忽视的，想起鳄鱼可以一口咬掉一头牛的头，这个怪物的咬合力应该也不会差。

“一水，你到我这里来。”四叔喊道。

听到四叔叫我，我立即跑向四叔。可是由于脚上有烧伤，我的动作并不利索，脚后跟踩到了刀刃上，不小心，摔倒在地。摔倒后，我明显听到了五叔和柳歌的惊吓声。那个怪物好像是逮到机会了，见我不能动弹，灯光也找不到它的眼睛，立马扑了过来。此时对它来说机会百年一遇呀，只见它短腿有如猎豹，后腿蹬地，竟然跳跃过来。就在它跳起来的时候，我听得背后一声枪响，那只短腿怪物头部中了一枪，被子弹力量弹回了原地。

我把灯光照向那个怪物，只见它左眼正在流血，枪伤让它疼痛不止。我看它龇牙咧嘴，肯定还会再次撕咬过来，就叫四叔立刻直射它的右眼。哪知道这次的直射让这只猛兽更加凶猛，它横冲直撞，向我走来，地上的刀刃哗啦作响。说时迟，那时快，四叔立即对怪兽的头又射了一枪。那个怪兽头部中了两弹，并没有立即死去，而是在墓室里狂奔了两圈才倒在了地上。

看到怪物倒在地上，四叔接过我手中的匕首，立即在它头上扎了几刀，防止它再次站起来。

这时我才明白，为什么在“火”字号墓室通往“金”字号墓室的门一打开，里面立即空气流通，原来是因为这两个洞。这两个洞里面既然能生存动物，那么这个洞必然和地面相通。可是看着里面空间这么狭窄，很难找到通往地面的出口。

短腿怪物倒后，四叔找了一个比较长的刀片，把盒子取了出来。这个盒子里面的钥匙好在还在，没有丢失。对于这个钥匙为什么出现在那里，我和四叔是百思不得其解，困惑不已。不过现在已经可以打开墓室的门，能去下一个墓室了。

四叔拧动钥匙，墓室右侧响起扎扎的开门声。四叔扶着五叔，我扶着柳歌，去往下一个墓室。这个墓室相对其他墓室，略显宽阔，向后的纵深比较大，最为吃惊的是，墓室下面有个方圆六米左右的静水湖。墓室里面有个静水湖是闻所未闻的事，别说是我，就是四叔，他也没有听说过。

四叔接过探照灯，照向墓室上方，只见墓室上方缓缓滴水。四叔绕过静水湖，来到墓室扇形的边缘靠墙处，只见墙上有着斑

驳的水痕。四叔点点头，说道："原来这就是'水'字号墓室的秘密所在。"

我问怎么回事，四叔说道："这个墓室构建得不稳，上层出现地下水渗漏。所以形成了现在这个水潭。就是不知道上层地下水渗漏是建造者有意的，还是由于特殊土质形成的。"

总结前面几个墓室的经验和教训，每个墓室都会有危险，现在这个墓室一片宁静，似乎让人心里不安。因为越是平静，危险就越是未知。

到了这个墓室，找到出口，依然是当前的主要任务。我突然想到一个问题，为什么所有的出口机关都是右侧，而不是左侧的墓室呢？如果刚开始进入的"水"字号墓室，不是从右侧进入，那么其他几个墓室不就进不去了吗？

就在这时，只听一声枪响，四叔把枪往静水湖中间打去。我很好奇，为什么无缘无故四叔会往水中射击呢？这个问题只是在脑海里转了一下，就看到静水湖中渐渐卷起一个浅浅的旋涡，这旋涡直径足有三米，由浅变深，越来越大。

小时候，我在河里也见过旋涡。每次洪水来了，河床里水流汹涌，时常形成旋涡。这个时候任由谁都是不敢在河里游泳的。我记得有一次河水里面上游飘来很多大木筏，这种大木筏通常是谁捞上来就归谁。可是那次水太大，没有人敢下去。当时村里有个村民觉得自己水性好，非要下去，大家无论如何都劝阻不了。结果他游到水流中间的时候，一个大浪卷了过来，接着河水中间卷起一个直径五米左右的旋涡，这个旋涡一直在河中心保持了三分钟才消失。而岸上的人再也没有见过那个村民，连尸体都没有找到，不知道漂到哪里了。

旋涡出现后，众人立即警戒起来，连柳歌也不由得站直了，盯着水面。我依然拿着匕首，四叔拿着手枪，可是眼前的手枪只有了四发子弹了，能否渡过这次劫难真的很难说。

大家站在水面外面，望着水中的动静，心里都十分紧张。只见旋涡越来越深，竟然有一米来深。约五分钟后，水面趋于平缓，旋涡消失了。张眼望去，水平线下降了半米，那么这么多的水去了哪里。正当大家对这水里的奇怪现象难以理解的时候，从水面中心位置喷起一股水桶粗的水柱。这股水柱直冲入墓室顶端，洒落在整个墓室，把众人身上浇了个遍。

水柱持续了三分钟才慢慢小去，此时大家的衣服早就湿透了。不过由于地下的温度较高，水里的温度并不像地面那么冷，否则肯定会冻伤身体。

水柱消逝后的水面并没有平静下来。这时就见水面露出两道绿光，这两只绿光射向四周，有如手电灯一样，把墓室里照的灯火通明。众人见到这种状况，个个心惊胆寒，不知道接下来会发生什么。

湖中的那两只强光很快照向了我们，大家不觉间聚拢到了一起，犹如待宰的羔羊一样。那两道绿光灯慢慢游向我们，四叔见到这，对着绿灯打了一枪。绿灯是没有打到，但是水面却卷起了巨浪，一瞬间水里出现一个两米来高的巨大身子。看来四叔是打到了这个东西的其他部位。这个东西身子上部分是一个桌子大小的头颅，下面是脖子，约有一米半长。这个头颅形状像驴一样，但是却长着胡须，如龙一般。

看到这个小小的墓室出现那么一个庞然大物，众人都觉得不可思议。这个地下究竟有什么，会养了那么多千奇百怪的东西。看着眼前的水怪，刚才在“金”字号墓室出现的怪物真的像家里养的小宠物一样。这只水怪看来至少会有十米，如果是这样，这个湖底下面一定还有水，否则这么点水根本养不活这么一个庞然大物。

四叔的那一枪显然打伤了眼前的水怪，只见它脖子伸缩间便来到了众人面前，血盆大口眨眼间便可把众人吞下肚。

眼看水怪即将咬到我们，四叔跟着又是一枪，打中了水怪的一只绿灯。看来这两只绿灯就是这个水怪的眼睛。受了伤的水怪像发了疯一样地扑来，它伸出两只大腿一样粗的前爪，在半空里舞来舞去，众人险些被它打中。

没有咬到众人，水怪似乎不甘心，它甩了甩自己的巨头，向众人再次扑来。水怪的一只绿灯坏了后，另一只绿灯却依然像手电筒一样，向周围射来。看到水怪向五叔和柳歌的方向袭去，我心里暗道一声不好。我立刻推开闪避不及的柳歌，自己被水怪顶到了墙角。水怪似是并不罢休，一心要将我吞下。此时，我没有退路，只好趁势爬到水怪头上。

那个水怪见我到了它头顶，左甩右甩地摇晃着脑袋，想把我摔到地上，可是我死死抱住两个绿灯一般的眼睛不松手。这时水怪缓缓往下沉去，想要我松开。我看水怪此时动弹不得，想到这是杀它的最好时机。于是我左手抱住水怪眼睛，右手拿着匕首向水怪的另一只眼睛扎去。

水怪哪里经受得住这样的痛楚，身子瞬即往上提去，我看这次对水怪的伤害比较重，于是赶紧多扎几刀。由于户撒刀比较锋利，削金断玉，所向无敌，那水怪自然是疼痛无比。这时我身上沾满了水怪的血，湿透的衣服更是带着血腥。

水怪这次遭受的创伤看来比较重，加上前面四叔射中了两枪，水怪身上已经流下了很多血，湖面上已经到处是红色的血水。我看水怪快要倒下，便用匕首对着伤口多插了几刀。水怪明显忍受不了这样的疼痛，它整个身子越来越高，即将顶向墓室顶端。眼看这样下去，我会被顶成肉酱，四叔喊道："一水，快往下跳，跳到水里。"

说实话，这个时候，水面的高度已经有了六米左右，我真的有点害怕。前面几个墓室都是三米左右高，而这个墓室中间呈圆形，竟然有六七米高。但是性命危在旦夕，不得不放手一搏。于是我放开握着水怪眼睛的手，向水里跳去。

跳到水面后，我才看到这个水面上的庞然大物露出了它灰色的肚皮，还有两只巨大前爪，看来这个大水怪至少有十米长。我游到岸边，四叔把我拉上岸，躲到了墓室墙角。

没有了眼睛的水怪只能在墓室里嘶吼，它的头不断地撞向墓室的顶端，好像只有这样才能减少它的痛苦。但是这只水怪的生命已经走到了尽头，只见它身子晃了一晃，倒在了墓室里。可能是水怪的下半身比较沉，慢慢滑向水潭深处，跟着整个身子沉入水潭水底，眼前似是什么都没有发生过一样。

有惊无险的墓室让众人长出一口气，可是这一切并没有结束。虽然大家并没有在这个墓室增加新的伤，可是全身都湿了并不是一件舒服的事。眼下既然到了"水"字号墓室，这个墓室在阴八

卦中有两个门，分别为“伤”门和“生”门。找到“生”门，那么一切就有希望了。

想到这里，大家都精神一振，连柳歌都来了精神。说到受伤，我记得四叔说过大黑在古墓里面受了伤，发生了尸变，为什么我们都受了伤却没有尸变。

这事我也事后问过四叔，四叔说，这四个墓室和主墓室没有什么联系，里面多少维护墓室的动植物，需要氧气，不能有太重的尸气，所以大家受了伤，没有发生恶变。

言归正传，话说四叔按照八卦方位图找到了两个门。这两个门便是“伤”门和“生”门。这两个门的位置下面，也各有一个盒子，可是眼下的问题是，“木”字号墓室和“火”字号墓室都是相邻的两个方位是相反的，本是“景”门变成了“杜”门，本是“死”门变成了“惊”门。如果所有的都是相反的，那还好办，只要找到“伤”门就可以了。偏偏在“金”字号墓室，出现了一个相反的墓室，这个墓室是“开”门就是“开”门，“休”门就是“休”门。这就是说，“水”字号墓室究竟是位置没有变还是相反是不能确定的事。

就当四叔犹豫的时候，墓室的顶端掉下来几块砖头落在了水里。跟着墓室里面落下了很多水。四叔说道：“坏了，这个墓室构造比较差，刚才那个水怪往墓室上撞的时候，把墓室的顶端的砖头撞坏了，现在有地下水要流下来。”四叔说完，众人就看到墓室顶上，哗啦啦地落下水来，有如天上下雨了一样。这雨不仅大，而且有如脸盆浇下来一样。

众人暗叫一声不好。如果都是这样的水势，那么很快这个墓室就会被地下水填满。时间越来越紧迫，因为大家看到那个洞口正在慢慢变大。很快那个静水湖满了，不能装下落在墓室里面的水，溢出在墓室的地面。众人的鞋子很快湿透了，而头顶的水却丝毫不见减小之势。

四叔让我站在“伤”门那里，自己则站在“生”门处，他让我取出钥匙，插在钥匙孔不要动。如果他转动钥匙，启动的不是真正的“生”门，那么我跟着立即开启“伤”门。看到四叔取出“生”门处的钥匙，我立即也取出钥匙，作好相应的准备。不过令人意外的是，当四叔拧动钥匙的时候，正前方的门打开了。

这真是让人振奋，终于有一次真正打开了生门，离开了墓室。不过这一切已经没有了时间去庆幸，因为墓室的水越来越多，流到了墓室的外面，溢满了整个甬道。

四叔让我拔下墓室里面的钥匙，一起走出墓室。我扶着柳歌，四叔扶着五叔向墓室门外走去。当我们离开墓室，外面的水已经超过了脚踝，而且水流越来越大，从墓室里传来的水流声也是越来越响。

想到外面还有很多的机关，凭借我们现在的身体状况，根本无法通过，尤其是陷阱坑那里。而四叔想的是，好不容易进来一趟，连个收获都没有，还受了一身伤，很不值，所以四叔想进一趟那个主墓室。

但是目前的情形是先逃命要紧，如何躲过那么大的水流是最重要的问题。这时候大家来到了出口，甬道里面的水已经淹没了甬道三四十公分深，水流正流向墓道。

看到这儿，四叔让我扶住五叔。他拿起一直放在身边的工兵

铲向陷阱坑扔去，只见陷阱坑处卷起一股巨大的旋涡，水流迅速向陷阱坑涌去。由于水流的强大冲击作用，陷阱坑的石道竟然没有关上，水流全部冲向了墓道的陷阱坑。

众人站到“木”字号墓室的一侧，不敢动一下，生怕被水流冲进了陷阱坑。站在墓道边缘的我，看到那个因为腿上有伤走不掉的死人和被带刺铁柱砸死的那个人也被水冲入了陷阱坑。这样的水流持续了十多分钟，水势才渐渐小了起来。

我看了看里面的“水”字号墓室，里面流出的水已经不是那么急了。眼下我们只剩下了一个探照灯能够照明了。那个手电因为进水，此时再也不能使用，不过即便不进水，那里的电池也用不了多久了。

陷阱坑很快又合闭了。墓道里的水刚刚淹没脚踝。不过从墓室顶端掉下的水和水池里的水不一样，这个水非常冰冷，隐约还有些冰块。看来这些水靠近地面，否则水不会那么冷。

眼下的问题是，是不是进入墓室。如果进入主墓室，我们的电池电力已经不足，而且墓室里也太冷，大家的衣服都湿透了。但是如果不进入主墓室，这次就白来了，主墓室才是墓的重点。

想到经历了千辛万险才拿到了几把钥匙，如果不试一试，那就太可惜了。这个古墓肯定早就被人发现了，如果这次出去，再进第二次就难了。况且现在大家身上都有伤，离开这里肯定要修养一段时间才能进第二次。但是到了下一次，这个墓是否被封，可就难说了。

四叔给大家分析了那么一段得失后，决定试试手中的钥匙能不能打开这个墓，兴许在这么多古怪墓室产生的疑问会在这里得到答案。

其实我和五叔跟四叔是一家人，主要是看柳歌同意不同意。不过目前看来，她的立场不能影响大家的态度了，那就是决定进入主墓室。

站在主墓室右侧的机关处，四叔观察着墓室的钥匙插孔。而我则注意着周围，防止再出现什么危险的东西。当我看到“水”字号墓室的时候，那个墓室的大门敞开着，可是我总觉得那个墓室缺少点什么。我仔细地看着那个墓室的外围，想着究竟缺少什么。这时候四叔从口袋里拿出钥匙，说道：“一水，你把你的钥匙给我。”

我这时才想起，这个“水”字号墓室外面没有机关，也就是说，很有可能其他的墓室都没有钥匙，只有“木”字号墓室有钥匙。为什么会是这样？按照四叔说的，“木”主生，属阳，但是它在西呀，怎么会这么安排？不过这么一说，墓室里的机关为什么只能向右，不能向左就容易解释了。由于墓室的总门在“木”字号墓室，如果要去其他墓室，则必须从左依次打开钥匙。

我把手中的钥匙交给了四叔，一共是六把钥匙，“木”字号墓室一把，“火”字号墓室两把，“金”字号墓室一把，“水”字号墓室两把。其中在“木”字号丢失的钥匙一把，被张磊打开机关后，掉入地下了。在“金”字号墓室，乱刀射下后，立即把原有的钥匙盖住了，走的时候也没有取出。

不过主墓室的门一共需要四把钥匙，难道说真的是这八把中的四把吗？如果不是这四把，又从哪里寻找这四把钥匙吗？可是如果是这八把中的四把，就不符合常理了，哪有一把钥匙开两把

锁的？

四叔对这个问题似乎早有准备，他认为在这个墓室，虽然我们经历重重危险，但是和龟山汉墓比起来，这个墓还是不算大的。在有限的墓室里，我们能发现的只有这八把钥匙，那么也就是说，只有这八把钥匙有可能会打开墓室的门。

我对四叔的大胆猜测很难理解，但是四叔胸有成竹。只见他将六把钥匙依次排列，对着探照灯，观察上面的字符。这些钥匙在我口袋中放了很久，但是我一直没有看到上面有字符，不知道四叔怎么知道的。接着四叔按照钥匙上所标记的六个字符“杜、死、惊、开、生、伤”找出“惊、开、生”门三把钥匙。这时就出现问题了，阴八卦中的“景、惊、开、生”主阳，“杜、死、休、伤”主阴，那么用哪些钥匙能打开呢？

四叔站了起来，看着眼前的墓室机关处，四把钥匙孔并没有任何提示可供参考的信息。如果只是用主阳的四把钥匙，显然这四把是不齐全的，如果只用主阴的四把钥匙也是不全的，它们都是只有三把。

现在还剩下一个组合比较合理，这个组合就是找出打开下一个门的那四把钥匙。这个倒是很容易，只要找出“杜、死、开、生”就可以了，这些是真正的生门。

众人商量一致，四叔取出四把钥匙，依次由“木、火、金、水”插入钥匙，然后依次向右转动钥匙。令人颇为惊讶的是，这四把钥匙竟然真的转动了。就在最右边的“生”字号钥匙转动结束，墓室的正门响起了扎扎的开门声。

第二十一章　造反的将军

能够打开主墓室的门，真的有运气成分。像这样坚固的古墓，如果不从正门走，就必须采用爆破手段。但是如果使用爆破，这个墓室就会被毁掉，造成坍塌。

此时柳歌的神志慢慢地清醒起来，我看着也放心很多。不过柳歌白天没有睡觉，现在看上去很困倦。众人进入墓室后，墓门缓缓地关上了。四叔把照明灯照向了墓室出口旁边的墙上，只见墙上有一个凸起的石头。四叔拧动石头，墓门扎扎开启。众人心里落了一块石头，心想还好有一个机关。

现在众人手中只有一把照明灯，照明范围相对有限。通过照明灯，可以看到这个主墓室很大，呈圆形状。墓室直径约十五米，在墓室中间撑有一根柱子，柱子要两个人才能合抱在一起才能抱住。墓室的后方有一个屏风，屏风看上去为石头做的。远处看去，屏风上隐约有文字。

墓室的内侧墙上有很多壁画，多为狩猎和打仗的场景图。在墓室的左侧是陪葬品，多为金银财宝。墓室的右侧为一个木制的壁橱，上面摆放着诸多花瓶瓷器和书画。不过此刻身上口袋全部

破了，已经没有任何地方可以存放这里面的东西。看到这些财宝，没有人不会不动心。但是四叔曾经告诉过我，要弄清墓室的一切，看墓室的墓主同意你带走不，如果他不同意，你千万别去拿。

突然，四叔把食指放在嘴边，说“嘘!”众人知道四叔一定是有所发现了，个个都不做声。四叔指了指屏风，轻声说道：“后面。”

四叔说完，示意让柳歌和五叔待在原地，让我从左侧包抄。四叔拿着手枪，带上了原本放在五叔身上的那把家传匕首，提着灯从右面包抄。我则拿着匕首，向北走去。只是四叔枪中的子弹已经不多，只剩下一颗子弹了。

我和四叔迈着轻轻的步子，缓缓绕过屏风，只见屏风的后面是一个巨大的透明棺材。这个棺材像是传说中的水晶棺，棺材高约一米半，长约三米。透过棺材，隐约可以看到棺材的内部布置。但由于距离棺材比较远，对于棺材里究竟有什么东西还是看得不够清楚。

以前我从杂志上听说，水晶棺是对巨大的石英进行切割，然后凿砌石槽制成的棺材。这样的棺材不仅质量好，而且对于保存死者的身体都是有益的。正是由于水晶棺制作的工艺要求高，材质难取，所以很少能够见到。通常都是当朝的比较有权势的王公，经皇帝批准才允许用水晶棺。水晶棺表面通常都会文虎雕龙，造型和普通棺材有着很大差异。

再看这个棺材，表面上也有诸多龙虎形象，花色也非常漂亮。

“难道四叔听到的声音来自这个棺材?”我想。只见四叔对着我做手势，让我向前走去。我握着匕首，丝毫不敢放松警惕，小心翼翼向棺材走去。这时，四叔也来到了棺材旁，四叔打开手枪保险，把手枪对准了棺材。

此刻，棺材里一片宁静。四叔把手电灯照向棺材内部，只见棺材里面的人体形高大，面上栩栩如生，一身军装看上去英气无比。只是这人面部比较宽阔，额头较大，满脸的络腮胡，一看就知道不是中原人。由于棺材板比较厚实，里面其他随身陪葬品看得并不是很清楚。

四叔摸了摸棺材，直觉棺材上一股冷气逼人，使得穿着本就湿透的棉衣的四叔觉得更加寒冷。四叔说道："这是冰棺。"

"什么？冰棺。我还以为是水晶棺。"我小声说道。

四叔说："水晶棺很难找到好的材质的石块，但是身处北方的王公却能在冬天从沿海拉到几块厚厚的冰块藏于地下。这些冰块上雕有龙虎，显然这个棺材里面的人地位很高。但是这人面上栩栩如生，我们不要轻易动墓室里面的陪葬品，否则我们可能都出不去。"

我点点头，四叔说："我们回去吧。"

就当我们往后退的时候，我踩到了一个下陷的石头。瞬间，我的脊背凉气直往上冲。四叔看我不敢动了，问我怎么回事。我说，脚下踩到一块下陷的石头。四叔面上立刻发白，说道："你别动。"然后四叔走到远处，告诉我，让我跳到墓室的墙边趴下。其实我知道这招，但是我也明白不是每个机关这招都能对付。但是眼下已经没有办法，我只好听四叔的。

我蹲在地上，赫然发现地上有着浓浓的血迹，此时心里一阵胆寒，想不到这里也会有血。由于血迹已经干了，分不清这究竟

是什么时候留下的。我看了看后面的棺材，生怕里面的人跳了出来。但是害怕是没有用的，按照四叔说的，我立刻跳起，并趴在墓室墙壁的边缘。可是当跳起离开那块塌陷的石头，墓室里一片宁静，什么机关都没有。我趴在原处久久不敢动弹，担心这些机关会推迟出现。四叔走了过来，说道："看来这个机关年代久远，不能用了。"

我站了起来，刚要说是，就听到一个声音传来，回答说："不是。"

我和四叔大吃一惊，因为这个声音是从棺材处传来的。四叔立即把手电光照向棺材，只见棺材下面走出一个人来。令我吃惊的是，这人竟然是霍刚。我和四叔都没有想到霍刚会出现在这里。

只听霍刚说道："不好意思，不知道是你们，我听到墓室开门声，立刻躲到了这里。我听出声音是你们才敢出来的。"

显然我和四叔都很惊喜。柳歌和五叔知道后面没事也走了过来。虽然我和霍刚没有什么交情，但是毕竟在一起共患难过，乍一见面，心里还是很激动。我拉着霍刚的手，说道："兄弟你没事就好，张磊、丁梦他们呢？"

这时霍刚情绪变得异常失落，说道："唉，他们都死了。那个陷阱下面到处是刀，完全就是一个刀板。因为他们两个先掉下去，我是后掉下去的，我摔在他们身上，所以我没事。说起来，这命是他们救的。"

"能活着就好，活着一个是一个。"我看霍刚身上果然一点伤都没有，说道，"你在下面是怎么上来的？"

霍刚说道："我也是刚刚上来，掉到地下之后，那个洞非常深，我根本上不来。加上墓室上层有厚厚的石板挡住，钥匙也被张磊带了下来，所以我猜想你们不会找到我们的。好在三只手电都没有坏，我赶紧把三只手电收集起来，关掉两个，寻找其他出口。你知道我离开这个出口之后，我看到了什么吗?”

我问道：“什么?”这时候大家已经离开了屏风后面，往大殿走去，和柳歌、五叔聚到了一起。霍刚说道：“这下面全部是机关呀，墓室的下面全部是空的，到处是齿轮和铁质的杠杆。我心说，既然到处是杠杆，我就要从这上面走出去，自己找出出口。可是我手上没有家伙呀，我用力地掰扯机关上的零件，希望用作工具。可是那里的东西都比较结实，根本掰扯不动。我在下面来来回回走了估计也有两个小时，最后决定从那个位置比较高的机关入手。那个机关外面看上去到处是弹簧和夹子，这个夹子就和打猎用的大夹子一样，是用来夹人腿的。我踩着石头，费了半天劲儿才把那个东西拆下来。后来我掀开上面的石头，来到了现在的这个墓室。”

这时我恍然大悟，为什么自己踩到机关，却没有受伤，原来是被霍刚提前拆除了。四叔似乎也想到一个问题，他说道：“你们还记不记得咱们在墓室门口死的那个人，那个人腿也是受伤，最后没有逃出去，会不会就是在这里受的伤?”霍刚说：“有可能，但是如果是这样，他又是怎么进来的呢?”

问题提出之后，大家都是难以理解，这个墓室不像有人进来过。因为钥匙是唯一的，四把钥匙全部分布在各个墓室，只有进入墓室找到钥匙，才能进入这个主墓室。但是很明显，各个墓室只有“木”字号墓室有人进去过，别的墓室都没有。

这个问题是难以回答了。霍刚看到我们身上全部是水，很是好奇，于是我就把我们四人在墓室的经历简要说给了霍刚听。但是霍刚脸上却很平静，他说："当我看到下面这么多机关就知道你们是九死一生了。但是想不到你们竟然都活着。"霍刚说完，顿了一顿，说道："你们知道吗？这个墓被下了诅咒，是个凶墓。"

众人大吃一惊，霍刚把大家带到了屏风面前，说道："你们看这个屏风就知道了。这上面是一道皇帝的敕文。"众人看了看眼前的屏风，只见前半部分为蝌蚪一样的蒙古文，后半部分为汉语。文中写道："天地致仁，当以宽仁为本。斯水之地，当以修善为真。然护国大将军斯木塔塔尔，不以君臣为礼，不以尊卑为序，霍乱纲常，私入后宫，且念及护国有功，钦赐王公之礼厚葬之。"后面落款为大行皇帝至顺二年。

至此，众人才知道墓主的名字叫做斯木塔塔尔，是护国大将军，因为与后宫有染而被赐死。但是为什么说被下了诅咒呢？霍刚指了指这个皇帝敕令后面的小楷，这些小楷文章较长，大致内容如下：

护国将军斯木塔塔尔墓修建目纲：将军斯木塔塔尔乃大行皇帝之安达，平高丽，远征西域，战功盖世。因恃功傲物，目无尊长，淫乱后宫，赐其自缢。然将军率部谋反，攻入皇宫，幸得亲王扎牙儿救驾，方使国家免予灾祸。将军被捕，大行皇帝命人将其心肝掏出，以斤两称之。将军将死之际，皇帝命南国巫师，降下咒语，挖开将军脚踝，命人装入汞，防止其尸身腐化。时值寒冬腊月，大行皇帝命人将皇宫窖藏食物所用的巨型冰块，打造成冰棺，用以敛尸。

看到这里众人无不胆寒，想不到这个墓葬主人还有那么一段故事。同时大家也都觉得这个大行皇帝也太过心狠。但是屏风上的内容并没有写完，后面还有一段，众人读了下文，才发现这是墓室机关建造的原因和布置。

作为古代人，他们相信好的墓穴，对于养尸是很有作用的。所以阴宅要按照阴阳五行或者阴八卦来建造。但是阴八卦和五行很少有同时使用的，据说，慈禧的陵墓就是按照阴八卦建造的。不过元代的陵墓呈“甲”字状，墓室多呈圆形，这就为五行和八卦一起使用提供了条件。

最痛者莫过于妻子受辱，皇帝对这个将军恨之入骨。他命人在墓室外围采用反五行来逆转阴阳节气。同时在阴八卦上改变了“杜”门和“景”门、“死”门和“惊”门的方位，致使阴八卦行使不顺，使原有的至阴功能发挥出来，形成半死不活的活死人墓。由于反五行逆转了乾坤，使墓主的灵魂一直被禁锢在墓室，永远无法超生。

对于这么一段描述，我觉得毫不可信。因为阴阳五行和阴八卦再厉害，也不至于禁锢别人的灵魂。再说，人死后究竟是什么，只怕也不是古人能解释的。这些机关不过是为了防止盗墓贼进入罢了。

但是看了后文，只见里面继续解释着：这个墓室由于被下了诅咒，生人不能进入这个墓室，所以墓室里到处是机关，目的就是不让盗墓者靠近墓室主人。由于墓室太过封闭，会对斯木塔塔尔的尸身造成巨大的坏死作用，所以大行皇帝只留一个进入墓室的方法，那就是集全四把钥匙。这四把钥匙混在八个方位上，需

要找出主生的四把钥匙。而且由于各个钥匙具有开启下个机关的作用，盗墓贼很难想到开启机关的钥匙就是开启主墓室的钥匙，所以墓室的设计者将进入墓室的可能性降到了最低。

看到这儿，才发现四叔的见识是多么高，竟然能猜到开启其他墓室的四把钥匙就是打开主墓室的那四把。接着后文附有一幅图，这幅图是墓室的结构图，里面标记了墓室个个地方的机关要害。看到这幅图，才发现几乎墓室里面所有的机关我们都遇上了。

此外，皇帝为了增加墓室的凶气，还在下葬的当天，屠杀了二十名即将新婚的女子。这种屠杀并不是刽子手用刀将他们砍杀在墓室，而是将她们关闭在种有吸血藤的“木”字号墓室里。

这种吸血藤来自西双版纳，但是这个吸血藤并非从西双版纳移植而来，而是从魏晋的墓室里面挖来的。不过究竟是如何移植的，上文并没有说明。为了保证这三棵吸血藤可以长久存活在墓室，皇帝命本将殉葬在墓室门口的二十名待婚女子关在了墓室之中，用以种植吸血藤。

在第二个墓室出现的焦油是从山西运来的，而“金”字号墓室出现的怪兽和“水”字号墓室里面出现的水怪在这里也都给了答案。“金”字号墓室的叫做地囚牛，因为长得像上古神兽囚牛，而且居住在地下，所以叫做地囚牛。这两只地囚牛是蒙古人在太行山的山洞里逮到的，被皇帝关在了斯木塔塔尔墓中，用以守护陵墓。

而“水”字号墓室的水怪叫做阴水龙，阴水龙身长三丈，头如牛马，两只眼睛若绿色的灯笼一般。由于特殊的地质，“水”字号有一个深潭，于是皇帝命人在这个水塘养了这么一只阴水龙。

古代的一丈折合现在的两米二，那么就是说，这个阴水龙为六米多长。不过现在看来，这个阴水龙至少有十米长，并不是上面说的三丈。

众人无不心惊，想不到这个古墓下还藏有这么多秘密。但智者千虑，必有一失，设计者毕竟不能样样考虑齐全。霍刚不就没有通过正门进来了吗?

屏风上的解释文写到这里就结束了，对于究竟是什么诅咒，上文并没有交代。屏风上所表述的内容也就到此为止。众人站在屏风的右侧，又看了看墓室的其他地方。如果没有什么特别的，我们是该出去了。现在手上的灯都快没有电了，只有霍刚还剩下一个小手电没有用。而大家身上还都湿着，再不出去，非得冻死。

墓室里的东西，大家是不敢拿的，毕竟这个墓室太过邪门。如果说真的有诅咒，那么肯定是逃不出这个墓室的。

这时，四叔“咦”了一声，似乎又有所发现了。大家循着灯光看去，只见头顶上方有一个直径约一米的盗洞。盗洞处砖头凌乱不堪，只因为盗洞在墓室顶端的拐角处，才一时没有发现。从霍刚的表情看去，霍刚也没有见到这个盗洞，他也很好奇地看着这个盗洞。

从盗洞带出的泥土看，这个盗洞是新的，应该是最近才发现的。也就是说，这个墓室最近有人来过，而且还是从墓室上方打了盗洞下来的。而刚才棺材那里的血迹一定也是这批人留下的。怪不得墓室里面的空气这么流通，原来是这个原因。

如果是这样，门口死的那个腿上受伤的人根本不是从墓道进来，而是从墓室盗洞进来的。那个人既然知道下水道那边有盗洞，

肯定是遭遇了另一伙盗墓贼。这个人为了掩盖自己从墓室上层进来的，就说自己是另外一伙盗墓贼。但是这么一来又出现另外一个问题，腿受伤的这个人的其他同伙去了哪里?

我问四叔道：“四叔，至顺二年是什么时间？为什么这个墓会有那么大的一个封土堆。”

四叔说道：“元代没有一座帝王陵墓留下来，相传成吉思汗死后，把大树掏空制作成一个棺材下葬。蒙古人把成吉思汗藏下后，用马来踏平那个地方，然后用军队守着陵墓。新草必须长出来的时候，这些军队才能撤去，这样后人就不知道那里有陵墓了。你看这个陵墓上面竟然还保留了一个封土堆，说明这是元代中后期的陵墓。那个时候已经开始保留浅浅的土堆作为标志了。”

“这个土堆看上去稀松平常，那些盗墓贼怎么知道下面有古墓?”我问道。

四叔说：“这些盗墓贼不是被封土堆吸引的，而是被死去的女尸吸引的。这个封土堆闹鬼，必然引起别人的怀疑，特别是盗墓业的高手。普通的女尸是不会闹鬼的，职业的嗅觉会告诉他们下面会有古墓。再说，那个湖下面曾经有人下去过，说不定就能发现墓室的砖头。总之这个墓被发现是迟早的事，而且还不止一个人发现。”

说到这儿，众人才明白过来为什么那么多人会发现这个古墓。想通这一切，我突然觉得浑身发冷，我对四叔说，咱们还是快走吧。

四叔点点头，说道：“墓室里面的东西咱们别动，否则就走不出这个古墓了。”

不拿陪葬品不是盗墓贼的风格，虽然我们不是正宗的盗墓贼，但是看到这么多的宝贝，心里真是痒痒，不拿走什么，心里不舒服。这时候的五叔、霍刚也都向那些陪葬品看去，有些恋恋不舍。我心想，等四叔走后，自己再偷偷回来进入古墓。霍刚把手电照向陪葬品，一边走一边叹息。正当霍刚照着陪葬品的时候，我却看到一个黑影一闪而过。这个黑影不大，但是却速度极快。

看到黑影的不止我一个，还有霍刚。他面上一阵紧张，眼睛直直地看着前方，然后他转过脸来看着我，说道："有什么东西在这个墓室里。"四叔和五叔没有看见那个黑影，但是他知道霍刚不会撒谎。于是四叔把灯往墓室深处照了照，只见墓室里仍旧如刚才一般安静，什么都没有。

四叔说道："咱们走吧，快点离开这里，不然真的会被冻死。"就当大家迈出步子，将要走出墓室时，背后响起"喵"的一声猫叫，听着令人浑身毛骨悚然。

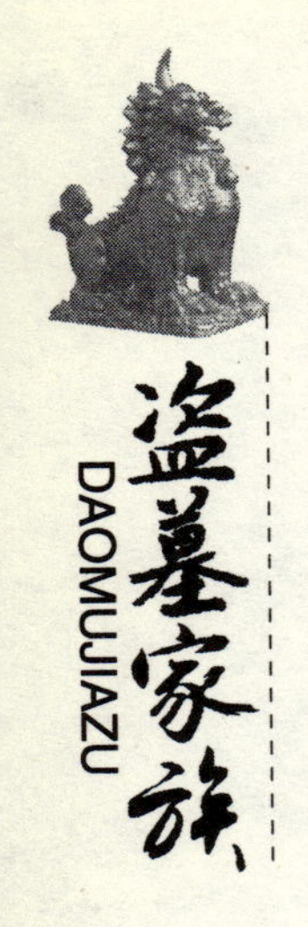

第二十二章　一只猫引发的灾祸

哪里来的猫？

不知道，但是有猫肯定不是好消息。

老家一直有一个风俗，家里老人死了，子女一定要为其守灵七天，直到下葬。后来火化渐渐流行起来，守灵时间就变成守到尸体火化。之所以会有这个风俗，相传是因为人死后灵魂逐渐散去，遇到灵性的东西会诈尸。

在我们老家，老人们说猫是阎王爷的使者，所以养猫可以辟邪。但是一旦死了人，猫就要死死地拴住，不能靠近停尸的灵棚。民国的时候，隔壁的村子有一家死了老人，儿子出去接待亲戚，可是有一只猫总是在那个尸体面前晃来晃去。亲戚们看到了，让儿子赶快把猫赶走，否则会有灾祸。可那个儿子说没事，不会出事。没有想到他话没有说完，那只猫就跳到了老人尸体上，还趴在那里睡觉。儿子这才看不过眼，把那只猫赶走。

到了晚上的时候，儿子还按时在老人尸体面前睡觉。可是到了第二天早晨，邻居就看到他们家门口到处是血。邻居就奇怪了，这哪来的血呀？于是他推开死了人的这家的家门，看到老人的儿子躺在了地上，脖子被咬掉了一块肉，身上到处有着血孔。再看床上老人的尸首，已经不见了。

民国动乱得厉害，死的人多，诈尸的怪事是屡见不鲜。这个邻居最先想到的就是诈尸了，他赶快告诉保长，让人逮尸。那个时候，人人都知道僵尸怕桃木剑。对于黑驴蹄子和糯米制伏僵尸一说，家乡没有传出过，但是桃木剑是肯定有的。

那个僵尸跑了以后，杀了好几个人，只要是被咬死的都立即火化了，生怕再诈尸或者传染瘟疫。而捉僵尸却是非常地困难，没有人能打过那个僵尸。即便是拿着桃木剑，僵尸也不能任由你砍，所以当时去逮僵尸的人好多人不是死了就是受伤了。

我听四叔说，也就是祖上李乘风身手比较好才能制伏僵尸。他听说了这事以后，带上了在武当山开过光的那边金柄桃木剑在夜黑风高的晚上独自一人去死者家里去等僵尸。那时候各家都把门关得死死的，用大木桌顶着，窗户也用大钉封着，防着僵尸。到了三更天的时候，也就是夜里十二点，那个僵尸才出现在他们自己家门口。李乘风由于拜过师，学过功夫，加上那把金柄桃木剑，终于制伏了那个僵尸。

僵尸死后，被火化了，自那以后，家里死了人，再也没有人不拴好自己家的猫了。有的甚至都把猫杀了，自己一刻都不离开尸身。

听到这声猫叫以后，四叔大声叫道："不好，快逮住这只猫。"

这只猫一定是从下水道进来的，因为经常有猫进入下水道觅食。我突然想到，下水道还有个女尸。心说坏了，快逃吧。

但是四叔非要捉住这只猫，四叔说，如果古墓里留下这只猫，

那么所有墓里看不见的东西可能都会吓跑，但是吓不跑的，可能就要复活了。到时候，危险可就大了。

无奈之下，众人开始抓猫。不过猫的动作比较灵敏，并不是那么容易抓到的。我们从南追到北，从北追到南，身上的衣服感觉都快捂干了，还是不能把猫抓到。只是虽然抓不到，这猫也不离开这个墓室。大家商议，这次从东到西，站成一排往前走去。可是这个决定还没有来得及实施，就听到墓室后面啪啦一声响，冰碎的声音传了过来。

众人心说不好，这个老东西诈尸了。四叔立刻让大家快跑，离开此地。连柳歌和五叔也顾不得身上的伤，向门外走去。四叔抢先到墓室机关处，向右拧动石块，墓门缓缓打开。这时众人看到那个身材高大、满脸络腮胡、身穿铠甲的斯木塔塔尔从屏风后面跳了出来。

我不禁埋怨四叔，刚才要是早点离开这里不就什么事都没有了吗？现在把这个东西引了出来，怕是不好收场。四叔开门后，众人立即离开墓室。但是这门开的时候缓缓的，关的时候也是缓缓的，等到墓室门自己再次关上的时候，那个诈了尸的斯木塔塔尔已经跳出了墓室。

眼下逃跑已经不是办法了，墓道那里还有机关。加上五个人中有四个人受了伤，后面别说有僵尸追着，就是没有，想过去也是很难。

我想起进入古墓时候，四叔说过他会锁尸功的，就问道："四叔，你不是说你会锁尸功吗，怎么不施展出来？"

四叔骂道："臭小子，你不知道我现在身上有伤吗，能走就不错了，还用个屁锁尸功。再说你五叔身上的捆尸锁还不知道丢了没有。”

五叔摸了摸自己腰带的位置，然后拿出一个银色的链子出来，说道：“还在，一直没有用到，所以也忘了。”

四叔说道：“那个没有用，我们没有力气，用不上那个捆尸锁，快跑吧，那个东西来了。”

但是此时还能去哪儿？四叔说道，快跑向墓道。但是四叔显然又发出了一个错误的指令。只见霍刚快速通过了陷阱坑。因为陷阱坑是需要一个一个通过，所以当霍刚跑过去后，其余的人已经来不及通过了。

此刻那个将军已经跳到了我们面前，直觉一阵冷风，背后生寒。众人立即回过身，此刻只有我和四叔身上还有一把匕首，别的已经没有什么可用的兵器了。众人看得那个将军像是驾云一样飘了过来，每飘一下都能跳出四五米。他从屏风后飘出墓室只落了两次地，跟着又飘一次就到了我们面前。

这就和四叔以前说的不一样了，因为四叔说过，僵尸都是跳的，一跳两三米，也很快。我虽然没有见过僵尸，但对眼前这个老僵尸还是心存疑虑的，难道种族不一样，僵尸的走路方法就不一样？

我和四叔率先挡在前面，五叔和柳歌在我们身后。我喊道：“柳歌，你快过去。”此时柳歌哪愿意过去，但是她不走，对我和四叔来说，就是拖累。她和五叔不同，五叔是腿受伤，而柳歌只是浑身没有力气，凭借她良好的身体素质，通过这两个机关没有问题。见柳歌不愿意过去，四叔骂了一声：“臭丫头，还不快走，

想让大家一起死在这里。”四叔说完这句话后，柳歌转身沿着墙壁跑了过去。

当柳歌跑过陷阱坑的时候，那个尸王跳了过来。我和四叔只好挥臂抵挡，不过还好，四叔练习过锁尸功，对抗尸王，虽然不能力敌，但是卸去尸王的力量还是有余的。而我也因为曾经有过良好的散打功底，也没有被压在身下。

四叔抓住了尸王一只胳膊，绕到了尸王背后，在僵尸脖颈处扎了一刀。我见四叔扎了尸王脖颈，跟着也绕到尸王背后，向尸王脖颈扎去。但是这个僵尸力大无穷，我的匕首还没有扎下去，这个老将军就把我们俩甩开了。

摔在墙上的我和四叔，感到眼冒金星，本就在墓室里失过血的我们，顿时难以动弹。不过生命危在旦夕，即便身体有伤，也不得不再次站起来。那个东西很快再次扑来，由于我距离僵尸比较近，他把目标锁定了我。我心里一阵恐惧，只见这个僵尸从起跳到落在我面前，他的脚就没有落过地。我心想这到底是僵尸还是鬼，僵尸哪有这么走路的，这和飞没有什么区别。正在我紧张得不知道如何抵抗的时候，四叔对着僵尸打了最后一枪。

我曾经看过很多的电影，说里面的僵尸不怕枪，浑然无事。但是我看到的却是受了枪击以后，僵尸对枪有着明显的恐惧。因为僵尸受到的不仅是子弹的创伤，里面还有火药的烧伤。不过这也仅仅是对枪的恐惧，当四叔打不出子弹的时候，那个僵尸还是跳了过来。

这个七百年的僵尸身体素质就是不一样，面对子弹的杀伤，斯木塔塔尔虽是啊啊大叫，但再次跳起的时候还是那么威风凛凛。

但见他张牙舞爪，向四叔抓去。五叔似乎早有准备，在僵尸未及反应过来之际，他便向陷阱坑跑去，意图直接将僵尸引入机关。僵尸缺乏一定的意识思想，对付这个僵尸将军，四叔的这招的确是个好办法。

由于四叔跑得比较早，等他过了陷阱坑，那个陷阱坑也就刚好打开了。僵尸跳过来的时候，刚好落在了陷阱坑处。待僵尸跳下后，石板跟着就合闭了。众人出了一口气，想不到这个僵尸那么容易就对付了。

因为刚才从“水”字号墓室流出来的水并没有干，而墓道方向的地势比较高，自己所处的位置积存了不少的水。我起来后，发现刚有点干的衣服又开始湿了起来。我问四叔道：“四叔，你可知道那个陷阱下面是什么不?”

四叔说：“我也不知道，那个地方下面应该是刀板之类的。像第一个墓室下面的陷阱坑一样。”我想也是，但是下面的陷阱坑不是装满了水了吗，这么快就没有了，看来墓室下面空间的确很大。由于五叔腿上有伤，过不了陷阱坑，霍刚跑了过来，把五叔背过了陷阱坑。这样大家就算都过去了，只有我还在北面。

我调整了呼吸，做好冲刺的准备，可是当我跑过陷阱坑的时候，我听到背后一阵响动，跟着看到众人一脸吃惊的表情。我知道一定是又出了什么事才会让大家那么害怕，我转过身去，只见那个掉进陷阱坑的僵尸将军竟然借着我过陷阱坑的机会跳了出来。僵尸身上插满了断掉的残剑和刀刃，浑身疮痍，但是流出的血却是鲜红无比，并不像四叔说的如粪水一样，又黑又臭。

四叔感叹地说：“这个老家伙成精了。”

墓道的尽头是盗洞，想离开墓道必须进入盗洞。由于进入盗洞会占用大量的时间，所以后面一定要留着人挡住僵尸。凭借着默契，我和四叔挡住僵尸，由霍刚护送柳歌和五叔开始后撤。

四叔说：“老五，快把你身上的捆尸锁扔给我。”五叔拆下自己腰上的那把银色锁链扔给了四叔。五叔扔完捆尸锁和柳歌一起爬过了铁柱子，只有霍刚没有过去。四叔接到捆尸锁后装在了自己腰上，嘴衔住匕首刀背，然后和我一左一右包抄僵尸。

但见四叔借力起跳，跃到了僵尸头顶，用捆尸锁勒住了僵尸的脖颈，竟使出了他的锁尸功绝技。要是从前，就算这招鱼跃龙门制伏不了僵尸也会把僵尸按倒在地。可是现在四叔连平时的一半力气都使不出，更别提将僵尸制伏了。我看四叔的力量不够，便跑到僵尸身后拉着捆尸锁的锁链，将其拉倒在地。

僵尸倒地后，四叔还骑在僵尸的脖子上，由于僵尸的两只胳膊直直地伸着，很容易伤到四叔。当然四叔也意识到了这个问题。他立即起身压住僵尸的大腿，而霍刚也跑了过来，帮四叔压住僵尸大腿。僵尸被压住后，四叔可以腾出手来了，但见他从身上羽绒服的口袋里掏出一根金针插入僵尸的后脑百会穴位。

这根针插入后，我本以为会像四叔从前跟我讲的那样，僵尸嘴里会冒黑气，跟着身子会软下来。但是这招没有发挥作用，相反还刺激了僵尸爆发出的力量。他先把我甩开，跟着就是把霍刚扔了出去，跟着直直地站了起来。这时，四叔对我喊道：“一水，快爬，爬过铁柱子。”

原来僵尸奔着我过来了，我这才明白四叔让我爬过铁柱子是想让我把僵尸带入机关。于是我立即向带刺的铁柱子位置冲去，并在铁柱子机关的墙角位置往前爬。由于我的向前爬动，致使铁柱子开始左右摆动起来，跳在半空的僵尸哪里承受得住这上千斤的力量，瞬间便被打在了墙上。待我爬过铁柱子机关的时候，我本以为僵尸会死在墓道了，但是我回过头，却看到僵尸正在用力地拉扯铁柱子。只是一分钟，那些对我们来说如同鬼门关一样的铁柱子全部掉在了墓道中。

本想把铁柱子当做屏障的我，此时才发现一切的努力都是白费的。这个老僵尸被下的诅咒是不是就是永远不死，千世万代都当僵尸。不对，不是僵尸，应该是活死人。这个可不是真正的僵尸，真的僵尸走来是不会飘的，而是跳。而且这个僵尸还没有尸气，这样一来就麻烦了，根本不知道怎么制伏，连四叔都没有办法。

这时站在远处的四叔对着我喊道："一水，快过来。"我看到霍刚和四叔已经站在了陷阱坑的另一侧去了，我心说，现在他们的速度怎么都那么快了。趁着斯木塔塔萨尔一只脚被一只铁柱子压着，我立即跑到四叔那边。看到我跑回了墓室，僵尸用力挣脱了铁柱子的压力，立即奔着我追来。

穿过陷阱坑，我来到四叔面前，说道："你们怎么到了陷阱坑这边了？你是不是想着让僵尸再掉进去那个陷阱坑呀？唉，不可能的，你没有看他一步跳四五米远吗？那个坑也就两米长，逮不住他。"

这时我对四叔刚才不愿离开墓室，一心只想着逮猫还是心存埋怨的。只听四叔说："不是靠那个坑，咱们去'火'字号墓室，那里有焦炭，可以用那个烧他。"

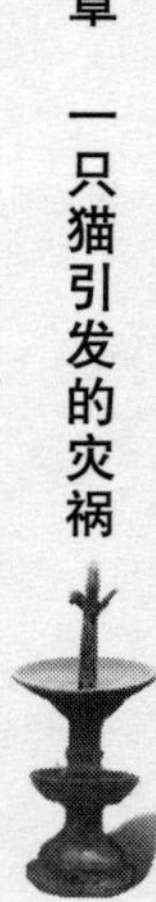

这个主意不坏，众人一起向墓室里走去，看来大家要重新再进一次墓室了。我问道："主墓室上面的钥匙拿下来没有?"四叔回答说："在僵尸拉扯铁柱子的时候，我就拿下来了。"我这才觉得四叔办事总还是不错的。

不过由于四叔的探照灯已经没有了电，现在只能发出微弱的光芒，重新进入墓室真是够戗。可这也是没有办法的办法，对付僵尸只能用火了。在"火"字号墓室，我是心有余悸的，不仅那里烧伤了我的腿，还遇到了很多女鬼，尤其是那个出现在湖面上的女人。好在霍刚一直节省用电，现在竟然身上还有两把手电能用。

来的时候，霍刚他们买了新电池，而霍刚自己多买了两节，后来在地下捡了张磊和丁梦的手电，就相当于有了四把手电。现在还剩下两把手电，其余的都用完了。看着新手电光，虽然不能跟探照灯比，但是此刻对于我们来说，已经算得上是太阳了。

我关上了探照灯，想等着关键时刻兴许能顶一下，毕竟探照灯的电瓶能够自动蓄电。虽然没有经过电源充电，这种自动蓄电的作用虽然微乎其微的，可是一旦发挥了作用，力量却也会像雪中送炭一般。

众人前脚进入"木"字号墓室，这个僵尸就后脚跟了进来。由于僵尸身上多有残剑还穿有铠甲，因此我们除了能听到大跳的脚步声，还能听到稀里哗啦的金属声。四叔拿着钥匙直奔"杜"门而去，而我和霍刚则站在墓室右侧的墓门处等着墓门的开启。

由于四叔还要分辨钥匙，墓门久久没有打开，但是僵尸已经跳了进来。可能是四叔距离僵尸比较近的缘故，亦或是四叔单身一个比较容易对付，那僵尸直奔四叔而去。霍刚看到僵尸只取四叔，他立即把手电光照向僵尸。僵尸被手电光所吸引，一时间停顿不前。

这种阴性的物种，属于自然界的非正常物质，它们对于强光是比较畏惧和害怕的。所以当霍刚往僵尸身上照去的时候，僵尸身子左闪右闪，浑身无所适从。经霍刚那么一照，这就为四叔开启机关赢得了时间。

我看到四叔向我跑了过来，跟着墓门缓缓开启，众人一致退避到“火”字号墓室。撤退的时候，四叔的手电探路，霍刚的手电继续抵挡僵尸。由于撤退后的手电光力道会减小，所以僵尸也就跟着过来了。

这是“火”字号墓室，这个墓室曾经出现一个火孩儿。由于四叔对火孩儿开了一枪，这个墓室立刻燃起了大火。墓室的下层装满了焦油，味道比较重，还好墓室内的氧气不足，火才熄灭。当四叔他们离开了这间墓室，我和柳歌在这间墓室里面还遇到了一堆女鬼。这些女鬼大部分都是用来种植吸血藤的，而且都是待嫁的新娘，怨气特别大，自己就差点死在这里。而柳歌精神不振，也是在这个墓室导致的。

由于“金”字号墓室的空气比较好，而且墓室的门已经被四叔炸坏，所以这里没有烧完的焦油可以继续点燃。但问题是，如何才能把这位将军引入火坑里，还有大家谁身上还有火能点着这个焦油。

四叔既然带着雷管就肯定有打火机，只是刚才在“水”字号墓室那么多的水浇下来，也不知道四叔的打火机还能用不能用。

这时四叔喊道："大家都跳上火坑的几案上去。"说时迟，那时快，四叔一个起跳就像飞了一样跳到几案上。我上次也往几案上跳了，可是由于几案太小，我掉进了火坑，至今脚伤还疼。我是肯定跳不过去了，如果非要上去，肯定是爬上几案，而不是跳上几案。

霍刚还在用手电光控制着僵尸，他退到火坑旁，也跳上了几案。四叔这时把手电射向了僵尸，他见我没有跳上来，把身上的打火机扔了给我，说道："看僵尸跳进火坑，你立即点火。"我接过打火机，这才觉得遇上了一个好差事。

四叔把灯光慢慢往火坑移动，僵尸也跟着往前慢慢地跳动。快到火坑的时候，四叔和霍刚同时关上了手电。不知道大家有没有这种感觉，那就是当你被手电光照住的时候，对面的光突然关掉，你会觉得眼前一片漆黑。四叔也是深明这个道理，他和霍刚关掉手电后，就看到僵尸一个踉跄，跳到了火坑中。

看见僵尸跳进去，我立即去打打火机，没有想到这个打火机竟然没有受潮，打着了。我立刻把火送到火坑边上，跟着整个火坑就着了起来。四叔和霍刚此时已经跳出了火坑，而僵尸还在火坑里张牙舞爪。

那个火坑地面多少有些不平，僵尸竟然跌倒了，他的身上沾满了油，浑身着了起来。我们三人见僵尸点着，便向下个墓室跑去，当打开去"水"字号墓室的侧门时，我们听到背后有僵尸摔倒在地的声音。众人一路狂奔，穿过"水"字号墓室，重新回到了主墓室门口。

我问四叔道："咱们现在进去带点东西出去不?"

四叔以前也算是一个盗墓者，现在既然已经没有了危险，他当然希望带点东西出去。我看到五叔和柳歌在墓道的另一头，便喊道："你们等一会儿，我们没事了，马上就回来。"

跟着，三人重新回到了主墓室。对于墓室的陪葬品，四叔说挑些值钱的，能带走的吧。不过我看这个墓室并没有什么值钱的东西，因为元代的墓葬向来节俭。那些书画是没有什么看点了，而这边的金银玉器还可以考虑。玉器太大，容易破碎，也不是首选，能拿的只有金银。当我去取那些银元宝的时候，四叔阻止了我，他说道："那些并不值钱，一个银元宝就几万块，咱们去后面的冰棺。"

三人来到后面的冰棺，只见破碎的冰块处散落着一只长剑，剑长一米有余，剑刃锋利无比，也无铜锈。四叔拿起剑来，说道："好剑。"

跟着四叔用剑翻动冰块，只见里面还有匕首一把，这把匕首像弯月一样，带着弯钩，一看就知道不是平常的物品。四叔拿起匕首，给了霍刚，说道："小兄弟，这把匕首很不错，你留着吧，但是不要被别人看到了。"霍刚接过匕首，满意地装在了身上。

我则从脚下看到了一个小的盒子，我捡起小盒子，只见里面是一块形状如同猛虎的玉。这玉手工精细，制作精美，猛虎威风凛凛，气度凛然。我看了看猛虎的背上隐约有字，我对着手灯，看见上面刻的是汉文，写着"大元兵符"字样。我把这个东西装在怀里，心想总得带出去一个当做纪念。

棺材里面还有几本兵书，里面全部是蒙古文，当时大家都觉得这个东西带出去没有什么价值，所以大家并没有拿。棺材里面其他的物件无非是枕头和衣物之类，再也没有什么特别的了。

四叔自言自语说："我还以为有夜明珠呢，看来没有了。"

霍刚说道："这个僵尸身上不是装了水银了吗，那就不需要夜明珠了。"四叔这才想起来这个斯木塔塔尔身上没有夜明珠。由于得到的东西不多，大家打算再去从陪葬品那里挑一些值钱的东西。

就在大家走到陪葬品那里时，我听到柳歌在外面发出了一声叫喊。我立刻狂奔出墓室，四叔和霍刚则在陪葬品那里抓了几把放在怀里。

第二十三章　离开古墓

因为没有手电并不能直接冲过去，我只是凭感觉往外面跑，毕竟这里太黑暗了。待我出了主墓室以后，四叔他们才把灯光打到墓道这边。透过那两道光，我看到柳歌和五叔两人正目不转睛地盯着那个盗洞。

我快速跑到了柳歌和五叔面前，跟着霍刚也来到了盗洞处。只见盗洞里面有一个穿着白色衣服的女人。这个女人低着头，长发搭着脸，在狭小的盗洞里一点一点往前爬。

看着眼前的场景，我浑身顿感鸡皮疙瘩。借着灯光，我看到那个女人抬起头，在散乱的头发间四颗大白牙有一寸来长。看到众人在看她，她撕咬着自己的獠牙，眼睛通红，像喝了酒一般。我一看，这不是那个被扔在下水道的那个女尸吗？她怎么跑到这里来了？难道真的是因为那只猫？

四叔看到这个场景，立刻拔出在墓室里拿到的长剑对着盗洞。看到这个长剑，女尸似乎非常害怕，不再前进。四叔道："快点出去吧，再不出去，天就亮了。"

大家当然想早点出去，再不出去，就要被冻死了。可是眼前

不是还有一个女尸挡在我们面前嘛，只听四叔对着里面凶恶的女尸说笑道："别那么好客啦，我们要走了。"可是那个女尸虽是害怕，但是并不后退。

我对四叔说道："还是把她引出来吧。"

四叔点点头，他后退一步，躲在盗洞左侧的墙边，举着长剑，等待女尸的出来。五叔和柳歌已经后退到了墓室，霍刚则提着四叔给他的匕首和我站在女尸的斜对面。

没有了四叔，女尸又恢复了她原有的本性，由于身体不够灵活，女尸只能伸着长长的指甲扒着土向前爬来。也许是女尸知道洞口的危险，她龇咬着牙，在洞口停留，并不出来。我心中疑惑，为什么这个女尸不往前走了，难道是发现四叔了。

正当我沉思的时候，那女尸突然从洞口飞了出来，直袭我胸口，动作就像武侠小说中的轻功一样。我知道这是女尸借着盗洞后墙的力飞出的，所以力量很强，不能正面交锋。我牢记散打里面的"卸"字诀，躲过了女尸的正面撕抓，然后我抓住女尸的小臂，准备按照舅老爷教的擒敌拳把她按倒。可是这女尸力大无穷，我根本不能将其动弹分毫。

霍刚在女尸扑向我的时候，拿起了他的银月弯刀，向女尸扎来。对于背后的冷兵刃，女尸似乎早有察觉，但见她甩开我后，双臂伸向了霍刚。霍刚的刀还没有刺到，身体便被扔到了墙上。

由于女尸出来得太快，躲在墙边的四叔没有来得及斩落女尸的头颅。见到女尸突然扑向我，四叔立即也围了上来。就在女尸甩开霍刚的时候，四叔的剑也跟着刺到。女尸显然比较害怕这把剑，只见她不停地躲闪，避开四叔的剑锋。

平常百姓家喜欢用杀猪刀辟邪，是因为杀猪刀上带着很多的怨气，但那杀的都是牲口，遇到厉害的东西作用并不大。但是四叔手里的那把刀不同，那是将军用过的刀。时过七百年，这把元代将军的刀虽然历经时间的腐蚀，可是这刀在战场上杀敌无数，寄在此剑下的冤魂就多不胜数，因此普通的鬼怪多惧怕此物。

只见那女尸一再躲闪，而四叔不断进攻。怎奈四叔此刻力气较弱，而女尸却是速度较快，四叔伤不到女尸。见此情景，我与霍刚也都忍痛站起，将女尸围堵在了墓道的尽头。

女尸被堵后，她一再起跳，意图从众人头顶跳过。奈何这墓道高不过两米，女尸又如何翻越得过去。每次女尸跳起，她都被墓道上端的石头抵了下来。女尸见无法突围，只好直攻我。

我是三人中最弱的一个，攻我是女尸最明智的选择。女尸跳起之后，两只利爪直奔我胸口，我后退三步，算是躲过了第一个厉害的杀招。女尸当然没有停止进攻的步伐，但见她双脚落地之后，膝盖未见弯曲，便再次跳起。

这次我避闪不及，女尸将我压倒在地。我看到她面露凶光，似是有千年万年的仇恨一般。她指甲掐住我的脖子，不过还好，冬天的衣服比较厚，她的指甲并没有穿透衣服。但是看到她双臂无比的用力，我知道如果我还不将她赶走，我的脖子肯定会流血，那么到时候就不是受伤的问题了。

我拿着匕首，划向她的左臂，只听女尸痛得啊啊大叫。女尸疯狂不已，就在她再要用力掐我的时候，我感到掐在我脖子的力量松懈了下来。这时我就看到四叔站在我的面前，手里提着长剑，剑上沾满了黑色的血。原来是他在女尸掐着我脖子的时候把女尸

的头颅砍了下来。

四叔踢开压在我身上的女尸，说道："脖子受伤没有？"

我摇了摇头，四叔说道："快走吧，天要亮了。"正当我们要走时，我听到身后的柳歌再次尖叫了起来，众人立即回身，只见没有了头的女尸竟然再次站了起来。众人心中一阵恐惧，这恐惧远比将军斯木塔塔尔诈尸来得厉害，因为但凡是死不了的东西，人都害怕。

持着长剑的四叔，此刻也有点犹豫了。不过我被这个女尸一直缠绕着，可以说对她痛恨无比，四叔虽然胆怯了，但是我却毫无顾忌。我抢过四叔手中的长剑，对着女尸砍去。站起来的女尸虽看起来恐怖，但是实际上没有头颅，辨认不了方向，被我一剑劈成了两半。瞬间，血臭弥漫着整个墓道。

女尸倒下后，众人再也顾及不了墓室里是否有钱财，于是霍刚在前，四叔在后，大家徐徐进入盗洞，向上爬去。众人爬了约有十分钟，这十分钟有如两个小时那么漫长，生怕盗洞再出现其他什么古怪的东西。

好在这一路平安。到了下水道，众人觉得回到了人间。在下水道原先停放女尸处，众人看到女尸已经不在。

大家来到下水道顶盖处，逐一上去。下水道的外面虽然还是黑的，但是空气却是无比清新，众人从来没有感觉到，外面的世界是如此美好、有安全感。离开下水道，大家都躺在了草地上，尽情地呼吸外面的空气。

我把四叔和五叔送至学校的院墙外，将身上带出的那个兵符给了四叔，让他带回家。而霍刚装着他的银月弯刀回了宿舍。四叔走前交代，进入古墓的事千万要保密，否则都有可能涉嫌盗墓，被判刑。

此时已经凌晨五点，宿舍门已经打开，再过两个小时天就该亮了。我把柳歌送到宿舍门口，柳歌眼睛幽幽地看着我，说道："对不起，让你跟着受累了，一直保护着我。"我笑了笑，说道："没有的事，我不累。你先回去睡觉，等会我给你送药去。"

霍刚的心理素质不错，这次行动，我都吓得够戗，特别是出来以后，仍旧心有余悸。但是霍刚却不同，他竟然若无其事。此时柳歌已经疲倦之极，她摇晃着身子进了宿舍。看到柳歌进了女生楼，我长出一口气，心想，刚从阎王爷那里走了一遭，这条命算是捡回来了。不过我仍旧为柳歌担心，毕竟她是女孩子，而且可能第一次遇到这些脏东西。要不是四叔经常给我讲这些乱七八糟的古墓故事，可能我也会被吓个半死。

回到宿舍，我仍旧对刚才的事难以忘怀。看到大家都在睡觉，我赶紧用热水简单擦了擦身子，扔掉那件先被烧了后被水浸的衣服，跟着也睡了起来。躺在床上，我浑身酸痛，最要命的是脚，经火烧以后，几乎是没有了知觉。

突然，我感觉旁边有人盯着我，我浑身一颤，坐了起来，说道："谁?"这时宿舍的灯亮了一下，门口出现一个人，这人是我们宿舍的阿飞。只见他笑嘻嘻地说："我刚刚上网包夜回来，看见你鬼鬼祟祟的，就来看看，嘻嘻，说，干什么去了，是不是泡妞了?"

我想起四叔说过，这事不能跟别人提起，便说道："你小子怎么一说一个准，真是服了你了。"哪知道阿飞嘴停不住了，说道：

"真的？真的是出去了，和柳歌吗？"我怕阿飞乱说，便说道："滚，你没有看到我都倒霉半年了，有哪个女生搭理我。"这时就听到阿飞嘴里露出古怪的笑，说道："嘿嘿，也是。"阿飞本想再接着说下去，但是我的下铺老毛发飙了，说道："大半夜不睡觉，找死呀。"阿飞被老毛那么一说，脾气顿时消尽，回到自己的床上睡觉了。

第二天，我睡到十点就醒了。老毛告诉我，学校的后面发现古墓了。我大为吃惊，怎么这么快就被人发现了，只听老毛说道："你不知道，学校后面的水塘里的水全部没有了，水塘地下出现一个大洞，水全部流进去了，大家这才知道下面有个古墓。现在整个学校和学校院墙外面都被封了起来，这下咱们学校热闹了。"

我心说，怪不得那个墓室这么多水流下来，原来是水塘里的水。那个墓室有七八米高，水塘的深度为两米，这样加起来刚好十米。那天四叔站在四五米高的土堆上用洛阳铲测土，四叔说那个地方十米下有个古墓，看来那是打到了墓室的上层。

昨晚上了通宵的阿飞听老毛说学校发现了古墓，困意顿时全无，说道："太好了，这回能提前放假了。"我问为什么，阿飞说道："你想啊，上回我哥们儿他爸爸所在的工地发现了一个古墓，停工了一年，咱们这是即将放寒假的学生，他们得给我们提前放假，腾出时间让他们清理古墓。"

听了阿飞的话，我心中觉得也不无道理。当下我困意全无，准备出去买点烧伤药。好在学校现在已经停课，全校正在准备期末考试，不用去上课。

穿上衣服，我才发现自己的衣服已经少了一件，现在只能凑合着穿了。出了校门，我在斜对面的另一条街上买了一些“烫伤膏”和消炎药。这些药按说并没有直接去医院见效快，可是到了医院问起来怎么伤的就说不清了，只能买些药自己治疗。

我提着药去找柳歌，可是她们宿舍的人说她不在。由于这些药不是感冒冲剂，交给她宿舍的人会被疑心，所以我只能一直提着。走到宿舍的时候，我看到柳歌站在宿命门口正在向我宿舍方向张望。我问柳歌好点没有，怎么站在这里。柳歌递给我一些药品，说来给我送药。

我一阵感动，然后提着她的药说：“你起得真早，我刚才也去买药了，不过没有你快。”说完我把自己买的药递给了柳歌。柳歌看到我给她买药，心里显然也是十分感动。柳歌说：“那个墓室里的水是后面水塘的，怪不得那么臭!”说完，柳歌可爱地笑了一笑。

柳歌笑起来十分好看，浅浅的酒窝带着三分清丽，像春天里的雨露，让人感到无限的明媚。不过柳歌看上去仍然很疲倦，我把柳歌送回了宿舍，让她安心休息，把伤养好，准备考试。

之后的每天，我都给柳歌送饭，柳歌也和我一起自习，那段日子是我觉得是最好的生活。

考试结束后，腿上的皮退了两层，慢慢地长出了新皮，也没有留下什么明显的烧伤痕迹。柳歌的皮肤远比我的好，愈合能力很强，加上柳歌本来烧伤的就不是很重，没有几天腿上的伤就恢复了。

那天在下水道和霍刚分手后也见到过霍刚几次，可能他知道见面对大家都不好的缘故吧，在见面的时候，大家都没有说话，

只是绕着走开了。

由于古墓在清理过程中，那些考古专家发现了很多尸体是我们学校的学生和老师，在古墓挖掘的第五天学校就被封闭了起来。而那些死者因为是死在墓室里，只能白白死了，不能获得任何的补偿。

虽然柳歌腿上的伤是好了，可是精神状态却一直不佳，像是生了病一样。我一直很担心她是不是在墓室里面中了什么邪了，她成天精神委靡，这不符合她的性格。

我也曾经出去找过四叔和五叔，准备向四叔请教柳歌的问题。由于四叔急于给五叔治腿，并没有太多的时间招呼我。四叔只是说，这次的古董会展出现了不少高人，需要多学习学习。我听着觉得古怪，也就没有搭理四叔，自行回来了。

学校的考试时间果然像阿飞说的那样，提前了。这次考试是我在大学里的第一次考试，多少有点紧张。不过想到在古墓里都活着出来了，天下还有什么事能难倒我。

考试结束后，鉴于四叔、五叔已经回了安徽，我也和同乡一起回了老家。走前，我把柳歌送上火车，看见柳歌依依不舍的样子，我心里不忍，我跟她说，会天天给她电话的。柳歌边走边哭，说："你要是不给我电话，回来有你好看的。"我说又不是见不着了，开学又回来了。柳歌听我说完，立刻就伸拳打我，说我没有良心。

我当时想的是，大家都还小，以后能不能在一起都很难说，没有必要那么投入，所以我也没有太放在心上。

回到家之后，五叔的腿伤已经好了。看到我没事，奶奶很高兴，她让我多去找找四叔，去学点东西。不过爷爷不那么看，他不太想让我碰那些东西，让我安心读书。

当然，现在也不是小时候了，家里也尊重我的选择，毕竟有些东西需要有人继承的。我跟爷爷说，我很想学那些东西，上次就是差点死在古墓里，要是有四叔知道的那么多，我也就不会受伤了。由于我是长孙，继承家里的财产理所应当，所以爷爷也就没有拦着我。

对于家里有关盗墓的知识，还是四叔掌握得多。四婶有家传的盗墓本领，而奶奶对四叔又非常喜爱，所以他学到的东西最多。

四叔成家没有几年就和奶奶分家了，住在另外一个院子。每天早晨我都去四叔家，学一些风水知识，四叔说我开窍了。他先是给我介绍了我们家祖上的背景，后是给我说明家学的渊源。那时我才彻底知道，为什么奶奶那么喜爱四叔，为什么祖上能克制僵尸。

四叔的书都放在了他家的床底下，每次都让我在一个独立的屋子里看。假期除了参加同学聚会，我多数时间是在学习风水和盗墓知识。四叔给我的书有《王公陵寝纲目》残卷、《河图小册之阴阳》残卷，还有《摸金绝技》残卷、《周易之阴阳五行》、《八卦全图》等书。其中《王公陵寝纲目》完整版已经被祖上焚烧，这是他重新写的纲要，相当于总纲。据说在《王公陵寝纲目》全卷中，还绘有十八省重要陵墓的所在位置的地图。因为那书危害太大，所以祖上将其焚烧，但是烧后又觉得可惜，于是重新手写出一部总则。

《河图小册之阴阳》是奶奶的祖上邱问生所作，里面多讲述自

先秦至清代各时期墓葬的葬法和要求，并列出了进入古墓的规则和要求。同时还讲了洛阳铲的打造方法和对付僵尸的办法。由于邱问生一直被各大军阀追杀，所以这本小册子也被邱问生烧毁。只因邱问生的儿子在旁，所以邱问生走后，他儿子立即把书取出来，灭了书上的火。此时这本书只剩下了中间部分。

中间部分后来被邱问生的儿子偷偷重新抄录了一遍，便形成了现在的这本《河图小册之阴阳》残卷。这部残卷只剩下一部分总则，寻找墓葬的方法已经没有了，只剩下进入墓葬的方法和要领。而分则部分，也只剩下锁尸功和捆尸锁的运用了。

《摸金绝技》是从四婶家里带回来的，里面是一套比较全的盗墓方法，对于应付不同的古墓都有不同的对付方法。但是里面更多的盗墓的暗语和切口，比如盗墓叫做倒斗，僵尸叫做肉粽，陪葬品叫做明器。

而另外两部书《周易之阴阳五行》和《八卦全图》则是四叔的最爱。四叔早年在集市上没有少买假书，里面的内容大多是扯淡，骗骗人的。后来从龟山汉墓回来，他从爷爷那里拿了这两本书。有了这两本书，四叔废寝忘食地攻读，想不到在元代将军墓发挥了重大作用，破解了重重机关。

回家后的每天晚上，我都要偷偷地给柳歌打电话，为此家里的长途费增加不少。我爸问我怎么天天打电话，我说给同学打的。后来我爸在四叔面前提起了这事，四叔说肯定是给那个叫柳什么打的，那个女孩可漂亮了。我爸听说以后，乐得合不拢嘴，每到晚上就问我有没有打电话，弄得我心里怪怪的。

放假的最初时期，柳歌说她越来越难受，一直在发高烧。过了几天，柳歌说她爸爸带她去了医院，可是仍然不见效果。过年前，柳歌发高烧，家里来了一个道士。这个道士在柳歌睡着的时候，像电视里面一样摆着台子，施了法。柳歌说那个晚上她一直做噩梦，到天亮的时候，她觉得浑身轻松，再也不高烧了。

道士说柳歌中了邪了，身上沾了不干净的东西。道士问柳歌是不是到了古墓或者什么地方了，柳歌说是，自己是学考古的。那个道士听后，给柳歌一个“桃木”做的符，让柳歌最好别去古墓了。

柳歌的爸爸知道柳歌是因为进了古墓才发的烧，很是害怕，让柳歌不许再学考古，返校后立即转专业。柳歌不同意，她说这是自己高考时候的第一志愿。柳歌的爸爸当然知道自己女儿的命重要，他说：“你要是不转专业，以后就不许你和那个小子打电话。”我知道他说的那个小子是我。不过后来柳歌还是答应了，她说要转到法律系。

我听后笑了，说这是奔着夫君来的，绝对不是出于对法学的喜爱。柳歌也娇嗔地说：“我就是奔着夫君来的，怎么的。考古都不让人家学了，再不和你一个系，还让不让人家活了？”

过年以后，四叔找到了我，说道：“你知道吗？这次我去参加古董会展了，一直以来也没有时间跟你细说。我这次可能遇到别的密探后代了。”我大惊，怎么会有那么巧。只听四叔说道：“这一点都不稀奇。现在的盗墓行业里的佼佼者，大多是当年各大密探的后人。虽然当年袁世凯公布过各大密探的姓名，但是由于年代久远，也只是知道名字而已，至于他们后来的行踪，谁也不知。”

我问四叔道：“那你是怎么判断出来的?”

“我在会展上看到了一块和我们传家玉一模一样的一块玉。”四叔回答，“虽然那块玉是假的，而且它只是放在了会展大厅的一角，但是我还是看了出来。”

“那里怎么也会有一块古玉?”我好奇道。

四叔意味深长地说道：“我也不知道，只怕这和我们家族的另外一个秘密有着重大的关联，只是现在还不好说。”